KB131054

眞實の10メートル手前

**Original Japanese title: SHINJITSU NO 10 METORU TEMAE
(How Many Miles to the Truth)**

ⓒ Honobu Yonezawa 2015
Original Japanese edition published by Tokyo Sogensha Co., Ltd.
Korean translation rights arranged with Tokyo Sogensha Co., Ltd.
through The English Agency (Japan) Ltd. and Eric Yang Agency Inc.

이 책의 한국어판 저작권은 에릭양 에이전시를 통해 東京創元社와 독점 계약한 '엘릭시르, (주)문학동네'에 있습니다.
저작권법에 의하여 한국 내에서 보호를 받는 저작물이므로 무단 전재와 무단 복제를 금합니다.

이 도서의 국립중앙도서관 출판예정도서목록(CIP)은 서지정보유통지원시스템 홈페이지(http://seoji.nl.go.kr)와
국가자료공동목록시스템(http://www.nl.go.kr/kolisnet)에서 이용하실 수 있습니다.
CIP제어번호 : CIP2018024442

요네자와 호노부 ———

How Many Miles to the Truth

진실의 10미터 앞

眞實の10メートル手前

김선영 옮김 ———

엘릭시르

차
례

진실의
10
미터
앞

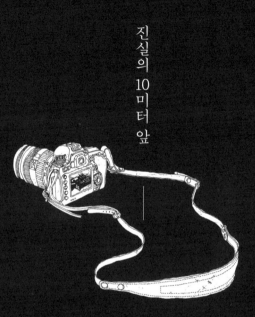

How Many Miles to the Truth

1

유난히 이른 눈이 일본의 동쪽 절반을 설핏설핏 뒤덮은 아침이 밝았다. 나는 나고야 역에 있었다.

8시 시나노 열차를 타고 시오지리로 갈 예정이었다. 몇몇 노선이 지연되었지만 내가 탈 기차는 정각에 출발한다고 했다.

역 플랫폼에서 만나기로 한 상대는 열차가 플랫폼에 들어왔는데도 아직 보이지 않았다. 손목시계를 보고 휴대전화를 꺼냈다. 상대의 전화번호를 찾아냈을 때, 뒤에서 가쁜 목소리가 들려왔다.

"죄송합니다. 늦었습니다."

휴대전화를 도로 넣고 돌아보았다.

"늦지 않아 다행이야."

약속 상대, 후지사와 요시나리가 숨을 헐떡이고 있었다. 다운재킷은 지퍼도 잠그지 않았고 셔츠는 단추가 하나씩 밀려 있었다. 뻗친 머리카락은 살짝 번들거렸고 턱도 수염 자국으로 퍼랬다. 벌건 눈 밑에는 짙은 다크서클이 떠 있었다.

후지사와는 쉴 새 없이 머리를 긁적였다.

"이거, 정말 죄송합니다."

"괜찮아. 어제 일이 늦게 끝났나 봐?"

"거의 밤을 새웠어요."

"그랬구나. 그런데 야마나시 출장이라니 미안하네."

출발을 알리는 벨이 울렸다. 손짓으로 후지사와를 재촉해 시나노호 지정석에 올라탔다.

"다치아라이 씨하고 함께 움직이는 건 오랜만이네요. 기뻐요."

후지사와가 열차에 올라타면서 그런 말을 했지만 발차 신호에 묻힌 것을 핑계로 나는 아무 말도 하지 않았다.

주오 본선 하행 시나노호 지정석 차량은 들뜬 젊은이들로 육십 퍼센트쯤 차 있었다.

후지사와가 신중한 손놀림으로 카메라 가방을 선반에 얹

었다. 열차 안을 둘러보더니 좌석에 몸을 묻고 내게 귓속말을 했다.

"생각보다 손님이 많군요."

"그러게. 스키 시즌이라기엔 아직 이른데."

어젯밤은 나가노와 야마나시, 군마 일부의 평야 지대에도 눈이 일 센티미터가량 쌓였다. 겨울 스포츠를 즐기기에는 아직 이른데다가 오늘은 평일인데도 성급한 학생들은 스키장에 가는 듯했다.

눈이 벌건 후지사와가 제 뺨을 찰싹 때리더니 목에 힘을 주고 물었다.

"실은 내용을 잘 모르는데, 오늘은 무슨 취재입니까?"

후지사와는 내가 속한 《도요 신문》 오가키 지국에 올해 배속된 신입이다. 카메라맨으로 채용되었지만 《도요 신문》에서는 카메라맨도 최소 일 년은 기자 경험을 쌓아야 한다. 내가 교육 담당이긴 한데 배속 후 반년 넘게 지난 지금은 그도 자기 업무를 갖고 있다. 처음처럼 늘 데리고 다니지는 않지만 이번에는 특별한 경우다.

후지사와가 말했다.

"퓨처스테어 사건이라는 말은 들었습니다."

"맞아."

고개는 정면을 향한 채로 시선만 후지사와에게 던졌다.

"하야사카 마리라고 들어봤어?"

"퓨처스테어 홍보 담당이잖아요. 절세미인 홍보 담당이라고 불렸고. 텔레비전에도 자주 나왔죠."

고개를 끄덕였다.

하야사카 마리는 벤처 기업 퓨처스테어의 홍보 담당이었다. 사장 하야사카 이치타의 여동생으로, 이치타가 회사를 차릴 때에는 아직 대학생이었다. 회사가 급격히 성장하면서 텔레비전이나 주간지에서 마스코트처럼 다루었다. 애교 넘치고 두뇌 회전이 빠른 사람이다. 예능 프로그램에 나가면 미소를 흩뿌리고, 시사 프로그램에 나가면 사회자의 심술궂은 질문에도 완벽하게 대답한다. 하지만 퓨처스테어의 경영이 악화되자 당연히 미디어 노출도 줄어들었다.

퓨처스테어는 나흘 전에 도산했다. 온갖 매체에서 흘러나오는 뉴스 속에도 하야사카 마리의 모습은 없었다.

"저는 만나본 적이 없는데, 실제로는 어떤 사람입니까?"

"착한 사람이야. 정말 착한 사람."

"다치아라이 씨가 솔직하게 칭찬하다니 별일이네요."

"사람을 어떻게 보고."

문득 후지사와의 얼굴에 의아한 기색이 감돌았다.

"그런데 왜 다치아라이 씨하고 제가 하야사카 마리를 취재하러 가는 겁니까?"

나는 후지사와를 똑바로 쳐다보았다. 그의 뺨이 붉게 물들었다.

"……부끄럽지만 어제는 일이 바빠 뉴스를 확인하지 못해서. 제가 뭔가 얼빠진 소리를 했군요."

민망하게 만들 정도로 싸늘한 시선을 던지지는 않았는데. 오히려 그 정도로 바빴는데 바로 다음날 출장에 끌고 가는 게 미안했다. 고개를 저었다.

"아니. 한마디로 설명할 수 있어. 사장 이치타와 여동생 마리가 종적을 감췄어."

퓨처스테어는 삼 년 전 창업한 신흥 기업이다. 매일 장을 보기 힘든 고령자들에게 인터넷을 통해 일용품이나 의약품을 배달하는 서비스를 제공했다. 사장 이치타는 창업 당시 26세. 젊은 사장이 고령자를 대상으로 하는 서비스를 제공한다는 게 신기했는지 비즈니스 잡지에서도 뜨겁게 다루었다. 이치타는 자신감 넘치는 말투로 정보 혁명은 복지 혁명이라고 주장했다.

이치타의 예상은 적중했다. 퓨처스테어는 급성장했고, 요란하게 나스닥에 상장했다. 그후 그는 새로운 사업을 펼쳤다. 회원 모집으로 모은 자금으로 농민, 축산업자와 계약해 유기 재배 농축산품을 배달하는 사업을 시작한 것이다. 이 사업은 단순한 공동구입의 영역을 벗어나 잉여 생산품을 팔아 얻은 이익을 회원들에게 환원하는 투자 측면도 갖고 있었다.

결과적으로는 이 사업이 회사의 목을 조였다. 배당금은 설명대로 지급되었지만 신규 회원들의 가입비로 자금을 충당한 사실을 시사하는 서류가 발각되었다. 농축산 사업은 상당히 초기부터 자전거조업이었던 것 같았다.

유월과 구월 배당이 지체되자 주가는 하락하기 시작했고, 주주들에게 설명이 부족한 탓도 있어 십일월 중순부터는 연일 하한가를 기록했다. 십이월 들어 퓨처스테어는 마침내 도산했다. 경영 책임을 묻는 것으로는 모자랐는지, 이치타는 일부 미디어에서 계획적으로 도산을 노린 사기꾼 취급까지 받고 있다.

"이치타와 마리의 고향이 오가키야."

"그렇습니까."

그 말을 듣고도 후지사와는 전혀 이해 못 한 눈치였다. 그럴 만도 하다. 퓨처스테어 도산은 전국 규모의 큰 뉴스로, 도쿄 본사의 사회부나 경제부가 움직이고 있다. 지국 기자가 다룰 만한 화제가 아니었다.

후지사와가 조심스레 물었다.

"다치아라이 씨가 움직이는 거, 지국장님은 알고 계신 거지요?"

"……묵인해주고 계실 거야."

"잠깐만요."

후지사와가 좁은 좌석에서 몸을 틀어 내 쪽을 바라보았다.

"그렇다면 이런 건가요, 지금 우리가 본사와 싸우게 될지도 모르는데 하야사카 마리를 인터뷰하러 가는 겁니까?"

"싸움은 너무 과장됐는데."

나는 눈을 내리떴다.

"화내는 사람은 있을지도 모르지."

후지사와의 표정이 살짝 굳었다. 역시 처음에 말해야 했는데.

"후지사와한테는 미안하게 됐어. 억지로 끌고 간 걸로 꾸미긴 했는데, 혹시 불안하면 다음 역에서 내려도 돼. ……사실은 어제 이 이야기를 하려고 했는데 연락이 안 되어서."

그러자 그가 빙그레 웃었다.

"아니, 그건 괜찮습니다."

"괜찮다니?"

"불안하면 내리라는 얘기요. 다치아라이 씨의 폭주라는 것만 알면 미리 각오하기도 쉬워요. 가겠습니다."

"……고마워."

"천만에요. 하지만 그런 일이라면 카메라는 괜히 가져왔네요."

곧 다지미에 도착한다는 방송이 흘러나왔다. 지정석에 앉은 손님은 한 명도 일어서지 않았다.

"함께 가주면 정말 고마운데."

다지미에 도착하기 전에 이것만큼은 말해둘 필요가 있다. 나는 재빨리 말을 이었다.

"이 얘기를 듣고 판단해. 말하기 그렇지만, 하야사카 마리는 아직 발견되지 않았어. 퓨처스테어 자회사가 히라쓰카에 있어서 동업자들은 거기 있을지 모른다고 그쪽으로 몰려가 있는데, 이치타도 마리도 찾지 못한 모양이야."

"네? 그럼 우리는 왜 고후 쪽으로 가는 겁니까?"

"정보가 있어. 히라쓰카는 아니다, 적어도 마리는 그곳에 없다. 나는 하야사카 마리가 고후 근처에 있다고 생각해. 다만 확실하지가 않아. ……그걸 감안하고 다시 한번 생각해."

후지사와가 입술을 비죽거리더니 불만스럽게 말했다.

"다치아라이 씨, 저도 신문사 사람입니다."

"……."

"허탕은 각오하고 있어요."

"그래."

입가가 누그러지는 걸 깨달았다. 신입 상대라고 괜한 마음을 쓴 모양이다.

"실례되는 소리를 했네. 미안해."

후지사와가 잠자코 고개를 끄덕였다.

차창 밖은 시가지로 바뀌어 있었다. 속력을 줄인 열차는 의외로 큰 역으로 들어갔다. 몇십 초의 정차 시간, 아무도 자리에서 일어나지 않고 아무도 새로 타지 않는다. 이제부터 선로는 도산도◆를 따라 산골짜기로 들어간다.

천천히 움직이기 시작한 경치를 바라보고 있는데 후지사와가 물었다.

"한 가지만 더 알려주셨으면 하는데요."

"뭔데?"

"어째서 그렇게까지 하야사카 마리를 취재하려는 겁니까?"

주택 지붕과 논밭에 어제 내린 눈이 희끗희끗 남아 있다.

회사원으로 위험을 무릅쓰면서까지 어째서 그러느냐는 뜻이겠지. 차창을 바라본 채로 말했다.

◆ **도산도** _ 東山道. 일본 고대에 만들어진 관도의 하나로 지금의 시가 현에서 기후, 나가노, 군마, 도치기 현을 통해해 미야기에서 이와테와 아키타 현으로 갈라진다.

"전에 고향에 돌아온 하야사카 마리를 인터뷰한 적이 있어. 활달한 분위기와 똑똑하지만 나서지 않는 점이 인상적이었어. 그때 그녀의 동급생과 은사가 하는 이야기도 들었는데, 다들 하야사카 마리를 좋아했어. 퓨처스테어가 사기 회사라는 뉴스가 나오기 시작하니 지국에 전화가 오더군. 그 애는 사기를 칠 사람이 아니다, 이치타도 마리도, 사업은 실패했을지 모르지만 악한 사람이 아니다…… 그러는 거야. 우리 지국 담당 지구에서 하야사카 남매의 소식은 중대한 관심사야. 그렇다면 취재하는 게 당연하잖아?"

"그건…… 그럴지도 모르겠네요."

후지사와는 곱씹듯이 말하더니 짧은 숨을 토했다.

"……그래서 다치아라이 씨가 잡은 정보는 대체 뭡니까?"

신칸센에 익숙한 몸에는 특급열차 시나노호가 동쪽으로 달려가는 속도가 너무나 느리게 느껴졌다. 시간만큼은 충분했다.

2

하야사카 이치타와 마리 남매는 아래로 또 한 명, 유미라는 막내 여동생이 있다. 올해 스물세 살로 대학을 졸업했는데 퓨처스테어에 입사하지 않고 나고야 시내의 의류 회사에서 일하고 있다.

마리를 인터뷰할 때 유미도 고향집에 있었기 때문에 나는 유미와 명함을 교환했다. 어제 오후, 이치타와 마리가 종적을 감춘 것을 알고 나는 바로 유미에게 연락해 두 사람의 행방을 아는지 물었다. 근무중이었던 유미는 조금 귀찮아했지만 내치지는 않고 아무것도 모른다고 대답한 뒤에 이렇게 말했다.

"걱정할 필요 없어요. 오빠도 언니도 어렸을 때는 사소한 일로 가출하곤 했거든요. 그렇게 찾지 않아도 태연한 얼굴로 돌아올 거예요."

하지만 그로부터 몇 시간 뒤, 밤 9시가 넘어서 이번에는 유미가 전화를 했다. 그녀는 당혹스러운 목소리로 말했다.

"언니한테 전화가 왔어요. 그래서 말인데…… 괜찮다면 당장 와주실 수 없을까요?"

유미는 나고야 시 가나야마에 산다. 손목시계를 보고 한 시간 반 안에 가겠다고 약속했다.

유미가 사는 맨션은 가나야마 역에서 도보 칠 분 거리에 있는 오 층짜리 건물이었다. 출입구에는 자동 잠금장치가 있고 기계식 주차장도 있었다. 유미의 집은 최상층이었는데 구조는 모르겠지만 거실은 다섯 평은 족히 넘는 넓이였다. 유리 테이블 위에 꽤나 향이 짙은 홍차를 내놓았다.

용건을 묻자 유미는 미안한 안색으로 "이렇게 밤늦게 불러내서 죄송해요"라고 말을 꺼냈다.

"9시 조금 전에 언니가 전화를 했어요. 꽤 취한 기색이었는데 어디에 있는지 물었지만 제 얘기를 귀담아듣지 않는 눈치였어요. 게다가 일방적으로 전화를 끊어버리고……. 역시 찾아보는 게 좋을 것 같은데, 경찰에 부탁하면 만약에 발견해도 언니가 경찰에 체포된 걸로 보일 것 같고, 친구나 회사 사람한테는 오빠와 언니에 대해 숨기고 있어서 의논도 할 수 없고, 어쩌면 좋을지 몰라서……."

퓨처스테어 도산에 대해 마리는 그렇다 쳐도 이치타는 어떤 식으로든 법적 책임을 지게 되겠지만, 그것과 실종 수색은 별개의 문제다. 경찰에 신고한다고 마리가 체포되지는 않으리라. 그렇지만 주저하는 유미의 마음도 이해할 수 있었다.

"알겠어요. 제가 할 수 있는 일은 해볼 테니 어떤 전화였는지 자세히 말해봐요."

유미는 음성 녹음기를 유리 테이블 위에 올려놓았다.

"언제 전화가 와도 대처할 수 있도록 이걸 가까이 두고 있었어요. 처음은 녹음 못 했지만 뒷부분은 들을 수 있을 거예요."

다른 단서가 없는지 이야기를 조금 더 들어보았지만 유미는 평소 이치타와는 전혀 교류가 없고 마리와도 반년 가까이 연락을 하지 않아 최근 사정은 전혀 모른다고 했다.

"부모님도 아는 소식 없냐고 물으시는데 정말로, 아까 받은 전화가 처음이에요."

"그래요······. 어쨌거나 좀 들어볼게요."

재생 단추를 누르자 유미의 말대로 대화 중간부터 녹음한 듯한 목소리가 흘러나왔다. 나는 똑똑히 듣기 위해 머리카락을 귀 뒤로 넘겼다.

대화 데이터는 어젯밤에 테이프로도 녹음해뒀다.

유미 : ······언니, 지금 어디 있어? 아버지도 어머니도 걱정하고 계셔.

마리 : 지금, 지금은 말이지, 차 안이야. 술을 마셔서, 지금은 하늘을 보고 있어.

유미 : 무사한 거야? 텔레비전으로 보고 걱정했어.

마리 : 텔레비전은 볼 게 못 돼. 아아, 하지만 유미는 텔레비전 앞에서 살았지.

유미 : 언니, 취했어?

마리 : (구역질하는 소리)

유미 : 괜찮아? 거기로 갈까?

마리 : 무슨 소리니. 넌 회사 가야 하잖아. 나는 말이야, 일자리를 잃었어.

유미 : 많이 취했구나, 언니.

마리 : 그럼 어때서? 아까 어떤 남자가 도와줬어. 말도 잘하고 은근히 멋지더라. 약간 내 취향이야.

유미 : 남자라니, 언니, 괜찮은 거야? 지금도 그 사람하고 있어?

마리 : 괜찮다니까. 얘가 이상한 걱정을 하네.

유미 : 언니, 부모님한테도 연락 좀 해. 굉장히 걱정하고 계셔.

마리 : 글쎄.

유미 : 지금 어디 있는지 알려줘.

마리 : 음, 할머니 댁 근처. 하지만 그건…… 역시 안 돼. 만나러 갈 수는 없어.

유미 : 안 되긴 왜. 할머니도 기뻐할 거야.

마리 : 호텔이 있는 동네도 아니고, 타이어가 저러니 이동도 못 하고, 난감하네.

유미 : 괜찮다니까, 할머니한테 가. 오늘밤은 춥단 말이야.

마리 : 괜찮아. 우동 같은 걸 먹었어, 지금 굉장히 따끈따

끈해. 있지, 유미, 나도 실은 평범하게 살 수 있었어.

유미 : 무슨 소리를 하는 거야, 언니. 응? 그러지 말고 알려줘, 지금 어디야?

마리 : 유미는 좋아하는 일을 할 수 있어서 다행이야. 주위에 나나 오빠의 여동생이라고 말하면 안 돼.

유미 : 할머니라니 어느 할머니를 말하는 거야? 응?

마리 : 사랑해, 유미.

유미 : 언니?

마리 : 감기 안 걸리게 일찍 자. 안녕.

유미 : 언니, 여보세요…….

유미는 자기와 언니가 나눈 대화를 들으며 연방 고개를 갸웃거렸다.

"언니는 술을 잘 마시는데다 이런 식으로 취할 사람이 아니에요. 역시 나이가 든 건가."

나는 그 시점에서 물어볼 수 있는 질문을 했다.

"유미 씨, '할머니'는 어디 살고 계시죠?"

유미는 또렷하게 대답했다.

"친할머니는 야마나시 현 하타노 정에, 외할머니는 시즈오카 현 오마에자키에 사세요."

"할아버님은 두 분 다 건재하신가요?"

"외할아버지는 돌아가셨어요."

"그럼 '할머니 댁'은 외할머니 댁을 뜻한다고 생각해도 될까요?"

유미는 고개를 저었다.

"아뇨. 친가를 말할 때도 언니는 '할머니 댁'이라고 했던 것 같아요."

"평소에도 그렇게 말했군요."

"네."

"특별히 더 가까운 쪽이 있었나요?"

잠깐 뜸을 들이더니 유미가 다시 고개를 저었다.

하야사카 마리가 시즈오카와 야마나시 둘 중 어느 쪽으로 갔는지, 이 시점에서 나는 확신이 있었지만 추측을 전하지는 않았다. 대신 이렇게 말했다.

"알겠습니다. 이 정도만 알면 찾아낼 수 있을 겁니다."

유미는 고개를 꾸벅 숙였다.

"잘 부탁드릴게요."

"맡겨주세요. 그리고 한 가지만 더 알려주시겠어요?"

"⋯⋯네."

"어째서 제게 연락하셨죠? 분명 다른 곳에서도 유미 씨에게 취재 요청을 많이 했을 텐데요. 하지만 보아하니 유미 씨는 제게만 연락한 것 같군요. 이유가 뭐죠?"

답은 바로 돌아왔다.

"전에 언니가 그랬어요. 잡지와 텔레비전에서 언니 이미지를 멋대로 만들어내려고 했다고요. 아니면 고작 십 분 얘기한 걸 부풀려서 멋대로 언니의 '본심'으로 꾸몄다고요.

하지만 다치아라이 씨만은 달랐다고 했어요. 처음에는 무뚝뚝한 사람이라고 생각했대요. 하지만 다치아라이 씨하고 얘기해보니 인터뷰 질문에 대답한 것뿐인데 자기도 몰랐던 생각을 끌어내주었다. 다치아라이 씨만이 진심으로 언니 얘기를 들어주려고 했다고 기쁜 얼굴로 말했어요. 다치아라이 씨를 선택한 건 그런 이유예요."

그 인터뷰는 기억하고 있다. 정말로 그 인터뷰 기사를 하야사카 마리가 읽었던 걸까? 부족함은 없었을까, 모르겠다.

나는 말했다.

"고마워요. 마리 씨는 자기가 관심 몰이에 이용당하고 있다는 걸 누구보다 잘 알고 있었어요. 그래도 퓨처스테어 사업이 많은 사람들을 행복하게 만들 거라 믿고, 아슬아슬한 질문이나 요구에도 능숙하게 대처하면서 항상 밝게 웃었어요. ······ 저는 하야사카 마리 씨가 마음에 듭니다."

음성 녹음기 본체는 빌려주지 않았지만 음성 데이터는 메모리스틱에 담아 올 수 있었다.

가나야마의 맨션에서 물러날 때, 시간은 밤 12시를 바라보고 있었다.

어제 잠도 제대로 못 잤을 텐데 후지사와는 눈을 몇 번 껌뻑거리며 조용히 내 이야기를 듣고 있었다.

"만약 찾아내더라도 하야사카 마리는 많이 지쳐 있을 거야."

나는 그렇게 말했다.

"하야사카 마리를 만나 인터뷰를 따내면 고향에서 그녀를 걱정하는 사람들이나 여동생 유미 씨도 안심하겠지. 하지만 되도록 빨리 찾아주고 싶어서 후지사와 당신을 부른 거야."

후지사와는 아무 말도 하지 않고 고개를 끄덕였다.

가방에서 클리어파일을 꺼내 후지사와에게 건넸다.

"이게 통화 내용을 기록한 거야. 하야사카 마리의 현재 위치에 대한 직접적인 단서는 아직은 이것뿐이야."

후지사와는 파일 사이에 낀 A4 프린트를 한차례 훑어보고 신중하게 말했다.

"지금 어디 있는지 전화로는 말하지 않은 거죠?"

"의도적으로 말하지 않은 것 같아. 필사적으로 숨길 작정

진실의 10미터 앞

은 아니었던 모양이지만."

다시 눈에 힘을 주고 통화 기록을 읽던 후지사와가 잠시 후 고개를 젖히고 미간을 누르며 신음했다.

"이걸로는 모르겠는데요."

"그래?"

"지금 고후로 가고 있으니 다치아라이 씨는 야마나시 쪽이 수상하다고 생각하는 거죠? 모르겠네……. 모 아니면 도, 도박이잖아요, 이거."

"도박은 도박이지만 꽤 유리한 도박이야."

차창 밖은 어느새 시나노의 하얀 산야로 바뀌어 있었다. 후지사와가 벌건 눈으로 곰곰이 생각에 잠겼다가 뜸을 두고 대답했다.

"모르겠어요."

설명할 필요는 없다고 생각했다. 하지만 그래서는 철야 다음날 이런 일에 휘말린 후지사와에게 너무 미안했다. 손을 뻗어 통화 기록의 한 부분을 손가락으로 더듬었다.

"여기야."

"……'타이어가 저러니 이동도 못 하고' 말입니까?"

"그래."

통화 기록을 후지사와의 손에서 빼앗아 클리어파일에 끼워 가방에 도로 넣었다.

"잠깐만요, 그게 다예요?"

"그게 다라니?"

"타이어에 뭔가 문제가 있는 거죠? 그렇다고 시즈오카가 아니라 야마나시라고 단언할 수 있어요?"

경쾌한 멜로디와 함께 안내 방송이 흘러나왔다.

"잠시 후 시오지리, 시오지리에 도착합니다. 두고 내리는 물건이 없는지 살펴보시기 바랍니다."

창밖의 눈 쌓인 풍경이 차츰 도시로 바뀌어갔다. 나는 말했다.

"펑크 가능성도 제로는 아니지만."

"으음."

"일반 타이어였겠지."

"아."

후지사와는 짧은 탄식을 흘렸다.

특급열차가 속도를 줄이기 시작했다.

"어제는 동일본 대부분의 지역에 눈이 내렸어. 야마나시에도 적지만 눈이 쌓였지. 하야사카 마리의 차량은 일반 타이어였으니 눈이 쌓이면 움직이기 어려웠을 거야. 그래서 '타이어가 저러니 이동도 못 하고'라는 말을 한 거지. 혹시 몰라 조사했는데 눈이 쌓인 건 도호쿠 전역과 니가타 현, 나가노 현, 야마나시 현, 군마 현. 시즈오카 현 오마에자키 시에서 강설은 관측되지 않았어."

크림옐로색 머플러를 목에 둘러 넥타이처럼 맸다.

"어젯밤 하야사카 마리는 야마나시 현 하타노 정에 있었어. 아즈사호로 갈아타면 좀 쉬어. 고후에 도착하면 깨울 테니."

3

운행 스케줄에 문제가 생겨 환승에 시간이 걸리는 바람에 '아즈사'가 고후에 도착했을 때는 12시를 바라보고 있었다.

열차 안에서 본 가이지◆는 희끗희끗했지만 도시의 열기가 얼마 되지 않는 눈을 다 녹여버렸는지 고후에는 눈이 없었다. 역 앞 대형 로터리에 버스가 들어왔지만 내리는 사람도 타는 사람도 드물었다.

숨을 한껏 들이마셨다. 나고야에서 왔으니 공기가 조금 다르게 느껴질 싶었는데 가슴만 서늘할 뿐이었다.

"택시로 이동할 거죠? 저쪽에 승강장이 있어요."

큼직한 카메라 가방을 어깨에 멘 후지사와가 로터리 한구

◆　　**가이지** _ 甲斐路. 율령제하의 고대 일본에서 현재의 야마나시 현에 해당하는 가이노쿠니와 수도를 연결하는 관도.

석을 가리켰다. 하지만 나는 가볍게 손을 젓고 휴대전화를 꺼내 미리 등록해둔 번호로 전화를 걸었다.

"여보세요. 아침에 전화드렸던 《도요 신문》의 다치아라이라고 합니다."

상대는 고후의 택시 회사였다. 아침에 미리 배차를 부탁했고 시오지리 역에서 환승 지연도 알렸다. 택시가 어디에 서 있는지 묻자 전화 상대가 말했다.

"남쪽 출입구 정면에 계신 거지요? 바로 갈 테니 거기서 기다리십시오."

전화를 끊자 후지사와가 웃었다.

"굳이 예약할 필요가 있었을까요?"

택시 승차장에는 꽤 많은 택시들이 손님을 기다리고 있었다. 눈으로 대충 세어도 스무 대는 넘었다. 그냥 타기만 하는 거라면 굳이 예약하지 않아도 바로 탈 수 있었으리라.

나는 대답하지 않았다. 후지사와가 퍼뜩 진지한 표정으로 돌아왔다.

"눈과 타이어의 상관관계는 솔직히 짐작도 못 했어요. 이제부터 어떻게 하실 겁니까? 뭐 도울 일이 있으면 말씀하세요."

"고마워. ……그래, 후지사와, 배고프지?"

후지사와는 어리둥절한 표정을 지었다.

"어, 뭐, 배가 안 고픈 건 아닌데요. 저, 일단 이후 일정만이라도 여쭤봐도 될까요?"

"설명해줄 테니 점심부터 먹자."

"그건 괜찮은데 곧 택시가 올 텐데요."

"택시로 갈 거야."

고후 역 앞에 줄지어 선 빌딩에 광고 간판이 빽빽하게 걸려 있었다. 소비자금융, 영어회화 학원, 비즈니스호텔, 토속주, 거기에 지방 특산물 간판도 있다. 딱히 초점을 두지 않고 멍하니 올려다보며 물었다.

"호토 먹어본 적 있어?"

"……아뇨, 없습니다."

"뭔지는 알아?"

"이름만 들어봤어요. 어떤 음식인데요?"

"야마나시의 명물이야. 난 은근히 좋아해. 오늘 점심은 그걸로 할 건데 후지사와는 못 먹는 음식 있어?"

후지사와가 딱딱하게 말했다.

"오늘 안에 나고야로 돌아가려면 시간이 별로 없어요. 역 안에 뭔가 간단히 먹을 수 있는 가게가 있을 텐데요."

"꼭 호토를 먹어야 해. 후지사와도 취재로 출장 갈 때 있잖아. 지역 명물에는 별로 관심 없어?"

"경우에 따라서 다르죠. 오늘은 별로 그럴 기분이 아니에요."

검은 택시가 다가왔다. 비상등을 깜빡여 신호를 주기에 손을 흔들었다. 차체 크기나 왁스 광택으로 보아 택시 회사에서 좋은 차를 배차해준 것 같았다.

"평범한 차도 괜찮다고 할걸 그랬네."

후지사와도 어깨를 움츠렸다.

"저건 좀 눈에 띄겠어요."

"어떻게든 되겠지. 갈까?"

눈앞에 택시가 서더니 문이 열렸다. 운전수가 내려서 공손하게 고개를 숙였다.

"다치아라이 님이시죠? 오늘 두 분을 모실 다테카와라고 합니다. 잘 부탁드립니다."

호리호리한 사십 대 남성으로 자연스러운 미소가 보기 좋았다. 그가 후지사와의 카메라 가방을 보고 바로 말했다.

"짐 실어드리겠습니다."

민첩한 몸놀림으로 차 안으로 돌아가 트렁크를 열어주었다.

행선지는 일단 하타노 정이라고만 말하고 출발을 부탁했다. 얼마나 걸리는지 묻자 삼십 분이면 도착한다고 했다.

차는 고후 역에서 남쪽을 향해 달렸다. 하늘은 탁 트여 있었지만 전선이 낮게 얽혀 있는 것처럼 보였다. 정액 요금으로 빌린 택시라 미터기는 돌아가지 않았다.

"어젯밤 눈은 어땠습니까?"

그렇게 묻자 다테카와가 쾌활한 목소리로 대답했다.

"대수롭지 않았습니다."

"그래도 쌓였다고 들었는데요."

"새벽에는 얇게 쌓여서 이 차도 겨울용 타이어로 바꿨지요. 안 그러면 위험해서요. 하지만 해가 뜨니 싹 녹았습니다."

확실히 흘러가는 풍경에도 눈은 거의 보이지 않았다.

옆에서 후지사와가 속삭였다.

"다치아라이 씨, 아까는 그렇게 말했지만 좀 출출하네요. 역시 속이 비면 될 일도 안 되겠죠?"

고개를 끄덕이고 운전사에게 물었다.

"기사님, 하타노에서 점심을 먹으려는데 가게 좀 추천해주실 수 있습니까?"

백미러 속에서 운전사가 이쪽을 쳐다보았다.

"예, 물론이지요. 하타노를 잘 아는 운전사로 지정하셨으니까요. 하타노에서 나고 자라 지금도 하타노에서 살고 있답니다. 맡겨만 주십시오."

후지사와가 나를 힐끗 쳐다보았다. 택시를 미리 수배한 이유를 이해했으리라. 지역도 낯설고 시간도 없는 이번 취재에서는 지역 정보에 해박한 택시 운전사가 꼭 필요했다.

"다만 하타노는 작은 마을이라 관광할 곳도 별로 없습니다. 가게도 적고요."

"말씀 고맙습니다. 그럼 호토를 맛있게 하는 가게는 있나요?"

대답에 웃음이 서려 있었다.

"그럼요. 있지요. 호토라고 하면 관광객 취향에 맞춰 먹기 편하게 내놓는 가게가 많은데, 하타노의 가게들은 전부 전통 그대로 본고장 요리를 내놓죠."

"비교적 밤늦게까지 하고 술도 파는 가게면 좋겠는데요."

"밤늦게 말입니까? 고후 중심지만큼은 아니지만 뭐, 8시 정도까지는 하는 곳이 있습니다. 토속주도 잘 갖추고 있고요. 낮 영업도 했던 것 같은데."

한 가지 더 물었다.

"그 가게는 무슨 요일에 쉬나요?"

"제 기억으로는 수요일이었습니다."

"다른 가게는 없습니까?"

눈앞의 신호가 노란색으로 바뀌어 택시가 속도를 떨어뜨렸다. 완전히 세운 다음 운전사가 고개를 갸웃거리며 말했다.

"거기 말고요? 글쎄요."

붉은 신호가 파란색으로 바뀌었다. 택시가 다시 출발했다.

"……그러고 보니 한 군데 있는데, 술은 맥주밖에 없어요. 맛은 나쁘지 않지만 위치가 조금 좋지 않습니다. 마을에서 멀거든요. 휴일은 글쎄, 일요일이었던 것 같기도 한데, 죄송합니다. 저도 거의 가본 적이 없어서."

"그럼 그 가게로 부탁드릴게요."

"호토라면 더 괜찮은 가게도 있는데요."

택시가 커브에 접어드는 바람에 운전사가 백미러에서 눈을 뗐지만 나는 살짝 고개를 숙여 인사했다.

"고맙습니다. 늦게 돌아가게 되면 밤에는 그 가게로 부탁드릴게요."

운전사는 마음 상한 기색 없이 말했다.

"알겠습니다. 그럼 그쪽으로 모시겠습니다."

역 앞에 줄지어 있던 빌딩들은 일찌감치 모습을 감추고 커다란 간판과 주차장을 갖춘 가게가 늘었다. 그것도 이윽고 시야에서 사라지고 차츰 기와지붕의 민가가 눈에 띄기 시작했다. 주택 간격이 띄엄띄엄해지더니 어느새 길도 좁아졌다. 수확을 마친 논밭이 눈에 들어왔다. 시가지에서는 보이지 않았는데 군데군데 녹다 만 눈도 눈에 띄었다. 옆에서는 후지사와가 꾸벅꾸벅 졸고 있었다.

"라디오라도 틀까요?"

운전사가 불쑥 물었다.

"아뇨, 신경써주셔서 감사합니다만 동료가 자고 있어서."

"아아……. 그러시군요. 출장이신가요?"

"예."

"하타노에 출장이라니, 드문 일이네요."

택시 회사에는 《도요 신문》의 다치아라이라고 말하고 예약을 부탁했다. 운전사는 그 정보를 받지 못한 모양이다. 굳이 설명할 필요도 없어 "예" 하고 적당히 대꾸했다. 잠든 후지사와를 배려해준 건지 운전사는 더이상 말을 걸지 않았다.

손목시계로 시간을 쟀다. 하타노까지 삼십 분쯤 걸린다고 했는데 조금 더 걸렸다. 찾는 가게가 마을 변두리에 있기 때문일지도 모른다. 삼십오 분 정도 달려 자전거를 한 대 추월했을 즈음 운전사가 조심스럽게 말했다.

"곧 도착합니다."

예, 하고 대답하고 후지사와의 팔을 툭툭 쳤다. 두꺼운 다운재킷을 껴입어 팔을 살짝 치는 정도로는 느낌이 없었던 모양이다. 일어날 기미가 없기에 깰 때까지 흔들었다.

너른 농지 안에 집 한 채가 덩그마니 서 있었다. 하얀 회벽

에 토속적인 맞배지붕, 박공에는 사각 격자도 보였다. 밖에
내놓은 플라스틱 간판에는 녹색 바탕에 흰색 글씨로 "식당"이
라고 적혀 있었다. 택시는 가게 앞 널찍한 주차장으로 들어갔
다. 몇 대는 충분히 세울 수 있어 보였지만 다른 차는 없었다.

"자, 도착했습니다."

"고맙습니다. 여기까지 왔는데 함께 드시지 않겠어요?"

권해보았지만 운전사는 하얀 장갑을 낀 손을 저었다.

"아니요, 저는 벌써 먹었습니다. 일 얘기도 하셔야 할 테니
사양하겠습니다. 근처에 있을 테니 식사 마치시면 휴대전화
로 연락해주십시오. 그럼 문 열겠습니다."

가방을 들었다. 문이 열리자 냉기가 들어왔다. 그때 후지
사와가 별안간 소리를 질렀다.

"위험해!"

금속이 긁히는 날카로운 소리가 울렸다.

시선을 돌리니 열린 택시 문 바로 옆에 자전거가 보였다.
날카로운 소음은 자전거 브레이크 소리였다.

자전거가 택시 바로 옆을 지나가려는 순간 문이 열린 것이
리라. 부딪히지는 않았지만 운전사는 곧바로 뛰쳐나와 이쪽
으로 달려왔다.

"괜찮습니까?"

자전거를 타고 있던 것은 청년이었다. 얼굴이 보였다.

늠름하고 단정한 얼굴이다. 약간 곱슬머리였는데 이목구비가 뚜렷했다. 추워서 그런지 얼굴이 꽤 벌겠다.

자전거 앞에 빈 바구니가 달려 있었다. 뒤쪽 짐칸에는 상자를 끈으로 묶어놓았는데 비죽 튀어나온 대파 다발이 보였다. 청년은 입을 질끈 다물고 있었지만 운전사의 질문에는 똑똑히 대답했다.

"괜찮습니다."

"죄송합니다."

"아닙니다."

고개를 숙이는 운전사에게 짧게 대답하고 청년은 페달에 발을 얹었다. 그대로 자전거를 몰아 가게 뒤쪽으로 사라졌다.

나도 택시에서 내려 긴 한숨을 토하는 운전사를 다독였다.

"별일 없어서 다행이에요."

운전사가 이쪽을 돌아보며 뻣뻣하게 웃었다.

"그러게요. 이렇게 넓은 주차장에서 간 떨어질 뻔했습니다. ……그럼 식사 마치시면 연락 주십시오. 트렁크 열어드릴까요?"

"네, 부탁드립니다."

소동으로 잠이 확 깬 듯한 후지사와가 카메라 가방을 꺼내는 모습을 보면서 나는 방금 전 광경을 떠올리고 있었다.

가게는 고택을 그대로 사용하고 있었다. 천장이 높고 대들보는 고색창연했다. 벽도 바닥도 반질반질 윤이 났다. 손님들은 봉당에서 신발을 벗고 다다미 위에 깔아놓은 방석에 앉는 것 같았다.

"재미있네요."

후지사와가 말했다.

"그러게. 하지만 조금 춥네."

"천장이 높으니 별수없죠."

주차장에 자동차만 없는 게 아니라 가게 안에는 다른 손님도 없었다. 운전사의 말대로 위치가 좋지 않기 때문이리라.

코트를 입은 채로 점원을 기다렸지만 아무도 나오지 않았다.

"실례합니다."

그렇게 부르기를 세 번, 겨우 안에서 사람이 나왔다.

"아아, 죄송합니다. 많이 기다리셨죠. 어서 오세요, 이리로 올라오십시오."

통짜로 된 앞치마를 입은 여성이었다. 보기에 아직 사십대, 아무리 많이 잡아도 쉰은 되지 않았으리라.

"감사합니다."

신발을 벗을 때 후지사와가 말했다.

나는 무릎을 모은 자세로, 후지사와는 책상다리로 방석에 앉았다. 잠시 후 차가 나왔다.

"추우시죠. 메뉴를 정하시면 불러주세요."

테이블 역시 가무잡잡하니 윤기가 도는 골동품이었다. 나무젓가락이 담긴 대나무통과 작은 양념통이 있었다. 메뉴를 펼쳤다. 명조체로 음식 이름이 죽 적혀 있다. 사진은 없다. 호박 호토가 맨 앞에 실려 있었고, 그 외에 고명이 다른 호토가 몇 종류 있었다.

메뉴를 보면서 후지사와가 물었다.

"그래서 결국 호토란 게 뭡니까?"

"밀가루 요리."

"빵 같은 건가요? 호박빵?"

"완전히 달라. 보면 알아."

호토 외에도 토속 요리가 많았다. 말고기 회에 고수 지방 와인, 여름 한정 계절상품으로 복숭아 셔벗. 어디서나 볼 수 있는 정식 세트도 종류가 다양했다.

"돼지고기 생강구이나 치킨커틀릿 정식도 있네요."

정식 세트에 나오는 흰밥은 추가 요금을 내면 조개장을 넣어 지은 영양밥으로 바꿀 수 있다고 했다. 조개장도 고수 특산품인데, 기억에 따르면 분명 재료는 전복이었다. 추가 요금 몇백 엔에 정말 전복밥을 내줄까? 메뉴를 뚫어져라 보았다.

"다치아라이 씨."

후지사와가 불쑥 이름을 불렀다.

"그렇게 심각한 표정 짓지 말고, 식사 시간만이라도 일 생각은 잊도록 하죠."

나는 메뉴에 있는 '포도 돼지 스테이크'가 대체 뭘까 고민하고 있었을 뿐인데……. 포도 돼지 스테이크에도 흰밥은 나오지만 정식 세트는 아니었다.

가게 안쪽에서 하얀 앞치마를 두른 남성이 나왔다. 아까 자전거로 부딪힐 뻔한 청년이다. 손에 행주를 들고 묵묵히 빈 테이블을 닦기 시작했다.

"정했어요."

후지사와가 말했다. 나는 고개를 끄덕이고 청년을 향해 한 손을 들었다.

"여기요."

청년이 행주를 내려놓고 다가왔다. 한쪽 무릎을 꿇고 앞치마 주머니에서 메모장과 볼펜을 꺼냈다.

"말씀하세요."

"저는 여기, 특제 호토를."

"예."

나는 메뉴를 가리켰다.

"여기 포도 돼지 스테이크에 나오는 밥은 영양밥으로 바꿀 수 없나요?"

청년은 볼펜으로 메모하며 대답했다.

"예."

뭐, 상관없다.

"알겠습니다. 포도 돼지 스테이크로 부탁해요."

"예."

메모를 마친 청년이 일어섰다. 그가 가게 안쪽으로 사라지자 후지사와가 "과묵한 점원이네요"라고 했다.

"주문 확인도 안 하던데 괜찮을까요?"

"겨우 두 사람분인데 뭐."

"그건 그렇지만."

후지사와가 씨익 웃었다.

"다치아라이 씨, 그렇게 호토에 연연하더니 괜찮으세요?"

"괜찮아."

"안 나눠줄 거예요."

"아무렴요."

웃으며 찻잔에 입을 댄 후지사와가 "앗, 뜨거워!" 하고 소리를 지르고 또 물었다.

"그런데 술은 괜찮은 거예요?"

"술?"

"드실 생각이었잖아요. 왜, 택시에서 물었잖아요. 술을 마실 수 있는 가게는 없냐고."

나도 찻잔에 손을 뻗었다. 호지차였는데 뜨거웠다.

"그런 말 한 기억은 없는데."

"……뭐, 그렇다 치죠."

가방을 열고 속에서 메모를 꺼냈다. 가무잡잡한 윤기가 흐르는 테이블에 혹시나 물기가 없는지 확인하고 메모를 펼쳤다.

"갑자기 뭡니까?"

후지사와가 그렇게 물으며 찻잔을 내려놓았다.

"하야사카 마리를 찾아낼 단서에 대해 아직 자세히 말하지 않았으니까. 신경쓰였지?"

"아아. 설명해줄 마음은 있었어요?"

"그렇게 말했을 텐데."

"다치아라이 씨는 설명도 없이 일을 쭉쭉 끌고 나가는 사람이니 이번에도 그런 줄 알았죠."

뭐라고 대답할까 망설였다.

"다들 그렇게 생각해?"

"아니, 나쁜 소문은 아니니 괜찮지 않을까요?"

"최소한으로 필요한 정보는 부지런히 공유하고 있는데."

"최소한이라는 자각은 있군요. 최대한 공유합시다."

손목시계를 보았다. 겨울은 해가 짧다. 산지 근처인 이 부근은 더욱 그러하리라. 잡담을 할 시간은 없다. 손바닥으로 메모의 접힌 자국을 폈다.

"전제는 이거야. 일하던 회사가 도산하면서 하야사카 마리는 사기 방조자 취급을 받아 모습을 감추었어. 자발적 도주로 봐도 무방하겠지. 자동차로 이동해 할머니 댁에 가려고 했지만 자기 처지를 생각하니 할머니에게 의지할 수도 없어서 오도 가도 못했어. 그런 상태로 여동생 유미에게 전화를 걸었지. 그 통화 기록이 이거야."

"갑작스럽네요."

그렇게 말하며 후지사와는 인쇄물을 보았다. 표정에서 웃음기가 사라졌다.

"예, 거기까지는 파악하고 있습니다."

"이 통화 기록으로는 현재 하야사카 마리의 소재지는 알 수 없어. 하지만 단서는 이것뿐이야. 이걸로 그녀의 어젯밤 행동을 생각해보는 거야."

"예."

나는 통화 기록 두 번째 줄을 손가락으로 가리켰다.

"어젯밤, 하야사카 마리는 '차 안'에서 전화를 걸었어."

"'차 안'이라고 했네요. 예, 그런 것 같습니다."

"그리고 술에 취한 상태였어."

"예."

"술은 어디서 마셨을까?"

후지사와는 즉각 대답했다.

"차 안이겠죠. 캔맥주라도 사서 어디 탁 트인 곳에 차를 세우고 좌석에서 마셨겠죠. 학창 시절에는 친구한테 운전을 맡기고 차 안에서 자주 그랬거든요."

나는 손가락을 통화 기록 아래쪽으로 옮겼다.

"그건 아닐 거야. 이다음을 읽어보면 차 안이라고 생각하기 어려워."

"그 말씀은?"

"하야사카 마리는 과음해서 '은근히 멋진' 남자의 도움을 받았잖아. 차 안에 술에 취한 사람이 있다고 차 안까지 도와주러 갈까?"

후지사와는 고개를 갸웃거렸다.

"밖에서 척 보기에도 위급한 상태라면 만에 하나 정도는…… 그럴 수도 있겠죠? 그러네요, 보통은 가지 않죠."

"자동차 안은 개인 공간이야. 차 안에서 사람이 술에 취해 인사불성이 되어도 문을 따고 들어가 보살펴주는 경우는 생각하기 어려워. 하야사카 마리는 문을 잠그고 있었을 테고."

가게 청년이 쟁반을 들고 다가왔다. "드세요" 하고 내 앞에 감자 샐러드를 내려놓았다. 보아하니 포도 돼지 스테이크의 사이드 메뉴 같다. 대나무 통에서 젓가락을 빼서 가른 다음 두 손을 모았다. 술안주 역할인지 조금 짭짤했다.

"물론 과음해서 속이 울렁거려 자동차 밖으로 나가 비틀거리는데 때마침 지나가던 남자가 도와줬을 가능성도 고려할 수는 있어. 하지만 더 그럴듯한 건……."

"가게에서 마신 거군요. 가게 안이라면 손님이든 점원이든 다른 사람이 있을 테니."

나는 고개를 끄덕였다.

작은 접시에 소복이 담긴 감자 샐러드를 나무젓가락으로 뒤적거렸다.

"그럼 어떤 가게에서 마셨을까?"

대답을 요구한 건 아니었는데 후지사와는 추측을 내놓았다.

"술에 잔뜩 취할 만큼 마실 수 있는 곳이니 역시 바나 선술집 아닐까요?"

"그래. 그럴지도 모르지만 세 가지 조건이 붙어."

"세 가지?"

"첫 번째, 어제 가게를 열었을 것."

후지사와는 얼굴을 찌푸렸다.

"당연한 거 아녜요?"

아랑곳하지 않고 말을 이었다.

"두 번째, 밤 9시 가까이까지 영업할 것."

"……그건?"

"말 안 했구나. 하야사카 유미가 전화를 받은 게 밤 9시쯤이었어. 술에 잔뜩 취해 도움을 받고 취기가 좀 가신 다음에 차로 돌아가 전화한 거겠지. 그렇다면 적어도 8시, 가능하면 9시까지는 문을 연 가게여야 말이 돼. 후지사와도 출장이 잦으니 잘 알겠지만 하타노처럼 작은 마을에서 8시나 9시까지 영업하는 가게는 그리 많지 않아."

"뭐, 그건 알겠습니다."

후지사와는 그렇게 말하고 차를 마셨다.

"세 번째는?"

"식사가 가능한 가게일 것."

통화 기록 아래쪽을 가리켰다.

"하야사카 마리는 '우동 같은 음식'을 먹었어. 9시 시점에서 아직 몸이 따끈따끈하다고 한 게 거짓이 아니라면 낮에 먹은 게 아닐 거야. 술을 마신 가게와 식사를 한 가게는 다른 곳이라고 생각할 수도 있지만 음식점이 적은 마을에서 이 가게 저 가게 찾아다니기는 어려워. 하야사카 마리는 한 가게에서 식사를 하고 술도 마셨어."

후지사와는 고개를 작게 두어 번 끄덕거렸다.

"하긴. 따로 보면 당연한 일들이지만 세 가지나 갖춰지니 뭔가 보이는 것 같군요."

"애초에 음식점이 몇 안 되니 조건이 이 정도 되면 좁히기도 쉬워."

"확실히. ……그리고 '우동 같은 음식'이 마음에 걸리네요. 우동이라고 말하면 될 텐데 '같은 음식'이라니 뭘까요?"

가게 청년이 묵직해 보이는 쟁반을 들고 천천히 다다미 위를 걸어왔다.

"나왔습니다."

역시나 과묵하게 말하고 등나무로 짠 냄비받침을 후지사와 앞에 내려놓더니 쟁반에 얹혀 있던 음식을 내려놓았다.

김이 모락모락 솟아오르는 뚝배기였다. 호박에 토란, 팽이버섯, 표고버섯, 대파, 시금치, 계란, 거기에 닭고기가 푸짐하게 들어 있다.

"그게 특제 호토야."

진실의 10미터 앞

"이게……."

후지사와가 걸쭉한 국물로 꽉 찬 뚝배기를 들여다보았다.

"푹 삶은 우동으로밖에 안 보이는데요."

나는 한껏 미소를 지으려 했다. 의식해서 그러지 않으면 아무도 내가 웃고 있다는 걸 모른다.

"호토는 면을 반죽할 때 소금을 넣지 않고 면을 삶은 물에 간을 해서 국물이 걸쭉한 게 가장 큰 특징이야. 보니까 알겠지? '우동 같은 음식'이야."

일회용 젓가락을 시원하게 가른 후지사와가 호토 면을 집어 올렸다. 굵은 면을 뚫어져라 쳐다보다가 입으로 가져갔다.

"아, 맛있네요."

"다행이네."

한동안 후지사와는 묵묵히 호토를 먹었다. 잠시 후 내가 주문한 음식도 나왔다.

청년이 역시나 말없이 두고 간 포도 돼지 스테이크는 두툼하게 썬 고기를 철판에 구운 요리였다. 한입 크기로 잘려 있었다.

"포도…… 돼지 스테이크."

한 번 더 요리 이름을 소리 내어 말해보았다. 벌써 이마에

땀이 송골송골 맺힌 후지사와가 손길을 멈추고 눈길을 들어 나를 쳐다보았다.

"다치아라이 씨, 정말 몰라서 그러시는 거예요?"

"뭐가?"

"그거, 돈육 스테이크잖아요. 돼지 스테이크가 아니라. 돼지고기로 만든 스테이크는 보통 돈육 스테이크라고 하지 않나요?"

"……아아."

그럼 포도 돼지로 만들었다고 포도 돼지 스테이크라고 쓴 건가. 이제야 알겠다.

"그런데 포도는 왜 붙여?"

"모르세요? 와인을 만들 때 나오는 포도 껍질 같은 걸 먹여서 키운 돼지예요. 맛있다던데요."

"그런 건 알면서 호토는 왜 몰라?"

"그거야말로 모르겠습니다."

세트 메뉴에 딸린 밥은 나중에 나왔다. 흰밥이 아니었다. 살짝 눌어붙은 영양밥이었다.

"저기요, 잠깐."

바로 발길을 돌린 점원을 불러 세우려 했지만 못 들었는지 돌아보지도 않았다. 포도 돈육 스테이크에 함께 나오는 건

흰밥일 텐데, 그냥 받아도 되는 걸까? 밥에서 올라오는 먹음
직스러운 간장 냄새를 맡으며 망설이고 있자 후지사와가 말
했다.

"그냥 드세요. 바꿔달라고 해도 그 영양밥은 아마 버리게
될 텐데."

"그건 그렇겠지만."

"마음에 걸리면 나중에 돈을 더 내면 되죠. 저기 앞치마를
입은 주인아주머니는 무뚝뚝하지도 않으니."

후지사와의 말도 일리는 있다. 그러기로 했다.

호박도 면과 함께 삶아서 그런지 후지사와가 시킨 호토 국
물에는 호박이 녹아 있었다. 걸쭉한 국물이 잘 튀는지 후지사
와는 신중하게 젓가락을 놀렸다.

"하야사카 마리의 발자취를 알아내기 위해 이 가게에 온
거군요."

젓가락 끝으로 호박을 가르며 후지사와가 왠지 원망스러운
기색으로 중얼거렸다.

"맞아."

"미리 말 좀 해주시지."

하타노를 잘 아는 운전사를 수배한 이유는 지리 정보를 기
대했기 때문이 아니다. 술과 호토를 팔고, 어느 정도 밤늦게

까지 장사를 하고, 어제가 정기 휴일이 아닌 가게로 안내를 부탁하기 위해서였다.

"역시 다치아라이 씨는 업무 기본 상식을 중요하게 여기는 게 좋겠어요."

후지사와는 뚝배기에서 시금치를 집어 들어 위아래로 흔들었다.♦

"운전사 말투로 봐서 조건에 맞는 곳은 이 가게뿐일 것 같군요."

"낙관할 수는 없지만 희망은 가져볼 만해. 하야사카 마리가 이 부근에 온 건 확실해. 하지만 하타노 정 안에는 들어오지 않고 고후 시내에서 식사를 했을지도 모르지."

"그쪽이 가게는 많을 것 같네요."

"물론 고후 시내라면 '호텔이 있는 동네도 아니고'라고 말하지는 않았을 거야. 게다가 하야사카 마리는 아마 조부모가 사는 집을 자기 눈으로 보고 지금은 만나러 갈 수 없다고 생각했겠지. 하타노 정까지 왔을 가능성은 높아."

"그렇군요."

꽤 입에 맞는지 후지사와는 쉴 새 없이 면을 호로록 삼키며 짬짬이 물었다.

"그다음은? 어떻게 추리하죠?"

♦ 일본에서 사회인이 기본적으로 갖추어야 할 자질로 보는 '보고, 연락, 의논'을 뜻하는 일본어의 첫 글자를 따면 시금치를 뜻하는 '호렌소'가 된다.

통화 기록 일부를 읊었다.

"'아까 어떤 남자가 도와줬어. 말도 잘하고 은근히 멋지더라. 약간 내 취향이야.'"

"다치아라이 씨가 그러니까 속이 울렁거리는데요."

"어젯밤 하야사카 마리와 접촉한 게 확실한 사람은 그 남자뿐이야. 그 사람을 통해 추적할 수밖에 없어."

후지사와가 젓가락질을 멈추었다. 나는 돈육 스테이크를 입에 넣었다. 부드럽고 맛이 진하게 밴 돼지고기였다.

"······그 남자를 찾아내더라도 아무것도 모르면?"

"그 경우엔 어쩔 수 없지. 하야사카 마리의 자동차를 본 사람은 없는지 동네 사람들을 만나보는 수밖에 없어. 작은 마을이니 그 방법도 통할 것 같긴 하지만."

"시간이 걸리겠군요."

후지사와가 슬쩍 손목시계를 보더니 눈썹을 찌푸렸다.

"맞아. 빨리 찾고 싶어."

하야사카 유미는 떨리는 목소리로 언니를 찾아달라고 부탁했다.

젓가락을 들었다.

"말을 잘하는 남자란 어떤 사람일까? 생각해볼 수 있는 가능성은 일단 두 가지. 하나는 그 남성이 여성과의 대화에 숙련된 사람일 가능성."

"뭐, 있을 법하네요. 아부를 잘하고, 비위를 잘 맞춰주고, 그런 의미로 '말을 잘한다'고 했겠지요. 구체적인 직업으로는……."

"직업으로 연결할 필요는 없을 것 같지만, 굳이 따지자면 유흥업계 남자라든가."

"오호."

후지사와는 수긍하는 얼굴로 고개를 끄덕였지만 사실 나는 그게 정답이라고 생각하지 않는다. 이어서 말했다.

"다만 거기서 이상한 점은 하야사카 마리와 그 남자는 도움을 받는 사람과 도와주는 사람이라는 관계일 뿐이었다는 사실이야. 과연 그 도움을 계기로 두 사람이 이야기를 나눠서 말을 잘한다고 평가할 정도로 남자가 마리를 칭찬할 수 있었을까? 적어도 유미에게 전화한 시점에서 마리는 혼자였어."

젓가락을 든 채로 후지사와가 끙끙거렸다.

"꼭 아니라고 할 순 없죠. 상대가 인사불성으로 취했든 말든 묘령의 여성을 보면 아부해대는 남자는 널렸잖아요."

"그럴지도 몰라. 하지만 다른 가능성도 있어."

조개장을 넣은 영양밥을 입으로 가져갔다. 그냥 조개로는 낼 수 없는 깊은 맛이 났다. 전복은 아니었다. 아마 가리비쯤 되지 않을까. 그 한입을 곱씹으며 나는 문득 어째서 영양밥이 나왔는지 어렴풋이 알 것 같았다.

"다른 가능성?"

후지사와가 의아한 얼굴로 고개를 갸웃거리며 젓가락을 내려놓고 몸을 살짝 내밀었다.

"뭔데요?"

"남자가 외국인이었을 경우."

후지사와는 잠깐 생각에 잠겼다가 한숨 섞인 목소리로 말했다.

"아아. 과연."

즉 '말을 잘한다'는 표현에 '일본어가 유창하다'는 뉘앙스가 담겨 있을 경우다.

"그 경우 남자의 외견은 알 수 없어. 백인, 흑인, 황인종, 누구나 될 수 있지."

"만약 그렇다면 꽤 눈에 띄지 않았을까요? 관광객이 올 만한 동네가 아니니까요."

"맞아. 이 동네에는 대학교도 없고, 고등학생 이하의 유학생이라면 밤에 취객들이 있는 장소에 있는 건 부자연스러우니 유학생도 아니지. 그렇다면 개인적인 관계로 이곳에 머물고 있거나, 일을 하고 있거나, 아니면 뭔가 사업이나 연수일까."

접시에 남은 소스를 찍어 돈육 스테이크를 먹었다.

일단 젓가락을 내려놓고 가방에서 백 엔짜리 동전과 항상 들고 다니는 수첩을 꺼냈다. 보여줄 페이지를 찾아 후지사와에게 내밀었다.

"그리고 이게 하타노 정 관청하고 하타노 농업협동조합에 문의해서 받은 회신."

후지사와가 매서운 눈으로 노려보았다.

"다치아라이 씨, 단서는 통화 기록뿐이라고 하지 않았어요?"

"시나노 열차 안에서는 그랬어. 시오지리에서 환승할 때 전화해서 물어본 거야."

"어느 틈에……."

"후지사와가 대합실에서 자고 있을 때. 결과적으로 농업협동조합에서 이야기하기를 현재 체류중인 외국인은 없대. 하타노 정 관청도 마을에서 파악하고 있는 피고용인, 연수생은 없다고 했어. 짧은 통화로 물은 거라 완벽하진 않지만."

호지차를 마셔보니 미지근했다. 빈 테이블을 청소하고 있는 청년을 손짓으로 불러 찻잔을 가리켰다.

"다만 하타노 정이 아니라 야마나시 현에는 농업 연수로 온 필리핀인이 세 명 있어. 포도 재배 연수래."

"필리핀인인가요. 그들이 이 마을에?"

고개를 가로저었다.

"연수 기관은 가쓰누마 정에 있는데 여기서 멀어. 휴일에 놀러 나와도 고후를 지나 하타노까지 올 것 같지는 않아."

가게 청년이 차를 따르러 다가왔다. 이야기하는 사이에 후지사와는 호토를 싹싹 비웠다. 청년이 다시 쟁반을 가져와 빈 그릇을 치우려 하기에 쟁반 위에 백 엔을 올려놓았다.

후지사와가 천장을 올려다보았다.

"잠깐만요. 그래요, 하야사카 마리는 이 가게에 왔을지도 모르죠. 하지만 그때 그녀를 도와준 외국인 남성은 결국 어디 사는 누군지 모르지 않습니까? 다치아라이 씨, 취재에 별로 진전이 없는 것 같은데요. 그 남자는 어디에 있을까요?"

나는 찻잔을 들었다.

"그래, 아마도."

갓 따른 뜨거운 호지차를 한 모금 마시고 찻잔을 내려놓았다.

"여기 있을걸."

그릇을 치우려는 청년을 올려다보았다.

청년은 눈을 껌뻑거리며 뒷걸음질을 쳤다.

4

일어나서 명함을 내밀었다.

"일하시는데 죄송합니다. 저는 《도요 신문》의 다치아라이라고 합니다. 잠깐 말씀 좀 나눌 수 있을까요?"

청년은 처음부터 거의 말이 없었다. "예" 아니면 "나왔습니다" 정도밖에 말하지 않아 억양에 위화감이 없었던 것이다.

그가 말했다.

"전, 얘기하기 싫습니다."

시선이 방황했다. 두려운 걸까? 그 이유는 상상할 수 있었지만 아니라면 큰 결례가 된다. 잠깐 망설였지만 가나야마에서 기다릴 하야사카 유미를 떠올리고 각오를 굳히고 말했다.

"경찰이나 입국관리국에는 아무 말도 하지 않겠습니다. 저희는 한 여성을 찾고 있을 뿐입니다."

청년의 표정은 변함이 없었다. 혹시 몰라 다른 방법으로 접근해보았다.

"We will never inform the police or the immigration office about you."

그러자 겨우 청년이 숨을 내뱉었다.

"아뇨, 일본어도 알아듣습니다."

그리고 테이블 위의 요리를 보고 살짝 표정을 누그러뜨렸다.

"편히 드시죠. 저는 여기 있겠습니다."

"알겠습니다."

"이 가게 돼지고기, 맛있어요. 식기 전에."

청년은 쟁반에 빈 그릇을 담아 가게 안쪽으로 물러났다.

앉은 자세를 가다듬고 고개를 들자 후지사와와 눈길이 마주쳤다.

"다치아라이 씨, 저기."

"기다려."

가게 청년의 말대로 식기 전에 먹고 싶었다. 고기는 벌써 많이 식었지만 시간이 더 흐르면 딱딱해질 것이다.

식사를 마칠 때쯤 다른 손님이 두 쌍 들어왔다. 그 때문에 가게가 바빠져 청년도 손을 뗄 수가 없는 듯 보였다. 2시가 되어 런치 타임이 끝나고 앞치마를 두른 주인아주머니가 포렴을 내리자 겨우 차분히 이야기를 나눌 수 있었다.

주인아주머니는 물론 청년이 외국인이라는 사실을 알고 있었다. 밖에 '준비중' 팻말을 건 다음 우리가 취재할 수 있도록 테이블을 내주었지만 몹시 불안한 표정으로 우리를 관찰하며 간간이 시선을 던졌다.

"함께 얘기 나누시겠어요?"

그렇게 묻자 "저녁 장사 준비를 해야 해서"라며 주방으로 들어갔다. 그 모습을 보고 청년이 말했다.

"사장님, 제가 불법 입국인 걸 알면서 일하게 해주셨습니다. 정말 친절해요……. 하지만 입국관리국에 들키면 사장님한테도 폐를 끼칩니다."

청년은 나를 돌아보았다.

"경찰에도 관리국에도 말하지 않겠다는 건 정말입니까?"

"네."

"정말로?"

"네."

후지사와도 힘차게 끄덕였다.

청년은 모든 걸 믿는 기색은 아니었다. 그래도 이름을 말해주었다.

"저는 페르난도라고 합니다. Fernand Basilio. 필리핀에서 왔습니다."

새삼 다시 보아도 일본인이라고 해도 위화감이 없는 외모였다. 나이는 스무 살 안팎, 어쩌면 십 대일지도 모른다고 짐작해보았다.

"고맙습니다. 다시 인사드리겠습니다. 저는 다치아라이 마치라고 합니다."

"후지사와 요시나리입니다."

페르난도는 우리 얼굴을 번갈아 보았다.

"Journalist?"

유창한 발음에 무심코 "예스"라고 대답해버렸다. 페르난도
는 두 번 끄덕거렸다.

"알겠습니다. 한 가지만 알려주십시오. 전 일본인하고 똑
같이 생겼다는 말을 자주 듣습니다. 말도 조심했습니다. 하지
만 당신은 알아차렸어요. 어떻게?"

후지사와도 말했다.

"저도 궁금합니다. 처음부터 알았던 거예요?"

"설마."

설명은 서툴다. 하지만 페르난도는 자기 정체를 어떻게 알
았는지 궁금하겠지. 신용을 얻기 위해서라도 질문에 대답해
야만 한다.

"처음에는 택시였습니다."

"택시?"

"예. 당신은 이 가게 앞에서 우리가 탄 택시에 부딪힐 뻔했
죠. 정확히 말하면 운전사가 연 문에 부딪힐 뻔했어요."

그때 날카로운 브레이크 소리와 함께 자전거가 멈추었다.

어째서 자전거 주인은 문이 열리면 당연히 부딪힐 자리에 뛰어든 걸까, 나는 그 점이 의아했다.

"이 가게 주차장은 넓어서 보통은 사고가 일어나지 않을 장소예요. 어쩌면 그 자전거에 타고 있던 사람은 문이 열릴 줄 몰랐던 게 아닐까. 택시 문은 운전사가 기계 조작으로 연다는 사실을 몰랐기 때문에 승객인 우리가 문을 잡지 않은 걸 보고 아직 열리지 않을 거라고 판단했던 게 아닐까."

조금 짬을 두었다가 말했다.

"다시 말해 일본의 택시에 익숙하지 않은 걸지도 모른다고 생각했습니다."

페르난도가 눈썹을 찌푸렸다.

"알고는 있는데 깜빡하곤 합니다. 위험한 일이죠."

"다치지 않아 다행이었어요."

"그게 전부입니까?"

나는 고개를 저었다.

"또 한 가지는 영양밥이었습니다."

옆에서 후지사와가 외쳤다.

"영양밥? 뭐가 이상했나요?"

"맛은 정말 좋았어. 다만 흰밥이 나올 줄 알았는데 영양밥이 나와서 이상하다고 생각했지."

"주문을 잘못 받아 간 거겠지요. 아, 그래서 일본어가 서툴다는 걸 눈치챘다거나?"

"처음에는 그렇게 생각했는데."

기억을 더듬었다.

"전 분명 이렇게 물었을 겁니다. …… '여기 포도 돼지 스테이크에 나오는 밥은 영양밥으로 바꿀 수 없나요?'"

페르난도는 불안한 표정으로 끄덕였다.

"그랬습니다."

"당신은 '예'라고 대답했어요. 그 경우 일본어로 '예'라고 대답하면 '예, 바꿀 수 없습니다'라고 이어져야 합니다. 하지만 실제로는 영양밥이 나왔어요. 저도 단순히 실수인 줄 알았는데, 바로 다르게 생각할 수도 있다는 걸 깨달았습니다. 가령 영어라면 그 질문에 'yes'라고 대답하면 이어질 말은 'you can change'겠지요. 이 점원은 일본어를 기준으로 대답하는 게 아니구나, 다른 언어가 모국어일지도 모른다고 생각했습니다."

그 자리에서 바로 알아들을 수 있는 설명은 아니었다고 생각했지만 페르난도는 흥분한 기색을 감추지 않고 몸을 내밀었다.

"그렇습니까?"

"예."

그는 입가를 일그러뜨렸다.

"일본어는 제법 능숙해졌다고 생각했습니다. 잠깐 얘기해서는 필리피노인 줄 모르겠다는 칭찬도 받았습니다. 하지만 아직 모르는 게 있었군요."

"마지막은 쟁반에 올려놓은 백 엔이었어요."

여기에 대해서는 그도 어렴풋이 눈치를 챘던 모양이다. 단정한 얼굴이 살짝 일그러졌다.

"예, 팁을 받고 말았습니다."

"물론 일본인이 팁을 절대로 받지 않는 건 아닙니다. 하지만 놀라지도 않고 그토록 자연스럽게 받을 수 있는 건 팁 문화가 몸에 배어 있기 때문이라고 생각했습니다."

페르난도가 어깨를 움츠렸다.

"대단합니다."

그런 말을 들으니 갑자기 쑥스러웠다. 생각을 당당하게 설명하는 건 아무래도 익숙해지지 않는다. 게다가 이번에 나는 제로부터 생각한 게 아니었다.

"처음부터 이 가게 관계자 중에 외국인이 있을지도 모른다고 짐작은 하고 있었습니다. 그렇지 않았으면 몰랐을 거예요."

진실의 10미터 앞

페르난도가 어째서 하타노에서 일하고 있는지 자세한 사정을 알 필요는 없다. 나는 가방에서 한 장의 사진을 꺼냈다. 테이블 위에 내려놓고 손가락 끝으로 페르난도 앞으로 슬그머니 밀었다.

"아까도 말했지만 저희는 이 여성을 찾으러 왔습니다. 그녀는 어젯밤 여동생에게 전화를 했습니다. 그 대화 내용으로 저희는 어젯밤 8시경 그녀가 이 가게에 있었을지 모른다고 생각하고 있습니다."

페르난도는 사진을 들어보지도 않고 흘긋 쳐다보고는 끄덕거렸다.

"예, 이 사람은 어젯밤 분명히 봤습니다."

후지사와가 테이블 밑에서 페르난도에게 보이지 않게 승리의 주먹을 쥐었다. 나는 거듭 물었다.

"가게 분…… 주인아주머니도 이 여성과 이야기를 나누었나요?"

"얘기한 건 저뿐입니다. 사장님은 이 여성을 걱정해서 저더러 살펴보라고 말씀하셨지만, 이 사람하고 이야기를 나누지는 않았습니다."

"지금 이 여성이 어디 있는지 모르십니까?"

"모릅니다."

이 대답은 예상하고 있었다. 페르난도는 아마 마지막으로 하야사카 마리와 접촉한 사람일 것이다. 하지만 그렇다고 해서 그녀의 현재 위치를 안다고 기대할 수는 없다. 중요한 건 다음 질문이다.

"그럼 어젯밤 대화 속에서 그녀가 어디로 갈 거라는 말은 했습니까?"

"아뇨……."

이상하게도 나는 그의 침묵이 기억을 더듬는 과정에서 오는 게 아니라는 확신에 가까운 느낌을 받았다. 하야사카 마리의 사진을 바라보는 페르난도의 눈길에서 그는 뭔가를 알고 있다. 하지만 그것을 말해야 할지 망설이고 있다는 것을 느낄 수 있었다.

"저는 이 사람을 잘 모릅니다. 가르쳐주십시오. 어째서 그녀를 찾는 겁니까?"

후지사와가 내 쪽을 힐끗 쳐다보았다. 의미심장한 눈짓은 그에게 사정을 털어놓을 필요가 있느냐고 말하고 싶은 것이리라. 확실히 하야사카 마리가 중요 인물이라는 것을 알면 페르난도는 오히려 입을 다물지도 모른다. 어쩌면 정보료를 요구할 우려도 있다. 그건 알고 있었다. 하지만 지금은 전략적인 교섭보다도 솔직하게 이야기하는 성실함이 유효하다고 직감했다. 이런 직감은 잘 맞는다.

"그녀의 이름은 하야사카 마리라고 합니다. 퓨처스테어라는 회사의 사원이자 사장의 여동생이었습니다. 그녀는 오빠를 도와 열심히 일했습니다. 오빠도 역시 뛰어난 아이디어로 회사를 키웠습니다. 하지만 그녀의 오빠는 경영을 그르쳤습니다. 회사는 도산했고 대다수의 고객이 속았다고 화를 내고 있습니다. 하야사카 마리는 퓨처스테어를 대표하는 유명한 인물인데다가 사장의 여동생이라는 입장 때문에 경영 실패에도 책임이 있는 것 아니냐는 말을 듣고 있습니다."

천천히 말했다.

"하야사카 마리는 어제 모습을 감추었습니다. 사장인 오빠도 마찬가지로 종적을 감추었기 때문에 남매가 모의했을 가능성이 높다고들 합니다. 현재 경찰은 특별한 태세를 취하지는 않고 있지만 텔레비전이나 신문, 잡지는 하야사카 남매를 인터뷰하기 위해 행방을 찾고 있습니다."

"당신도……."

페르난도가 물었다.

"같은 이유로 찾고 있는 겁니까?"

대답하려고 입을 열었다가, 튀어나오려던 말을 삼켰다.

아니라고 말하려 했던 것이다. 실제로는 전혀 다를 바 없는데.

분명 어젯밤 나는 하야사카 유미에게 마리의 수색을 부탁받았다. 하지만 내가 지금 이곳에 있는 것은 일 때문이다. 회사의 경비로 전철과 택시를 갈아타며 신입 카메라맨과 함께 하야사카 마리의 모습을 촬영하고 코멘트를 따기 위해 이곳에 왔다.

그 이외의 이유를 주장하면 거짓말이 되리라.

"예."

페르난도는 다시 사진에 눈길을 떨어뜨리고 침묵했다.

달그락달그락 설거지하는 소리가 가게 안쪽에서 들렸다. 가만히 듣고 있자니 물소리가 섞여 있었다.

후지사와가 다리를 폈다. 나는 뭔가 말하고 싶었지만 할말을 찾지 못했다.

이윽고 페르난도가 입을 열었다.

"결국 그 사람은 상처 입고 도망친 거군요."

나는 고개를 저었다.

"모릅니다."

"제게는 그렇게 보였습니다."

사진에 쏟아지던 시선이 나를 향했다. 교대하듯 이번에는 내가 하야사카 마리의 사진을 보았다. 넘칠 듯한 활력으로 가득한, 웃고 있는 그녀의 사진을.

"그 사람은 괴로워하고 있었습니다. 괴로워서 술을 마실 수밖에 없는 것처럼 보였습니다."

"……."

"저는 술을 마셔서 속이 안 좋아진 그 사람을 화장실로 데려갔습니다. 물도 가져다주었습니다. 이래저래 말을 걸다 보니 제 말이 조금 이상하다는 걸 눈치챈 것 같았습니다. 저를 뚫어져라 쳐다보더니 '인도?'라고 묻더군요. '필리핀'이라고 대답하자 창백한 얼굴로 숨도 제대로 못 쉬면서 '나마스테'라고 고개를 숙였습니다. 그건 필리핀 인사가 아니라고 하니 괴로운 듯이, 하지만 재미있다는 듯이 웃었습니다. 그리고 '일 힘들죠. 어느 일이나 마찬가지지만'이라고 했습니다."

"……."

"그 사람과 당신을 만나게 하는 건, 그 사람을 더 괴롭히는 결과가 되지 않을까요?"

솔직한 질문이었다. 시선과 마찬가지로 정면에서 받아들이기가 힘들 정도로.

어디선가 우풍이 들어왔다.

"그녀의 고통을 함께 나누고 싶다고 생각하는 사람들이 있습니다. 하야사카 마리를 좋아해서, 그녀가 지금 이쩌고 있는지 진심으로 걱정하는 사람들이. 저는 그 사람들에게 마리의 말을 전하고 싶습니다."

"그건 그 사람의 고통을 전하고 싶다는 겁니까?"

그렇지 않다고 믿고 싶다.

"아닙니다."

겨울의 한기를 목덜미에 느끼면서 말했다.

"본인에게 책임이 없는 일까지 뭉뚱그려 비난받고 있는 하야사카 마리에게 뭔가 말할 기회를 주어야 합니다. 저는 그걸 중개하고 싶습니다. 그녀가 싫다고 한다면 그대로 돌아가겠습니다."

페르난도는 내 말을 믿었을까? 그는 고개를 숙이고 뭐라 중얼거렸다. 어느 나라 말인지 모르겠다. 일본어였을지도 모르지만 들리지 않았다. 어쨌거나 그는 고개를 들고 말했다.

"알겠습니다."

가게 안쪽을 가리켰다.

"이 가게 뒤쪽에 강이 있습니다. 어제, 그 사람은 거기에 차를 세우고 잠들었습니다. 지금 어디에 있는지는 모릅니다. 하지만 아직 거기에 있을지도 모릅니다."

5

겨울의 햇살은 여렸지만 나고야에서 맞이한 아침부터 내내
날이 맑았다. 눈이 녹아 젖었던 주차장도 가게를 나올 때에는
거의 말라 있었다.

손목시계를 보았다. 2시 반이 되어가고 있었다.

어젯밤 9시에 하야사카 유미에게 전화를 한 마리가 인사불
성으로 잠들었다 해도 일어나고도 남을 시간이었다. 먹거리
를 조달했다면 아직 차를 같은 장소에 세워두었을지도 모르
지만 그렇지 않다면 이미 어디론가 이동했을 가능성이 높다.
그렇게 생각했지만 현장에 가보는 게 우선이다.

"가자."

"예."

후지사와가 카메라 가방을 들었다. 나는 가슴주머니에 음
성 녹음기가 들어 있는지 확인했다.

근처에 강이 있다는 말을 듣고 나니 확실히 졸졸 물소리가
들리는 것 같았다.

가게 뒤쪽을 보았다.

눈이 듬성듬성 남아 있는 빈 밭 너머에 좌우로 가늘게 뻗은

가로수길이 강가의 제방 도로일 것 같았다.

　다만 빈 밭을 우회할 수 있는 도로가 보이지 않았다. 찾는 데 시간이 걸릴 것 같아 밭길로 들어섰다. 아스팔트는 말랐지만 흙은 아직 축축하니 젖어 있었다. 단화 바닥에서 한기가 기어 올라오는 것 같았다.

　흙바닥에 미끄러질까 봐 조심하느라 걷는 동안에는 말을 하지 않았다. 다만 하야사카 마리의 이야기를 듣고 싶다는 생각뿐이었다.

　예상대로 밭길 끝은 제방 도로로 이어졌다. 가까이서 보니 가로수는 벚나무였다. 봄에는 멋진 장소겠지만 지금은 차가운 바람이 불어닥치는, 썰렁한 길이었다.

　"있네요."

　후지사와가 말했다.

　좁은 강 건너편, 그리 넓지 않은 강가 자갈밭에 차 한 대가 서 있었다. 맞은편 기슭에서도 알 수 있을 만큼 왁스칠이 잘된 회색 독일 자동차로 겨울의 전원 지대에 지독히도 어울리지 않았다. 후지사와가 힐끗 보고 하야사카 마리의 자동차라고 단정할 만했다.

　자동차 오른쪽 측면이 보였다. 측면 유리에 선팅 필름이 붙어 있는지 내부는 거의 보이지 않았다.

"다치아라이 씨, 찍을까요?"

대답하려는데 말문이 막혔다.

업무상 필요하다면 본인 허가 없이 사진을 찍는 것도 주저해서는 안 된다. 그것이 원칙이기는 하지만 사실 지금까지 그런 현장에 선 적이 없었다. 게다가 이번에는 본인을 만나 코멘트를 따는 게 목적이다. 굳이 지금 찍을 필요는 없다.

한편으로 이렇게 그녀의 소유로 짐작되는 차량을 발견한 것만으로도 상당한 행운인 건 분명했다. 만약 하야사카 마리가 저 자동차에 타고 있다면 다리로 우회해서 다가가는 사이에 눈치채고 달아날지도 모른다. 그렇다면 사진만이라도 확보하고 싶은 마음도 부정할 수는 없다.

다른 언론사나 《도요 신문》 도쿄 본사가 히라쓰카에 주목하는 동안 하타노에 와 있는 건 우리뿐인 듯했다. 일을 여기까지 잘 끌어왔는데 마지막 순간에 놓칠 수는 없다. 그런 생각이 솟구쳐 나를 옭아맸다.

침묵을 어떻게 받아들였는지 후지사와가 카메라를 들었다. 나는 그 모습을 그저 바라보고 있었다.

대상으로부터 십 미터 거리를 두고 후지사와가 카메라를 조준했다. 셔터는 누르지 않았다. 다만 가만히 대상에 카메라를 맞추고 있었다. 내가 찍으라고 한마디하면 당장이라도 찍을 수 있도록.

순간, 나는 맑은 겨울 하늘을 올려다보았다. 언니를 찾았다고 전하면 하야사카 유미는 분명 기뻐하겠지.

"안에 있네요."

후지사와가 중얼거린 한마디에 정신을 차렸다. 후지사와는 아직 렌즈 너머 십 미터 앞을 들여다보고 있다.

"좌석에 누워 있는 것 같습니다. 추울 텐데."

"얼굴은 보여?"

"아뇨, 이건 현상하면 못 알아보겠는데요. 아무래도 아직 자고 있는 것 같아요. 움직이질 않네요."

문득 고려해야 할 가능성을 깨달았다.

"후지사와. 차량 안에 있는 사람이 겉옷을 걸치고 있는지 알 수 있어?"

후지사와가 파인더에서 눈을 떼지 않고 잠시 침묵했다.

"……아뇨, 아마, 아무것도."

내 가방 안에는 취재에 쓸 온갖 도구가 들어 있다. 작은 쌍안경을 꺼내 눈에 댔다.

선팅 때문에 차량 안은 잘 보이지 않았다. 하지만 그래도 차 안에 사람이 누워 있다는 사실, 그 사람이 재킷만 걸치고 있다는 건 알 수 있었다. 햇볕이 든다고는 해도 십이월이다.

저 복장으로 버틸 수 있을까?

"후지사와, 확대해봐."

"얼굴을요? 새까맣게 나올 텐데요."

"찍을 필요는 없어. 얼굴이 아니라 자동차 창틀을 봐."

"창틀요?"

마른 입술을 핥았다.

"문풍지 같은 거, 없지?"

바람이 강을 훑었다. 이 쌍안경은 배율이 낮아서 아무리 눈에 힘을 주어도 세세한 부분까지는 보이지 않는다.

카메라를 든 채로 후지사와는 꼼짝도 하지 않았다.

"어때? 문풍지 같은 거, 없지?"

이윽고 돌아온 대답은 짧았다.

"있어요."

나는 뛰쳐나갔다. 후지사와가 내 이름을 부르며 똑같이 달음박질로 쫓아왔다.

상류 다리까지 단숨에 달려가 차가운 겨울 공기에 폐가 오그라들어 다리가 앞으로 나가지 않게 되었을 때, 나는 사이렌 소리를 들었다.

광활한 이 땅 어딘가에서 사이렌이 다가온다. 구급차 사이렌이다.

자갈밭에 어울리지 않는 자동차에 주목한 건 우리가 처음이 아니었던 모양이다. 누군가 먼저 발견하고 신고한 것이다. 이제 이삼 분이면 구급차가 도착한다.

아아, 그럼 괜찮을 거야.

나는 걸음을 멈추고 거친 숨을 가다듬고서, 하늘을 한껏 우러러보며 안도의 한숨을 내쉬었다.

6

12월 6일, 주식회사 퓨처스테어 영업부 홍보계장 하야사카 마리는 알코올과 수면 유도제를 대량 복용한 뒤 자가용에 배기가스를 역류시켜 목숨을 끊었다.

야마나시 현 경찰은 사망 추정 시각을 오전 1시, 사인을 일산화탄소중독으로 발표했다.

사건성은 없는 것으로 보고 있다.

진실의 10미터 앞

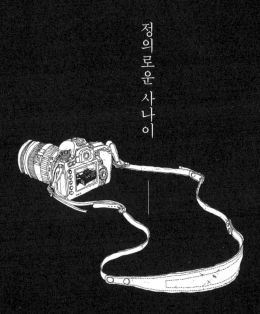

정의로운 사나이

How Many Miles to the Truth

1

사방으로 튄 피가 바닥에 떨어지는 것보다 방송이 더 빨랐다는 생각마저 들었다.

"방금 전 발생한 투신 사고로 현재 전철 운행을 일시 중단했습니다."

세상에 이토록 남들에게 폐를 끼치는 죽음이 또 있을까? 높은 곳에서 뛰어내려 다른 사람까지 휘말리게 만드는 경우도 있을 테고, 바다에 뛰어들어 인근 주민들을 수색에 끌어들이는 경우도 있을 것이다. 하지만 전철을 세우고 죽는 건 폐를 끼치는 인원의 단위가 다르다. 그런 최후가 최선이라니 가정교육이 잘못된 게 틀림없다.

전철은 플랫폼 중간쯤 접어들었을 때 사람을 치고 그대로 십여 미터나 달렸다. 차량에는 피가 진득하게 묻었을 테니 그걸 치우는 데도 돈이 든다. 생각에 따라서는 그 비용은 의미 있는 지출이라고도 할 수 있다. 자기 행위를 스스로 관리할 수 없는 사람이 일찌감치 사회에서 퇴장해주었으니까.

저녁 무렵의 러시아워를 맞이한 기치조지 역 플랫폼에는 나직하게 수런거리는 소리가 가득했다. 눈앞에서 사람이 죽은 이 4번 플랫폼에서도 비명소리 하나 내지 않고 우회 루트를 찾아 플랫폼에서 나가려는 사람들이 느릿느릿 내려가는 계단으로 향하고 있다. 이 도시에서 투신 사고는 드물지 않다. 모두들 이런 일에는 익숙하다. 익숙하지만 다들 똑같이 눈썹을 찌푸리고 짜증을 내고 있다. 아마 지금 선로 위에서 찌부러져 있을 인간은 멀쩡한 사람들을 끊임없이 짜증나게 만들었을 것이다. 그것도 오늘이 마지막이다.

"……운행이 언제 재개될지는 아직 불확실합니다. 승객 여러분께 큰 불편을 드리고 있습니다……."

어째서 인간은 짜증나게 만드는 쪽과 짜증낼 수밖에 없는 쪽으로 나뉘는 걸까. 교육 문제가 크지만 그것만이 아니라 역시 부전자전이라는 영향도 있을 거라고 생각한다. 글러먹은 부모가 글러먹은 아이를 키운다. 그렇게 자란 아이가 또 글러먹은 아이를 키운다. 그렇게 늘어난 글러먹은 인간이 사회 기반을 좀먹고, 제대로 교육을 받은 멀쩡한 사람이 그 부채를 떠안다니 아무리 생각해도 잘못되었다. 악화는 양화를 구축한다. 이 연쇄를 저지하려면 타인에게 내맡겨서는 안 된다. 모두가 당사자라는 인식을 갖고 할 수 있는 일을 깊이 인식하고 세상을 발밑부터 개선해가야 한다. 적어도 나는 그 자각과, 그것을 실행으로 옮길 행동력을 갖추고 있다.

가장 먼저 달려온 역무원은 지원을 요청하기 위해서인지 어디론가 가버렸다. 플랫폼에서는 호기심 많은 몇몇 사람들이 전철과 플랫폼 사이의 좁은 공간을 들여다보고 있었다. 시체는 전철 밑에 깔려 있지만 그래도 팔이나 뭐가 떨어져 있지 않을까 찾는 것이리라. 저열한 행동이지만 무서운 것일수록 보고 싶은 호기심 자체는 해악이라고 할 수 없다. 그들은 단순히 투신 사고가 익숙하지 않을 뿐이다. 저러다가 차츰 자기가 탄 선두 차량이 생각 없는 사람을 치더라도 죽은 이의 명복을 비는 것보다 그 이기적인 행동에 짜증을 내게 된다. 이미 익숙해진 사람들이 예정이 어긋났다고 전화하는 목소리가 여기저기서 들렸다.

"……현재 주오선 운행을 일시 중단한 상태입니다. 잠시만 기다려주십시오……."

술렁거리는 4번 플랫폼에서 구역질나는 광경을 목격하고 말았다.

대부분의 사람들이 플랫폼을 떠나가는 가운데 한 여자가 플랫폼 가장자리에 웅크리고 앉아 발밑에 내려놓은 가방에 손을 집어넣고 있었다. 여자의 뺨은 붉었고 입가에는 미소가 떠 있었다. 거기에 뚜렷하게 드러난 비열함에 오한이 들었다. 평범한 구경꾼이 아니라는 걸 대번에 알았다. 저 여자는 기뻐하고 있다. 됐다, 해냈다, 좋은 장면을 만났다. 그런 속마음이 느껴지는 불쾌한 얼굴이다.

여자는 가방에서 먼저 작은 수첩을 꺼냈다. 펜도 꺼내더니 뭔가 적었다. 엄청난 속도였다. 순식간에 페이지가 몇 장이나 넘어갔다. 손가와 전철, 손목시계에 눈길을 던지며 여자는 메모를 해댔다.

이어서 여자는 휴대전화를 들었다. 정지한 전철 아래쪽을 어떻게든 찍어보려고 몸을 내밀었다. 셔터를 눌렀다는 사실을 주위에 알리는 태평한 전자음이 소란 속에서도 희미하게 몇 차례나 들렸다. 시체의 일부, 손목이나 뭔가가 보이는 걸까?

여자는 긴급 정차한 차량의 바로 몇 센티미터 앞까지 다가갔다. 차량 안에는 승객이 빼곡하게 차 있었다. '투신 사고' 때문에 문이 닫혀 승객들은 내리고 싶어도 내리지 못하는 것이다. 어떤 이는 불안한 표정으로, 어떤 이는 불만스러운 표정으로 플랫폼을 보고 있었다. 그건 플랫폼에 남아 언제 재개될지 모르는 전철 운행을 기다리는 승객들도 마찬가지였다. 험악한 시선이 난반사하듯 엉킨 플랫폼에서 그 여자는 남의 눈은 전혀 개의치 않고 휴대전화만 조작하고 있다. 마치 자기만은 그래도 된다고 주장하는 것처럼.

이십 대쯤 됐을까? 학생은 아니다. 뭐랄까, 풍파를 겪은 분위기가 학생다운 면모와는 근본적으로 달랐다. 구깃구깃한 티셔츠에 무릎이 닳아 찢어진 낡은 청바지를 걸친 게 복장에 신경을 쓰지 않는 사람인 것 같다. 멀쩡하게 차려입을 줄 모르는 사람은 대개 상식도 없다. 발밑에 놓인 가방도 검은 나일론 가방으로 아무리 봐도 싸구려다. 눈 밑에는 다크서클이 있고 짓눌린 시체를 들여다보려는 얼굴은 아까보다 발그스름했다.

수치를 모르는 인간의 얼굴이다.

다음으로 가방에서 나온 것은 작은 음성 녹음기였다. 여자는 혼란에 빠진 역 안에서 기계를 향해 먼저 "사건 기록"이라고 목청을 가다듬었다. 큰 소리를 낸 건 그때뿐이었고, 이어서 뭔가 중얼거리기 시작했다. 그걸로 여자의 정체를 대충 알아냈다. 기자다. 눈앞에서 일어난 '투신 사고'를 기삿거리로 삼을 수 있다고 생각했으리라.

양복과 재킷으로 넘쳐나는 인파 사이를 빠져나가 여자에게 슬그머니 다가갔다. 뭐라고 녹음하는지 궁금했다. 출판사 사람일까, 신문사 사람일까, 아니면 텔레비전일까, 혹은 프리 랜서? 흔한 일이라지만 사람 목숨이 하나 사라진 '투신 사고' 현장에서 희희낙락 기록을 하는 여자는 어떤 식으로 말하는 지 들어보고 싶었다. 하지만 그보다 그 여자가 한 말이 신경 쓰였다. 여자는 '사고'가 아니라 '사건'이라고 했다.

여자는 몸을 웅크린 채로 지저분한 스니커를 신은 발을 전 철 쪽으로 한 걸음 더 내밀었다. 그러자 그때까지 운행 정보 를 전하고 있던 방송에 다른 말이 섞였다.

"위험하니 플랫폼 가장자리로 가까이 다가가지 마십시오."

아무리 봐도 여자의 행동을 제지하는 방송이었다. 하지만 그녀는 슬쩍 시선을 들었을 뿐 아랑곳하지 않고 전철로 슬금 슬금 다가가 선로에 몸을 반쯤 내밀고 음성 녹음기를 향해 뭐 라 말하고 있었다. 저렇게까지 해서 무슨 말을 하는 걸까?

여자의 뒤로 접근했다. 그 목소리는 멀리서 봤을 때 받은 인상처럼 작지는 않았다. 아니, 오히려 누가 그걸 들을지도 모른다는 생각은 조금도 하지 않는, 방약무인하게 큰 목소리 였다.

플랫폼 밖으로 검은 머리카락이 늘어졌다. 다시 한번 방송이 나왔다.

"위험하니 전철에서 물러나십시오!"

이번에는 명백히 그 여자를 향한 경고였다. 여자는 어쩔 수 없이 고개를 들었지만 눈썹을 찌푸리고 좌우를 둘러보더니 인파로 가득한 플랫폼 어딘가에 있을 역무원을 향한 것인지 휴대전화를 높이 들어올렸다. 마치 촬영이 모든 일에 면죄부라도 되는 것처럼.

여자는 내 귀에 들릴 만큼 크게 혀를 찼다. 제지하는 방송에 짜증을 내는 게 분명했다. 황당무계했다. 이 여자는 누가 봐도 '짜증내는 쪽'이 아니라 '짜증나게 만드는 쪽'의 인간이다. 이기적인 행동으로 지금까지도 수많은 사람들을 짜증나게 만들었을 게 분명하다. 그런 여자가 극히 당연한 역무원의 경고에 짜증을 내다니, 참으로 뻔뻔하다. 자기 생각밖에 할 줄 모르고, 자기 행동에 책임을 지지 못하는 인간이 어쩌면 이리도 많을까. 이런 인간이 자기는 무슨 특권이라도 가지고 있다고 생각한다면 뭔가 근본적으로 잘못되었다.

여자는 잔소리를 듣지 않을 만큼만 뒤로 물러나 녹음을 재개했다. 목소리가 겨우 귀에 들어왔다.

"오후 6시 42분, 사건 발생. 피해자는 즉사. 장소는 4번 플랫폼, 6호차 정차 위치 부근. 45분, 경찰은 도착하지 않음. 현장에 특별한 혼란 없음. 저녁 러시아워 때라 여파가 큼."

허스키한 목소리였다.

피해자의 생사 여부는 아직 모른다. 결과적으로는 죽겠지만 경찰에서 공식 발표를 한 것도 아닌데 제멋대로다. 물론 사고가 아니라 사건이라고 말한 것도 근거 없이 대충 해댄 소리이리라.

보기 흉한 광경이었다.

방송이 나왔다.

"……승객 여러분께 큰 불편을 드리고 있습니다. 현재 당역에서 발생한 투신 사고 때문에 주오선 운행을 일시 중단한 상태입니다……."

화들짝 놀란 듯 여자가 휴대전화를 보았다. 벨소리는 들리지 않았으니 진동 모드로 설정해놓았으리라. 최소한의 매너를 준수하는 점만은 인정해줄도 수 있다. '투신 사고'를 당한 남자는 전철을 타기 전부터, 아니, 탄 후에도 휴대전화를 향해 욕지거리를 뱉어대고 있었다.

여자는 휴대전화를 재빨리 열고 귀에 댔다. 흥분한 표정은 당장이라도 전화 상대에게 낭보를 전할 것처럼 보였다. '투신 사고'가 그렇게 기쁜가?

그 직후였다.

여자가 입을 다물었다. 얼굴에서 환희가 사라지고 대신 차가운 긴장이 나타났다. 주위 온도가 내려간 듯한 착각마저 들었다. 그녀는 웅크린 채로 꼼짝도 않고 전화를 귀에 대고 있었다.

이윽고 여자는 천천히 고개를 돌려 살짝 좌우를 둘러보더니 내 쪽을 똑바로 쳐다보았다.

여자가 일어섰다. 입가에 미소가 서려 있었다. 웃는 표정이 익숙하지 않은 사람이 업무상 어쩔 수 없이 익힌 듯한 부자연스러운 표정이었다.

그녀가 말했다.

"안녕하세요, 전 기자입니다. 부디 한말씀 부탁드립니다."

조금씩 이쪽으로 다가온다. 수백, 수천 명이 웅성거리는 소리로 가득한 역에서 여자의 목소리는 낮고 작았지만 어째선지 똑똑하게 들렸다.

"사람을 선로에 밀어 떨어뜨린 감상은 어떠십니까?"

그 순간, 뒤에서 누가 어깨를 붙들었다.

2

한 시간 가까운 신문이 끝나고 역무실에서 나오자 주오선은 다시 운행하고 있었다. 하지만 역에 사람이 너무 많이 몰려 갑갑하기 그지없다. 우리는 일단 역에서 나가기로 했다.

누가 보면 참 어울리지 않는 두 사람이라고 생각할 것이다. 나는 빳빳한 셔츠에 핀 스트라이프 재킷을 걸치고 수수하다기보다는 지나치게 무난한 짙은 남색 넥타이를 매고 있다. 또 한 사람은 지저분한 티셔츠에 낡은 청바지 차림이다. 어깨에 걸친 나일론 가방도 실용성만 따진 우악스러운 디자인. 얼굴에는 선크림이나 겨우 발랐을까. 우리는 택시 승강장을 쳐다보았지만 긴 행렬을 보고 얼굴을 마주보고는 서로 고개를 저었다.

가까운 카페를 찾아 들어갔다. 나는 커피를, 그녀는 로스트비프 샌드위치 세트를 주문했다. 따뜻한 물수건이 나오자 그녀는 그걸 통처럼 떠받들고 한숨을 토했다.

"빨리 돌아가고 싶어……."

"웬일로 우는 소리야, 센도."

센도는 그녀, 다치아라이 마치의 고등학교 시절 별명이다. 입학하자마자 책상에 팔꿈치를 괴고 꾸벅꾸벅 졸아 센도◆라

◆　**센도** _ 일본어로 뱃사공이라는 뜻으로 꾸벅꾸벅 존다는 뜻을 가진 숙어 '배를 젓다'에 빗댄 별명이다.

고 부른 게 계기였다. 그로부터 십여 년, 지금은 그런 그리운 별명은 농담이 아니면 쓸 일이 없다.

다치아라이는 하얀 테이블에 팔꿈치를 괴었다.

"이번에는 조금 힘들었어. 돌아오는 전철에서 한 시간쯤 자긴 했는데."

"그전에는 얼마나 잤어?"

"일흔두 시간 동안 두 시간쯤."

나 역시 한숨을 쉬었다.

"또 그렇게 무리한다. 어쩐지 피곤해 보인다 했어. 너나 나나 언제까지고 젊지 않아. 건강을 해치면 말짱 헛일이라고."

"……그러게. 고마워. 하지만 건강을 해치더라도 놓칠 수 없는 일도 있어."

나와 그녀, 두 사람의 길이 겹친 적도 있지만 지금은 각자의 길을 걷고 있다. 서로 냉대하는 건 아니지만 지금은 용건 없이 만나는 사이는 아니다. 오늘 그녀가 내 맨션을 찾은 것도 온전히 일 때문이다. 지금 내가 맡은 일이 다치아라이에게 도움이 된다고 해서 어디까지나 자료를 건네주려고 빈 시간에 만난 것뿐이다. 그후 이런 사건에 얽힐 줄은 꿈에도 몰랐지만.

커피, 샐러드, 샌드위치가 테이블에 나왔다. 그녀는 포크

를 들었지만 식욕이 나지 않는 듯했다. 느릿한 손놀림으로 양
상추를 찔러대고 있다.

나도 커피를 한 모금 마시고 가볍게 물었다.

"아까 그 남자, 별로 저항 안 하더라."

"……그러게."

"뭐 무섭게 협박했어?"

다치아라이는 고개를 갸웃거렸다.

"글쎄. 딱히 그럴 생각은 없었는데."

기치조지 역에서 발생한 '투신 사고' 후에 다치아라이가 말
을 건 청년은 헛걸음질치더니 몸을 돌리려 했다. 하지만 그가
인파에 묻히기 전에 달려온 역무원과 철도 경비대가 어깨를
붙들어 역무실로 연행했다.

누군가 비명소리도 제대로 내지 못하고 선로에 떨어져 주
오선 오렌지색 차량에 부딪힌 직후, 다치아라이는 내게 이렇
게 말했다.

"지금 건 자살이 아니야. 사고 아니면 살인이야. 좀 도와줘."

그녀는 세 가지 부탁을 했다. 하나는 역무원을 불러올 것.
또 하나는 그녀를 주목하고 다가오는 인물이 없는지 관찰하
고, 만약 있다면 디지털카메라로 얼굴을 찍을 것. 그리고 마지
막으로 두 가지 일을 마치면 그녀에게 전화를 걸어 알려줄 것.

그리고 다치아라이는 플랫폼에 웅크려 가방 속을 뒤졌다. 휴대전화를 손에 들고 촬영하는 시늉을 했을 때는 그녀의 방식에 익숙한 나도 당황하지 않을 수 없었다. 정말 그녀에게 다가가는 사람이 나타날까?

그런데, 나타났다. 경멸이 묻어나는 입가를 일그러뜨리고 다치아라이를 노려보며 그녀가 음성 녹음기를 쥐자 서서히 접근하는 남자가. 그 얼굴은 카메라에 똑똑히 담겼다. 잔뜩 마르고 안색이 나쁜, 삼십 대 초반으로 보이는 남자였다.

"몇 가지 묻고 싶은데……."

다치아라이는 찌푸린 얼굴로 토마토를 입에 넣고 제대로 씹지도 않고 꿀꺽 삼켰다.

"응, 뭔데?"

"어떻게 그걸로 범인을 꾀어낸 거야?"

"……아아. 미안. 도움을 받아놓고 설명하는 걸 깜빡했네. 역시 졸린가 봐."

그녀는 느릿해도 식사하는 손길은 멈추지 않고 말했다.

"자살은 플랫폼 뒤쪽에서 하는 법이야. 그 역에 정차하는 전철이라도 미처 감속하지 못한 상태니까 확실하게 목적을 달성할 수 있고, 보통은 기다리는 사람도 적으니 방해받을 일도 없어. 아까처럼 플랫폼 중간에서는 하지 않아. 그럼 사고 아니면 살인인데, 후자라면 계획적인 살인이 아니야. 인파 속에서는 아무도 서로 쳐다보지 않지만 그래도 수백 명 앞에서 실행할 정도라면 조금 더 장소를 고르겠지. 충동적이고 단락적인 비면식범일 가능성이 높아. 전에 비슷한 사건을 기사로 다룬 적이 있어."

나는 끄덕였다.

"그래. 읽었어."

"정말? 일부러?"

"뭐, 그렇지."

그녀는 눈썹을 찌푸렸다가 훌쩍 표정을 누그러뜨렸다.

"……고마워. 그런데 넌 피해자를 보고 무슨 생각이 들었어?"

갑자기 바뀐 화제에 당황했다. 그녀는 옛날부터 이랬다. 자기의 비약적인 사고를 누구나 따라올 수 있다고 생각한다. 그렇지만 할 수 있는 말은 하나였다.

"누구든 피해자가 될 수도 있겠다."

"혹시 몰랐어? 죽은 사람은 이노카시라선 중간부터 함께 탔던 사람이야. 그 사람이었기 때문에 난 사고보다 살인 가능성이 크다고 생각했어."

"중간부터?"

그저 단순히 중간에 올라탄 남자였다면 아무리 다치아라이의 기억력이 뛰어나도 일일이 기억하지 못했으리라. 즉 그 남자는 대단히 인상적이었던 게 분명했다. 그렇게 생각하니 짐작 가는 인물이 딱 한 명 있었다.

"……메이다이마에쯤에서 탄 그 시끄러운 남자야?"

그녀는 끄덕였다.

그렇다면 조금 기묘했다.

"그걸 어떻게 알았어? 죽은 사람은 전철 밑에 깔렸잖아. 시체 얼굴은 보이지 않았어."

다치아라이가 슬그머니 시선을 피했다.

"조금 멀었지만 그 남자가 주오선 플랫폼에서도 휴대전화로 통화하는 목소리를 들었어. 아직도 저러고 있네, 하고 생각하는데 '으악!' 하는 소리가 들리더니 전철이 사람을 쳤다고 해서 금방 알았어."

"난 못 들었어. 바로 옆에 있었는데."

"소란스러운 곳에서는 소리가 묻혀버리니까 그럴 만도 해. 나는 우연히 그 목소리에 주의를 기울이고 있었으니까."

그것이 우연이었는지 아닌지 나는 판단하기 어려웠다. 다치아라이는 살면서 이상 상황에 대한 주의력을 갈고 닦았기 때문에 그 목소리를 분간할 수 있었던 게 아닐까? 나는 의자

등받이에 몸을 깊이 묻고 이노카시라선에서 마주쳤던 남자를 떠올렸다.

도쿄를 달리는 노선치고 이노카시라선은 그나마 덜 혼잡한 편이다. 그래도 저녁때가 되니 전철은 거의 만원이었다. 메이다이마에 역에서 탄 남자는 오십 대에서 육십 대 사이, 키는 조금 작고 몸집은 보통. 처음에는 별로 이상한 기색이 없었는데 잠시 후 걸려 온 전화에 갑자기 욕설을 퍼붓기 시작했다. 그걸로는 성이 차지 않았는지 이윽고 전철 문까지 걷어차기 시작해 전철 안은 험악한 분위기로 변했다. 목소리가 얼마나 사나운지 어린아이가 울기 시작했고, 어머니로 보이는 여성이 아이를 데리고 사람들 사이를 빠져나가 옆 칸으로 옮겨갔다.

아무도 남자를 말리지 않았다. 나도 그랬다. 깡패가 아니라는 보장도 없는 남자와 얽히기 싫기도 했고, 메이다이마에에서 기치조지까지 십여 분이면 도착하기 때문이기도 했다. 다만 확실히 말할 수 있는 것은······.

"민폐도 이만저만이 아니었지."

"맞아. 나도 그렇게 생각해. ······그리고 이름도 모르는 수백 명의 승객 가운데서 비면식범이 특별히 그를 노릴 이유, 그 남자가 눈에 띄는 점은 그것뿐이야."

"민폐여서 그랬다고?"

진실의 10미터 앞

"그래. 그렇게 방약무인하게 굴면 다른 승객들에게 원망을 사도 어쩔 수 없지. 나도 짜증났어."

"그래서 죽였다는 거야? 그런 억지가……."

다치아라이는 커피를 한 모금 마신 뒤에 내 상상이지만, 이라는 단서를 달고 말을 이었다.

"죽일 생각으로 노린 게 아니라 이노카시라선 열차에서 제멋대로 굴던 남자가 주오선 플랫폼에서 우연히 범인의 눈앞에 섰을 거야. 그래서 떠밀었다면 범인은 확신범일 거야. 자기 행동이 정당하다고 생각하겠지. 십중팔구까지는 아니지만 절반의 가능성으로 그 자리에 남아 자기 행동의 결과를 지켜볼 거라고 생각했어."

들어보니 수긍할 수 없는 이야기는 아니었다. 피해자가 타고 나서 전철이 종점에 도착할 때까지 욕지거리와 문을 걷어차대는 소리에 내가 품은 감정은 아주 희박하기는 했지만, 살의와 흡사했으니까.

하지만…….

"내가 묻고 싶은 건 어째서 네가 취재하는 시늉을 하니까 범인이 다가왔는가 하는 점이야."

그 질문에 그녀는 살짝 미소를 지으며 태연히 대답했다.

"전철 안에서 주변에 민폐를 끼친 사람을 플랫폼에서 떠미는 정의로운 사나이에게 주위 사람들의 불편도 생각하지 않고 취재하는 기자는 더 용서할 수 없는 존재일 거 아냐. 얼굴을 보러 올 가능성이 높다고 생각했어."

그렇다면 다치아라이는 자기를 미끼로 써서 범인을 꾀어낸 건가?

그녀는 아무렇지도 않게 덧붙였다.

"게다가 처음에 '사건'이라고 말했으니까 그는 내가 범행을 목격했을까 봐 걱정도 되었을 거야."

"······그래도 만약 범인이 오지 않았다면?"

다치아라이는 커피 잔을 내려놓고 태연한 얼굴로 말했다.

"내가 좀 민망하고 끝나는 거지. 그냥 허탕. 이 직업에는 흔한 일이야."

디지털카메라를 다치아라이에게 돌려주었다. 사무소에 연행된 남자의 옆얼굴을 찍은 카메라다. 그녀는 카메라를 받아들고 데이터를 확인했다.

"고마워."

다치아라이는 범인의 주의를 끄는 행동을 해서 그의 발을 붙잡아두었다. 그사이 내가 역무원에게 사정을 설명하고 범인을 붙잡을 태세를 갖췄다.

아무리 그래도. 범인에게 조금 더 관찰력이 있었다면 다치아라이의 덫을 알아차렸을지도 모른다. 그녀의 '취재'는 본업인 만큼 그럴싸했다. 다만 가방에 음성 녹음기를 넣고 다니는 사람이 카메라가 아니라 휴대전화로 현장을 촬영하는 건 부자연스럽다. 그 점에서 '평소 사용하는 카메라는 다른 사람에게 맡겼다'는 사실을 눈치챘더라면 다치아라이를 관찰하는 범인을 보고 있던 내 존재를 알아차렸을지도 모른다.

손목시계를 보았다. 전철 운행 중단과 그후의 신문은 충분히 지각 사유가 되지만 나도 슬슬 가봐야 한다. 회식이 예정되어 있다.

"잘 찍었네."

디지털카메라 화면에 내가 찍은 사진이 떠 있었다. 거기에는 얼굴에 경멸을 드러낸 남자가 다치아라이를 향해 한 걸음 내딛는 모습이 찍혀 있었다. 그녀는 사진을 바라보며 중얼거렸다.

"있지."

"응?"

"내가 범인을 꾀어내려고 이 사건 취재에 나섰다는 말, 믿어?"

그녀는 확실히 복잡한 성격의 소유자다. 하지만 십 년이 넘는 세월에 걸친 인연은 충분히 긴 인연이다. 아무리 복잡한 인간이라도 깊은 마음속을 어렴풋하게나마 짐작할 수 있을 만큼은. 나는 끄덕였다.

"그렇게 믿어."

그러나 그녀의 입가에 떠오른 것은 체념의 미소였다.

"하지만, 봐."

그녀가 가리키는 것은 취재하는 시늉을 하는 자기 옆얼굴이었다. 디지털카메라의 작은 화면으로도 알 수 있을 만큼 희색을 드러내며 음성 녹음기를 쥐고 있다.

"비열한 표정이라고 생각하지 않아?"

"……일부러 그런 표정을 지은 거잖아."

대답은 없었다.

하지만 그 침묵은 무엇보다 많은 말을 담고 있었다. 그녀는 아마도 이렇게 생각했으리라.

'일부러 지을 셈이었지만 정말 진심으로 그랬을까? 눈앞에서 사건을 맞닥뜨린 걸 기뻐하는 마음이 전혀 없었다고 할 수 있을까?'

거기까지 이해하면서도 나는 해줄 말이 없었다. 그녀가 하는 일과 그 업에 대해 나는 언제나 무력했다. 앞으로도 그러하리라.

다치아라이는 카메라를 조작해 내가 찍은 사진을 지웠다.

"지울 거야?"

"응. ……찍어준 너한테는 미안하지만 내가 피의자 체포에 관여한 이상 이 사진은 기사로 쓸 수 없어."

"그렇다고 지울 필요는 없잖아."

훗날 어떤 증거가 될지도 모르는데. 하지만 다치아라이는 고개를 저었다.

"이게 남아 있으면 어디서 발표할 수 있지 않을까 고민하게 돼. 언제까지고 그런 유혹을 견뎌낼 자신이 없어. 항상 일이 있는 건 아니니까."

다치아라이는 손목시계를 보았다.

"그만 가야지. 만나서 기뻤어."

'투신 사고'의 혼란은 이미 역 앞에서 찾아볼 수 없었다.

고
이
가
사
네
정사

———

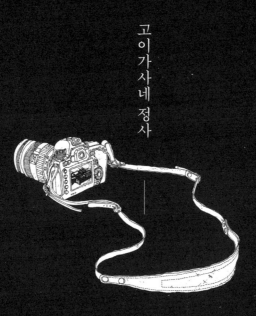

How Many Miles to the Truth

1

구와오카 다카노부와 가미조 마리의 동반 자살은 커다란 충격을 가져왔다.

최초 뉴스는 텔레비전으로 보았다. 일을 마치고 돌아온 밤, 목욕을 하고 나와 텔레비전을 켰더니 흘러나왔다. 수색 신고서가 접수된 미에 현 고등학생 남녀 두 사람이 함께 시신으로 발견되었다. 현장에는 둘이서 동반 자살한다는 내용의 유서가 있었고, 미에 현 경찰은 자살과 타살을 모두 고려해 조사하고 있다고 했다. 미성년자라 그런지 구와오카와 가미조라는 그들의 본명은 보도되지 않았다.

《주간 심층》 편집부에 배속된 지 삼 년, 꺼림칙한 소식에도 이제는 익숙해져서 연예인이나 회사원의 자살 소식에 일일이 슬퍼할 감수성은 마모되었다고 생각했지만 젊은 남녀가 함께 목숨을 끊었다는 소식을 들으면 뭐라 말할 수 없는 암담한 기분이 든다. 급한 일을 마무리한 터라 내가 이 사건을 담당하게 될지도 모른다고 생각하자 암울한 기분이 더 암울해졌다.

세상에는 똑똑한 사람이 있는 법이라, 그 똑똑한 누군가는 두 사람이 죽은 장소의 지명에 착안했다. 미에 현 나카세 정 고이가사네◆였다. 두 사람의 죽음에는 '고이가사네 정사情死'라는 이름이 붙었고, 우연히 큰 사건이 없는 시기였다는 점도 거들어 이튿날 아침 텔레비전 뉴스에는 온통 두 사람의 자살 보도가 흘러나왔다.

중학교 졸업 앨범에서 뽑아낸 듯한 얼굴 사진이 몇 번이나 비쳤다. 쇼와◆ 분위기가 진하게 남아 있는 세일러 칼라 교복을 입고 단체 사진에서 친구들에게 둘러싸인 가미조 마리의 얌전한 미소는 언뜻 보기에도 정감이 갔고, 마치 렌즈 너머를 들여다보는 듯 진지한 눈빛으로 찍힌 구와오카 다카노부의 여드름이 성성한 얼굴도 우직하니 싫지 않았다. 무엇보다 표정이 아직, 누가 봐도 아이였다.

두 사람이 현장에 남겼다는 유서도 반복적으로 화면을 장식했고, 누군가 어린 척 변조한 목소리로 유서를 낭독했다.

◆　　**고이가사네** _ 일본어로 '고이(戀)'는 '사랑, 연심', '가사네(累)'는 '이어지다, 포개다'라는 뜻.
◆　　**쇼와** _ 1926년 12월 25일부터 1989년 1월 7일까지 사용한 일본의 연호.

이 세상이 이토록 끔찍한 곳인 줄 몰랐다.

나와 마리는 죽기로 했다.

이유는 곧 알게 되겠지.

부모님께는 감사하다고 말하고 싶다.

그리고 죄송합니다.

다카노부

이걸로 끝낼 수 있다고 생각하니 너무나 마음이 놓여요.

다카노부와 손을 잡고 저세상에 갈 수 있다니 차라리 기뻐요.

마리

그들의 죽음에는 분명 사람들의 마음을 흔드는 무언가가 있었다. 거칠지만 진심이 담긴 유서 내용에, 순진해 보이는 두 사람의 얼굴 사진에, 밝혀지지 않은 동기의 수수께끼에, 그리고 '정사'라는 고전적인 표현 자체에. 고이가사네 정사는 한동안 세간의 화제를 끌 것이다. 인상 깊은 자살은 때로 연쇄반응을 일으킨다. 이것을 시작으로 동반 자살이 줄을 잇지나 말아야 할 텐데. 그렇게 생각하며 노트북을 보니 메일이 와 있었다. 발신 시각은 오전 3시, 발신자는 오누키 편집장이었다.

어제 예감이 맞았다. 메일에는 미에 자살 건은 내게 맡기겠다고 적혀 있었다.

2

출장용 보스턴백은 언제든지 들고 갈 수 있도록 미리 짐을 싸놓는다. 원래 일요일은 휴일이지만 이런 돌발 사건이 터지면 휴일은 당연히 날아간다. 대휴를 받지 못한 적은 없기 때문에 그리 불만스럽지는 않다.

오전 8시, 나는 스기나미에 있는 자택을 나서서 미에 현 나카세 정으로 향했다. 어제까지는 이름조차 낯설었던 나카세 정이지만 앞으로 한동안 전국의 주목을 받게 되리라.

도쿄 역 매점에서 전국지를 그러모아 신칸센 열차 안에서 훑어보고 링노트에 정보를 정리했다.

시신이 발견된 것은 토요일 오후 6시, 저녁 무렵 강가에 낚시하러 나온 남성이 교각에 사람이 걸려 있는 것을 발견하고 신고했다. 삼십 분 뒤, 소방서와 소방단이 연계해 끌어올렸지만 이미 사망한 뒤였다. 그것이 구와오카 다카노부였고, 신원은 소지품으로 판명되었다.

구와오카를 끌어올리는 사이 소방단원이 가미조 마리의 시체를 발견했다. 강이 내려다보이는 절벽 위에서 목을 찌르고 죽어 있었다고 한다. 고이가사키네는 그 절벽을 포함한 일대를 가리키는 지명인 듯했다. 반듯하게 쓰러진 시체 옆에 대학노트가 떨어져 있었고, 거기에 구와오카와 가미조가 연명으로 쓴 유서가 남아 있었다. 두 죽음이 하나의 동반 자살이라는 걸 알게 된 건 이 유서 때문이었다. 가미조가 목을 찌를 때 사용한 듯한 부러진 나이프가 현장에 남아 있었고, 동급생이 구와오카의 소지품이라고 증언했다. 오늘 아침에는 아직 검시 결과가 나오지 않았고 동반 자살을 한 이유도 알 수 없다고 했다.

두 사람은 열여섯 살로 같은 고등학교에 다니고 있었다. 집이 가까웠는지 초등학교부터 쭉 학교가 같아, 고등학교에서는 나란히 천문부에 가입했다고 적혀 있었다. 취재를 해봐야 알겠지만 소꿉친구 같은 관계가 아니었을까?

신칸센이 하마마쓰 역을 통과했을 때 휴대전화로 전화가 걸려왔다. 발신인을 보니 편집장이라 연결 통로로 나가 전화를 받았다. 소음과 함께 귀에 익은 거친 목소리가 들려왔다.

"수고하네. 가고 있나?"

"신칸센 안입니다."

"그래. 잘 부탁해."

편집장 오누키는 오늘 푹 쉬고 있을 터였다. 아이가 아직 어려 토요일에 새벽까지 잔업을 해도 일요일의 가족 서비스는 거르지 않는다. 그런 편집장이 일부러 전화를 했으니 상황 확인만 하려는 의도는 아닐 것이다.

"뭔가 동향이 있었습니까?"

"아니, 그건 아니야. 코디네이터를 수배해서 알려주려고."

"코디네이터?"

나는 눈썹을 찌푸렸다. 출장 취재를 할 때, 현지 사정에 밝은 취재 코디네이터를 수배하는 일은 종종 있다. 그들은 사전에 취재 허가를 받아주거나 효율적인 이동 노선을 짜주거나, 해외 취재의 경우에는 통역도 겸한다. 하지만 그것은 진중하게 특집 기사를 다룰 경우의 이야기고, 이번과 같은 돌발 사건에서 코디네이터가 붙은 적은 없다. 또 필요하다고 생각하지도 않는다.

"갑자기 왜요?"

"월간 쪽에서 일하는 라이터가 우연히 근처에 있는 모양이야. 마침 좋은 기회라 도움을 받기로 했지."

혼자서도 할 수 있는 일에 지원이 붙으면 내 역량을 의심하는 것 같아 영 찝찝하다. 하지만 낯선 땅에 들어가는 데 길 안내만이라도 해준다면 솔직히 고맙긴 하다.

"알겠습니다. 그쪽 이름은?"

"알려나? 다치아라이야. 다치아라이 마치."

"……아아."

내 맞장구를 어떻게 받아들였는지 편집장의 목소리가 밝아졌다.

"알고 있다면 이야기가 빠르겠군. 바로 연락하라고 전해두지."

"예……."

"까다롭긴 해도 영리한 녀석이야. 자네가 주도권을 쥐고 잘해봐."

전화 너머에서 "아빠, 빨리" 하고 조르는 목소리가 들렸다. 편집장은 그 목소리가 내 귀에 들린 줄 몰랐으리라.

"그럼, 잘 부탁해."

그렇게 평소처럼 굵은 목소리로 통화를 끝냈다.

휴대전화를 주머니에 넣고 짧은 한숨을 내뱉었다. 그렇지 않아도 마음이 무거운 취재인데 괜한 짐까지 짊어진 기분이었다. 기자도 잘하는 일과 못하는 일이 있다. 나는 프리랜서와 함께 일하는 걸 별로 좋아하지 않는다. 옛날에 입만 산 프리라이터가 증거 없는 기사를 쓰는 바람에 호된 꼴을 당한 적이 있기 때문이다.

다치아라이 마치의 기사를 읽은 적은 없지만 월간으로 옮겨간 선배가 "진짜 일하기 거북한 상대야"라고 말했던 게 기억난다. 어떤 의미인지는 묻지 않았지만…….

자리로 돌아가려고 자동문 앞에 섰을 때 휴대전화 진동을 느끼고 다시 전화기를 꺼냈다. 낯선 주소로 메일이 들어와 있었다.◆

쓰루 마사타케 씨, 다치아라이라고 합니다. 오늘은 잘 부탁드립니다. 고인이 된 두 사람이 다녔던 고등학교의 교사를 만날 수 있을 것 같습니다. 허락해주시면 수배하려는데 어떠신지요. 제 전화번호는 다음과 같습니다.

나는 이 프리랜서를 만나는 게 조금 기대되었다. '사망한 두 사람'이나 '죽은 두 사람'이 아니라 "고인이 된 두 사람"이라고 쓴 게 괜히 기뻤던 것이다. 자리에 몸을 묻고 회신 메일을 썼다.

나고야 역에서 신칸센에서 긴테쓰 특급으로 갈아타고 쓰

역으로 가서, 거기서 다시 보통열차로 갈아타고 십오 분쯤 가니 나카세 정에 도착했다.

역무원이 없는 작은 역사 밖으로 나가자 어딘가 적적한 풍경이 펼쳐졌다.

양철 간판을 내건 담뱃가게와 포렴이 없는 식당이 먼저 눈에 들어왔다. 버스 로터리를 에워싸듯 서 있는 건물은 지붕이 낮고 어딘가 빛도 바래 보였다. 그 가운데 한 채만 눈에 띄는 신축 건물이었는데 이제는 일본 어디서나 볼 수 있는 편의점이었다.

평소에는 편집부에 연락을 하지만 오늘은 일요일이라 표면상으로는 부서에 아무도 없다. 편집장에게 위치 연락 겸 문자를 보내고 다치아라이에게 전화를 걸었다. 기다리고 있었다는 듯이 신호음 한 번 만에 연결되었다.

"예. 다치아라이입니다."

조금 낮지만 알아듣기 쉬운 목소리였다.

"여보세요. 쓰루라고 합니다."

"잘 부탁드립니다."

"저야말로."

"지금 나카세 역에 계시죠? 오 분이면 도착합니다."

"그럼 살 것도 있고 하니 편의점에 가 있겠습니다."

잘 부탁한다는 말을 주고받고 전화를 끊었다.

편의점에서 편지지를 사야 한다. 항상 가방에 넣어두는데 하필 간당간당하던 차에 아침에 서두르는 바람에 채워두지 못했다. 좁은 문구 선반에서 사무용 편지지를 찾아 계산을 마치고 가게 밖으로 나오니 오 분도 지나지 않은 것 같은데 누가 뒤에서 불렀다.

"쓰루 마사타케 씨 맞으신가요?"

아까 전화로 들은 목소리였다.

뒤를 돌아보니 길쭉한 눈이 나를 쳐다보고 있다. 키가 크고 머리카락이 길다. 아이보리색 치마 정장을 몸에 두른 여성에게서는 어깨에 메고 있는 밑바닥이 넓은 가방을 빼면 프리랜서 기자다운 면은 찾아볼 수 없었다. 뺨에서 턱으로 내려오는 홀쭉한 라인이 표정에 냉담한 인상을 더했다. 나는 대답했다.

"그렇습니다. 다치아라이 씨인가요?"

"예. 아까는 넙죽 메일부터 보내서 실례했습니다. 다치아라이라고 합니다."

명함을 교환했다. 오누키 편집장은 '라이터'라고 했지만 본인 명함에는 '기자'라는 직함으로 적혀 있었다. 안내를 해준다기에 혹시 이 부근에 사나 싶었는데, 주소는 도쿄였다.

"오누키 편집장님이 억지를 부린 모양이네요."

"아뇨. 도움이 될지 모르겠습니다."

"안내를 부탁드려도 된다고 들었는데요."

다치아라이는 고개를 끄덕이고 한 장의 명함을 꺼냈다. 《이시 신문》의 기자 명함이었다.

"이 지역 기자와 이야기를 나눌 수 있었습니다. 편의를 봐달라고 부탁했습니다."

"아아, 그건 고맙군요."

우리 주간지는 기자 클럽에 소속되어 있지 않기 때문에 경찰 기자회견에 참가할 수 없다. 클럽에 가입한 신문사의 기자가 도와주지 않으면 공식 발표를 손에 넣기도 여의치 않아, 경찰 발표 내용을 텔레비전으로 알게 되는 경우도 드물지 않다.

대도시라면 기자 클럽에 가입한 신문기자에게 발표 자료를 받을 수 있지만 이 부근에는 지인이 하나도 없어 어쩌나 고민하기는 했다. 인맥을 연결해준다면 수고를 덜 수 있다. 고개를 숙이고 명함을 받았다.

다치아라이가 손목시계를 흘깃 보았다. 빈틈없는 차림새에 약간 어울리지 않는, 숫자판이 작은 깜찍한 시계였다.

"메일로도 의논드렸지만 이야기를 들려줄 만한 교사와 약속을 잡았습니다. 가미조 학생의 예전 담임과 두 사람이 들어 있던 천문부 고문입니다."

"정말 현직 교사하고 약속을 잡았다고요?"

"예."

태연한 표정으로 말하는데, 그리 쉬운 일이 아니다.

학교하고 얽힌 사건이 발생하면 교사에게 이야기를 듣고 싶은 건 당연한 일이다. 하지만 그들은 공무원 중에서도 상당히 방어적인 부류라 취재에 응하지 않는다. 교감이 창구가 되고 교사들은 입을 모아 "교감이 말할 겁니다"라는 말밖에 하지 않는 것이 평소의 패턴이다. 그것은 아이를 지키기 위한 수단인 동시에 그들 교사 스스로가 학교 밖의 세상에 익숙하지 않기 때문이기도 하리라. 몇 번씩 찾아가 얼굴을 익히고 잡담을 거듭해도 겨우 한두 마디 들을 수 있을까 말까 한 상대다.

하지만 다치아라이는 시신 발견 이튿날에 두 건이나 약속을 잡았다고 한다. ……오호라. 선배가 '일하기 거북하다'고 평가한 이유를 알 것 같다. 불평할 처지는 아니지만 순식간에 주도권을 빼앗기고 말았다.

"2시 약속이니 아직 여유가 있습니다. 어디 가고 싶은 곳이라도 있으십니까?"

정신을 바짝 차렸다. 시간이 있다면 가장 먼저 가볼 곳은 뻔했다.

"시신 발견 현장으로 부탁드립니다."

취재의 철칙은 '일단은 현장'이다. 다치아라이는 고개를 끄덕이고 말했다.

"택시를 예약해뒀습니다."

3

몇 분 뒤, 대절 표시등을 켠 택시가 왔다. 내가 행선지를 말했다.

"고이가사네까지 부탁드립니다."

초로의 운전사는 사정을 알겠다는 듯 끄덕거리더니 천천히 차를 몰았다. 처음 온 동네의 경치를 차창으로 바라볼 새도 없이 다치아라이가 노란 봉투를 내밀었다.

"쓰루 씨는 어디까지 알고 계시죠?"

"오늘 아침 8시 보도 분량 정도입니다. 두 사람의 가족 구성은 알고 있습니다만."

"일단……."

다치아라이의 말에 따르면 구와오카 다카노부는 부모와 남동생까지 네 식구고, 가미조 마리는 부모와 셋이 산다고 했다. 함께 살지 않는 형제의 유무, 부모의 직업 등 상세한 정보는 아직 모르는 것 같았다.

"사진도 몇 장 입수했습니다."

먼저 두 장의 사진을 건넸다.

"그게 두 사람이 고등학교에 입학한 후의 사진입니다."

오늘 아침 텔레비전에 나왔던 사진과 달리 이쪽은 개인적으로 찍은 것 같았다. 구와오카 다카노부는 민무늬 티셔츠에 청바지 차림으로 손에 수박을 들고 해맑게 웃고 있었다. 여름의 단상 같은 사진이었다. 가미조 마리는 친구 생일 파티에서 찍었는지 케이크를 둘러싸고 각자 포즈를 취한 여학생들 사이에서 미소를 지으며 얌전하게 가슴께에서 브이 사인을 하고 있었다.

"두 사람의 친구에게 빌렸습니다. 주소도 적어놓았으니 접촉할 수 있습니다."

동반 자살이라는 최후를 선택한 두 사람이지만 이 사진으로는 평범한 고등학생으로밖에 보이지 않았다. 그렇기에 두 사람의 미소가 안타까웠다.

이걸 그대로 지면에 실을 수는 없다. 고인의 사진을 실으려면 유족의 허가를 받아야 한다.

"게재 허가는 받았습니까?"

"아직입니다. 유족과는 접촉하지 못했습니다."

반나절 만에 두 장의 스냅사진을 입수하고, 두 명의 교사와 약속을 잡은 수완으로 보건대 다치아라이가 유족의 주소를 알아내지 못했을 것 같지는 않다. 유족이 기자를 만나길 거부하는 것이리라. 당연한 일이다. 아이가 자살했고 아직 장례식도 치르지 못했는데 사진 사용 허가를 논할 경황이 없을 것이다. 조만간 기회를 봐서 부탁하기로 하자.

"동기에 대해서는 뭔가 얘기가 좀 나왔습니까?"

"……아뇨."

"왕따라든가?"

다치아라이는 고개를 저었다.

"학교는 왕따 사실은 없었다고 발표했습니다. 사진을 빌려준 동급생들도 학생들 사이에 무슨 문제가 있었던 것 같지는 않다고 했습니다. 그런 학교가 아니라고……. 물론 뒤가 켕기는 학생이 한 사람도 없다고 생각하지는 않지만, 지금 단계에서는 왕따 문제로 인한 자살이라고 생각할 이유 역시 없습니다."

학교 측뿐만 아니라 스냅사진을 가지고 있을 만큼 가까운 친구들도 같은 이야기를 했다면 믿어도 될 것 같다. 무엇보다 유서에 왕따를 암시하는 듯한 기술이 전혀 없다. 구와오카와

가미조는 함께 죽었으니 두 사람의 관계가 동기로 작용했다고 생각하는 게 자연스러울 것 같기도 하다.

문득 쳐다보니 다치아라이가 쥐고 있는 노란 봉투에서 또 한 장의 사진이 비죽 튀어나와 있었다.

"그건?"

시선과 말로 운을 떼어보았다.

3분의 1 정도 보이는 그것은 어떤 노트를 찍은 사진 같았다. 이 일에 얽힌 노트류라고 하면 유서가 틀림없다. 오늘 아침 텔레비전에서 몇 번이나 유서를 낭독해주었지만 실물 영상은 나오지 않았다.

하지만 다치아라이는 매정했다.

"아아, 이건 나중에."

이유는 금방 알아차릴 수 있었다. 운전사가 신경쓰이는 것이리라. 즉 미공개 사진인 것 같았다. 다치아라이는 노란 봉투를 가방에 도로 넣고 화제를 바꾸었다.

"그나저나 아까 산 건 편지지였나요?"

"예. 필수품인데 거의 떨어져서."

갑작스러운 사태에 직면하면 당사자는 여유를 잃고 만다. 그런 상황에 취재를 요청해봤자 나쁜 인상만 준다.

그럴 때는 편지를 보낸다. 편지라면 상대도 마음이 차분해졌을 때 읽을 수 있고, 이쪽도 잘 다듬은 내용으로 설득할 수 있다. 물론 예민한 신경을 자극할 때도 있지만 한 통의 편지가 최소한의 위로가 되어, 그걸 계기로 입을 열 때도 있다.

"좋은 게 있던가요?"

"뭐, 편의점에서 살 수 있는 게 그렇지요."

"남자분도 쓸 수 있는 편지지 여분이 있습니다. 괜찮으시면 이걸 쓰세요."

다치아라이가 가방에서 꺼낸 편지지는 전통 한지 같은 종이로 만든 것이었다. 굳이 따지자면 여성적인 느낌이 들지만 확실히 남자가 써도 위화감이 없고, 무엇보다 품격이 있었다. 괘선 폭이 넓은 것도 마음에 들었다. 줄 간격이 좁으면 글자가 작아져 편지지를 꽉 채우기 때문에 처음 만날 취재 상대에게 보내기에는 적합하지 않다.

"고맙습니다. 이거 좋네요."

"도움이 된다니 다행입니다."

이런 편지지를 여분을 포함해 휴대하는 다치아라이에게 흥미가 생겼다. 보아하니 아무리 많게 잡아도 삼십 대 초반, 아마 아직 이십 대이리라. 그렇다면 나와 비슷한 또래라는 뜻이기도 하다.

택시가 목적지에 도착하기 전에 그녀에 관해 조금 물어보기로 했다.

"다치아라이 씨는 도쿄에서 일을 하고 계시지요? 이쪽에는 취재차 오셨습니까?"

"예."

쌀쌀맞은 대답이었다. 잠시 후 다치아라이는 너무 무뚝뚝했다고 생각했는지 한마디 덧붙였다.

"벌써 일주일째예요."

"그렇게나! 꽤 큼직한 기삿거리인가 보군요."

"……글쎄요."

다치아라이는 고개를 갸웃거렸다.

"작년 미에 현 교육위원회와 현縣 의원에게 폭탄이 몇 차례 배달된 건 알고 계시지요?"

"예, 일단은."

물론 기억하고 있다.

의원이 폭탄을 받았으니 주간지가 딱 좋아할 소재이기는 하다. 하지만 폭탄과는 별개로 의원을 향한 고약한 장난은 의외로 많고, 대개의 경우 그럴싸한 배경도 없다. 잠깐 소동이 벌어졌다가 그냥저냥 잊힐 사건이었을 터다.

"벌써 일 년쯤 지나지 않았나요?"

"팔월 사건이니 일 년은 채 되지 않았습니다."

진실의 10미터 앞

"다친 사람은 없었던 걸로 기억합니다만, 세세한 부분은 잊어버려서."

다치아라이가 고개를 끄덕였다.

"당시에는 폭탄이라고 보도되었죠. 실제로는 약품을 사용한 단순한 발화 장치였습니다. 박스를 열자 갑자기 불길이 치솟았다고 하니 당사자의 공포는 상당했겠지만 큰일로 번지지는 않았습니다. 범인이 보낸 메시지도 들어 있었는데 의회에서 꾸벅꾸벅 조는 의원에게 천벌을 내린다느니, 왕따를 방치하는 교육위원회에 철퇴를 가한다느니, 온통 그런 내용이고 구체적인 요구 사항은 없었습니다."

"아하. 쾌락범이군요."

"수사는 오랫동안 부진했는데 착화제로 쓴 약품의 출처를 다시 조사한 결과 진전이 있었던 모양입니다."

"그걸 조사하고 있는 겁니까?"

"네. 프리랜서니까 이것저것 쓸 수 있거든요."

태연히 말하지만 막연한 취재로 일주일이나 출장을 갈 수는 없다. 그것은 프리랜서라도 마찬가지…… 아니, 프리랜서이기 때문에 더욱 불필요한 출장은 갈 수 없을 것이다. 우습게 볼 수 없는 체재비를 쏟아부은 이상 그녀는 뭔가 알아냈을 것이다.

걱정이 되었다. 그만큼 시간과 돈을 들여 취재하러 왔으면서 내 취재 코디네이터를 해도 되는 걸까? 오누키 편집장이 이상한 부탁을 하는 바람에 중요한 길목에 들어선 그녀의 일을 내가 방해하고 있는 게 아닐까?

그런 생각을 하고 있는데 다치아라이가 불쑥 말했다.

"오늘 체포될 일은 없으니 괜찮습니다."

"……그럼 다행이지만요. 오누키 편집장이 억지를 부린 건 아닌지."

"아닙니다."

다치아라이가 잠깐 짬을 두고 웅얼거리는 목소리로 덧붙였다.

"저도 혹시나 싶은 일이 있어서요."

무슨 뜻인지 묻기 전에 운전사가 이제 곧 고이가사네라고 알려주었다. 다치아라이는 그 이후로 차창 밖으로 고개를 돌린 채 입을 열려 하지 않았다.

기껏해야 십 분 정도밖에 오르지 않았다고 생각했는데 제법 산속 깊이 들어왔는지, 택시에서 내리자 주위에 줄기가 굵직한 나무들이 울창하게 자라 있었다. 급류 소리도 들리고, 폭포 부근에서 느낄 수 있는 물 냄새도 사방에 퍼져 있었다.

택시가 달려온 길은 최근에 만들었는지 아스팔트가 깨끗했다. 휴대전화는 전파 신호가 잡히지 않았다.

커다란 굽잇길을 따라 설치된 가드레일 바깥으로 절벽이 칠팔 미터쯤 튀어나와 있는데 거기에 가지가 무성한 소나무가 두 그루 나란히 서 있었다. 바닥에는 잡초가 듬성듬성 나서 흙이 그대로 드러난 부분도 많았다. 이곳이 가미조를 발견한 현장이리라. 디지털카메라를 꺼내 열 장쯤 찍었다.

길 위에는 우리 택시 말고도 택시가 두 대, 중계차가 한 대, 그리고 순찰차 한 대가 줄지어 서 있었다. 이제부터 촬영을 시작하는지 중계차 주변은 어수선했다.

"이쪽으로."

다치아라이는 나를 하류 쪽으로 데려갔다. 가드레일 안쪽에서 아래를 굽어보니 십 미터는 넘어 보이는 절벽 아래로 저러다 마르지 않을까 싶을 만큼 폭이 좁은 강이 흐르고 있었다. 시선을 하류로 돌리니 꽤 멀리 떨어진 곳에 녹색 다리가 있었다.

"구와오카 다카노부의 시신이 걸려 있었던 건 저 다리입니까?"

"그렇습니다."

가미조 마리의 시신이 발견된 절벽에서 이백 미터쯤 내려간 하류다.

다리 위에 십여 명의 인파가 모여 있는 게 보였다. 구경꾼일까, 아니면 동업자일까? 카메라 줌 기능으로 다리를 찍어 보았지만 나중에 조금 더 접근해서 새로 찍는 게 나을지도 모른다.

가미조 마리의 시신 발견 현장으로 돌아갔다.

두 그루의 소나무를 곁눈질로 보며 다치아라이가 말했다.

"저 소나무, 부부송이라고 부른다더군요."

"……사망한 두 사람은 낭만주의자였던 걸까요?"

"그랬을지도 모르죠. 다만 고등학생들 사이에도 부부송이라는 이름이 퍼져 있었을지는 조금 의문입니다. 이 길을 만들 때 관청 농림과가 붙인 애칭이라고 들었거든요."

감이지만 두 사람은 그 애칭을 몰랐을 것 같다. 고이가사네 부부송 밑에서 동반 자살이라니, 너무 완벽한 무대 아닌가? 두 고등학생은 극중에서 죽은 게 아니다.

다치아라이는 담담하게 설명을 이어나갔다.

"나중에 자료를 드리겠지만 현장에서는 유서를 적은 노트 외에 소형 천체망원경과 레드와인병, 그리고 플라스틱 컵이 두 개 발견되었습니다. 컵에는 미량의 와인이 남아 있었고요."

마지막으로 별을 보며 건배했던 걸까? 와인글라스가 아니라 플라스틱 컵에 레드와인을 따라서.

"시신 발견 전날 밤의 날씨는 흐렸습니다."

"……안타깝군요."

"예."

절벽 위에서 텔레비전 촬영이 시작되었다. 나는 목소리를 낮추었다.

"시신 발견은 토요일 오후 6시경이었죠?"

"그렇습니다."

"그렇다면 자살 자체는 금요일에서 토요일 저녁 사이라는 뜻일까요?"

천체망원경을 가져왔다면 밤에 자살을 결행하지 않았을까?

다치아라이는 신중하게 대답했다.

"아직 모릅니다. 검시 결과가 나오지 않았으니까요."

성급히 추측할 필요는 없었다. 확정된 사망 시각은 곧 공표되리라.

한동안 묵묵히 현장을 촬영하고 상황을 메모하는 작업을 했다. 강물 소리가 귓가를 맴돌았다.

이 절벽 위에서 여학생은 목을 찔러 사망하고, 남학생은 강 하류에서 발견되었다. 그 상황을 머릿속에서 재현해보고 확인차 물었다.

"가미조 마리는 제 손으로 자기 목을 찌른 거지요?"

다치아라이는 처음으로 살짝 머뭇거렸다.

"……그것도 아직 모릅니다."

서늘한 감각이 등을 훑고 지나갔다.

"구와오카가 찔렀을 가능성도 있는 겁니까?"

"가능성이라는 면에서는요."

근처에서 이어지는 방송 촬영을 의식해 저도 모르게 커지려는 목소리를 꾹 눌렀다.

"그럼 구와오카 다카노부가 가미조 마리를 살해하고, 자기는 절벽에서 뛰어내려 입수 자살을 꾀했을 가능성도 있겠군요."

"물론 그렇겠지요. 하지만 쓰루 씨, 아직 사인도 발표되지 않았어요. 지금 단계에서는 아무 말도 할 수 없습니다."

그건 그렇지만 경찰이 발표하기 전에는 모든 게 불분명하다고 판단하는 것도 극단적이다. 이토록 자제를 요구하는 건 다치아라이가 뭔가 알고 있기 때문일까?

나는 새삼 가미조가 발견된 절벽 위와 구와오카가 발견된 강 하류를 번갈아 보았다. 처음 정보를 얻었을 때도 마음에 약간 걸렸는데, 이렇게 현장에 와보니 위화감과 의문이 부풀었다.

구와오카 다카노부와 가미조 마리는 노트에 함께 죽겠다는 글을 남겼고, 실제로 두 사람 다 세상을 떠났다. 하지만 그렇다면 어째서 시체 발견 현장이 떨어져 있는 것일까? 함께 죽기로 결심했는데 절벽 위와 강물 속이라는 각기 다른 장소에서 죽은 이유는 무엇일까? 자살 방법이 서로 다른 이유는 무엇일까?

어쩌면 이 의문 자체가 방향을 잘못 잡은 걸지도 모른다⋯⋯.

생각에 잠긴 내 옆에서 다치아라이가 천천히 손목시계를 보았다.

"약속 시간이 2시니 슬슬 이동하는 게 좋겠어요."

"⋯⋯알겠습니다."

절벽을 뒤로하고 택시 쪽으로 걸어갔다.

다치아라이는 다른 취재진과 충분히 거리를 두고 문득 걸음을 멈추더니 어깨에 멘 가방을 열었다. 노란 봉투에서 한 장의 사진을 꺼냈다. 여기로 오는 길에 택시 안에서 슬쩍 보았던 그 사진이 분명했다.

"한 장밖에 없어서 여기서 드릴 수는 없지만, 이런 사진도 있습니다."

예상대로 노트를 찍은 사진이었다.

"유포된 유서가 적혀 있는 노트 말미에 있던 글자예요."

필적만 봐서는 구와오카가 쓴 것인지 가미조가 쓴 것인지 분간이 가지 않았다. 엉망으로 휘갈겨 썼다고 해도 무방할 만큼 흐트러진 글씨로, 단 한마디가 적혀 있었다.

살려줘.

4

시가지로 돌아오는 길에 택시 운전사에게 두 사람이 다녔던 현립 나카세 고등학교는 평판이 어땠는지 물었다. 오래 기다리게 했는데도 싫은 기색 하나 보이지 않았던 운전사가 이 질문에는 복잡한 표정을 지었다.

"어떻기는. 뭐, 그냥 평범하지, 평범해. 너무 멍청하면 못 들어가지만 정말 공부 잘하는 아이들은 대개 쓰 쪽으로 진학하거든. 말썽꾸러기도 있기는 하지만 딱히 평판이 나쁘지도 않아."

"생긴 지 얼마 안 된 학교입니까?"

"아니, 오래됐어. 얼마 전에 백 주년이랬나 그랬지 아마. 뭐, 어쨌거나……."

운전사는 마지막에 침울하게 말했다.

"이런 일은 처음이야. 두 번은 사양일세."

그 말을 끝으로 택시 안에서는 대화가 사라졌다. 다치아라이는 생각에 잠겨 차창 밖만 바라보았고, 운전사도 먼저 입을 열려 하지 않았다. 나 역시 생각할 문제가 있었다.

유서를 적은 노트에 있었다는 '살려줘'라는 말에는 어떤 뜻이 담겨 있을까?

구와오카 다카노부와 가미조 마리 두 사람은 자살한 것으로 추정된다. 그런데 어째서 구조를 청하는 말을 썼을까? 두 사람의 죽음이 타살이라면 사건은 보다 음험해지지만 이해는 간다. 누군가에게 습격을 받았기 때문에 '살려줘'라고 썼다면 말이 되기 때문이다. 하지만 다른 페이지에 쓴 글은 틀림없이 자살을 앞둔 사람의 유서다. 해석하기에 따라서 유서로 볼 수도 있는 애매한 글이 아니라 '나와 마리는 죽기로 했다', '저 세상에 갈 수 있다니'라고 두 사람 다 명확하게 죽음을 의식한 글을 썼다. 미지의 제삼자가 자살을 결심한 두 사람을 습격한 걸까?

설마. 아무리 그래도 그렇게 생각하기는 어렵다. 그만큼 중대한 의혹이 있다면 언론에 조금 더 제재가 들어올 테고, 텔레비전이나 신문에서 자살을 기정 노선으로 보도한다는 것은 경찰이 제삼자에 의한 타살을 전혀 의심하지 않고 있다는 뜻이다.

어쩌면 아주 간단한 일일지도 모른다는 것을 깨닫고 이렇게 말해보았다.

"다치아라이 씨, 그 글은 자살하고 아무 상관이 없고, 그저께 이전에 적은 걸지도 모릅니다."

하지만 대답은 명쾌했다.

"노트는 새거였어요. 학생이라면 노트는 얼마든지 있었을 텐데, 두 사람은 유서를 쓰려고 일부러 새걸 준비했습니다. 거기에 유서 외의 글을 먼저 썼다니 이해하기 어렵습니다."

노트가 새 제품이었다면 다치아라이의 말대로 유서보다 먼저 '살려줘'라고 쓸 것 같지는 않다. 그렇다면 어떻게 생각하면 될까? 어쨌거나 두 고등학생 중 적어도 한 사람은 누군가 살려주길 바라며 죽어갔다는 뜻이다…….

아니, 의식을 전환해야 한다. 다치아라이의 말처럼 사인이나 사망 추정 시각이 발표되기도 전에 이래저래 고민해봤자 별수없다. 지금은 인터뷰에 집중해야 한다.

그래도 온 힘을 다해 힘겹게 쓴 듯한 '살려줘'라는 글씨는 뇌리에 박혀 떠날 생각을 하지 않았다.

교사와 만날 장소로 다치아라이는 동네에서 유일한 비즈니스호텔의 회의실을 통째로 빌려놓았다.

평소에는 십여 명 규모의 세미나라도 열릴 법한 널찍한 공간으로 책상도 의자도 없다. 실내 구석에 접어놓은 파이프 의자를 세 개 마주보도록 늘어놓았지만 휑한 게 아무래도 불편했다. 그래도 교사가 사람들 눈을 꺼릴 것을 생각하면 용케 좋은 장소를 찾아냈구나 싶었다.

시신 발견 현장에서 비즈니스호텔까지는 의외로 가까워, 우리가 회의실에 들어왔을 때 약속 시간까지 아직 이십 분쯤 여유가 있었다. 그사이 다치아라이는 취재 상대의 상세한 정보를 알려주었다. 2시에 올 교사는 시모타키 마사토라는 이름으로 쉰세 살, 과목은 현대 국어를 가르치는데 작년에 가미조 마리의 담임이었다고 한다.

"올해는?"

"올해도 1학년 담임을 맡고 있습니다."

현재 담임교사를 취재할 수 있다면 더할 나위 없다. 하지만 거기까지 바라면 욕심이리라.

시모타키 마사토는 십오 분 늦게 도착했다.

그의 복장은 딱딱하기 그지없었다. 양복 차림에 굵은 넥타이를 갑갑하게 매고, 새하얀 셔츠에는 주름 하나 없었다. 몸집은 탄탄하니 덩치가 있고 은근히 순진해 보이는 생김새였지만 희번덕거리는 눈매가 위압적이었다. 회의실에 들어올 때 살짝 고개를 숙였지만 지각에 대해서는 사과도 해명도 하지 않았다. 준비해둔 파이프 의자에 말없이 앉았다가 내가 명함집을 꺼내자 아차 싶었는지 일어섰다.

다치아라이가 중간에 끼어들었다.

"휴일에 시간 내주셔서 감사합니다. 이쪽이 아까 말씀드렸던《주간 심층》편집부의 쓰루 씨입니다."

"쓰루 마사타케라고 합니다. 오늘은 잘 부탁드립니다."

"예, 감사합니다."

시모타키는 그렇게 말하며 명함을 받았지만 시선이 불안하게 흔들렸다. 기자에게 자기 명함을 줘도 될지 망설이는 것 같기도 했고, 그저 명함을 교환한 경험이 적어 어쩔 줄 모르는 것 같기도 했다. 너무 불안하게 만들면 이제부터 할 인터뷰에 지장이 있을 테니 "앉으시죠" 하고 손짓으로 의자를 권했다. 시모타키는 안심한 듯 다시 파이프 의자에 걸터앉았다.

다치아라이는 이름도 밝히지 않고 명함도 건네지 않았다. 약속을 잡을 때 인사를 마쳤으리라. 내가 앉는 것을 보고 그녀도 의자에 앉았다.

먼저 고개를 숙였다.

"일부러 나와주셔서 감사합니다. 작년에 가미조 학생의 학급을 맡으셨다고 다치아라이 씨에게 들었습니다. 유감입니다."

잔뜩 긴장한 시모타키의 표정에 문득 어두운 그림자가 드리웠다.

"착한 아이였습니다. 가미조는 물론이고 교과 담임으로 구와오카도 가르쳤습니다. 이번 일은 어쨌거나 너무 안타깝습니다."

냉정하지만 어딘가 침통하게 들리는 목소리였다.

나는 가슴주머니에서 음성 녹음기를 꺼내 시모타키에게 보여주었다.

"녹음을 해도 되겠습니까?"

"······아아."

취재를 받는다는 것에 경계심이 드는지 대답이 늦다. 그는 십 초쯤 고민하다가 겨우 "그러시죠"라고 말했다.

음성 녹음기 스위치를 켜고 수첩을 펼쳤다.

"다치아라이 씨가 미리 부탁드렸겠지만 저희는 고인이 된 두 사람에 대해 시시콜콜한 기사를 쓸 생각은 없습니다. 다만 사회적인 반향이 크기 때문에 두 사람의 명예가 훼손되지 않도록 사실을 알리고 싶습니다."

시모타키는 나를 매섭게 노려보았다.

"모범적인 말씀을 하시는군요. 사실을 보도하는 것 자체가 두 사람의 명예를 훼손한다고 해도 말입니까?"

"비록 사실이라 해도 명예를 훼손할 만한 사항은 기사로 쓰지 않습니다. 미성년자이기도 하고, 기사로 다룰 때는 충분히 신중을 기할 겁니다."

"당연히 그러길 바랍니다."

시모타키가 한숨을 쉬었다.

"그렇게 말씀하신다는 건 두 사람에게 뭔가 불명예스러운 사실이 있었던 겁니까?"

"……쓰지 않을 거라면 물을 필요도 없잖습니까?"

"그건 그렇습니다. 하지만 사실관계 파악을 제대로 하지 않으면 결과적으로 거짓말을 쓰게 될 수도 있으니까요."

시모타키는 얼굴을 잔뜩 찌푸리고 고개를 저었다. 그 행동은 다소 작위적이었다.

"그건 이해하지만 제가 한 말은 어디까지나 비유일 뿐입니다. 정말 무슨 일이 있었다거나 그런 건 아닙니다. 무슨 말인지 아시겠죠?"

어쩐지 마음에 걸리는 표현이다. 교사가 학생을 가르치듯, 설명하는 듯한 말투에 거부감이 든 것도 있지만 그 이상으로 어딘가 변명처럼 들리는 게 마음에 걸렸다. 어쩌면 정말 구와오카와 가미조에게는 불명예스러운 뭔가가 있었던 걸까?

하지만 그 의문은 가슴에 묻어두고 지금은 한발 물러서기로 했다. 지나치게 추궁해서 시모타키의 비위를 건드리면 몽땅 헛일이 된다.

"알겠습니다. 실례했습니다."

그렇게 고개를 숙이고 말을 이었다.

"선생님께 학교에서 두 사람이 어땠는지 여쭙고 싶습니다. 가미조 학생은 어떤 학생이었습니까?"

"그 아이는……."

시모타키는 팔짱을 끼고 요란하게 콧숨을 내뱉었다. 그 눈은 여전히 이쪽을 노려보듯 쳐다보고 있었다.

"가미조는 말입니다, 얌전한 아이였습니다. 항상 생글생글 웃었죠. 학급 일도 싫은 기색 한번 하지 않고 맡아줬습니다. 그렇게 착한 아이가……. 끔찍한 일입니다."

"학급 일이라면, 예를 들어서?"

"학급 임원이었습니다."

착한 아이였을지도 모른다. 하지만 어쩌면 하기 싫은 일도 떠맡는, 자기주장이 약한 아이였을지도 모른다. 조금 파고들어보자.

"학교에서 딱히 눈에 띄는 점은 없었습니까?"

"무슨 뜻입니까?"

"이런 겁니다. 선생님 앞에서 말씀드리기는 그렇지만 현재 원인을 찾지 못하고 있는데요, 가미조 학생의 학교생활에 문제는 없었는지요?"

시모타키는 여전히 부루퉁한 표정이었지만 딱히 머뭇거리는 기색은 없었다. 변함없이 오만하게 노려보며 대답했다.

"예를 들어 왕따 문제는 없었느냐는 뜻입니까?"

"그런 셈이지요. 예를 들자면."

그러자 시모타키는 얼굴을 찌푸렸다.

"아뇨, 그런 일은 없었습니다. 저희 학교에 왕따가 전혀 없다고 말할 수는 없을지도 모릅니다. 다만 가미조는 친구도 많았고 고립되는 아이가 아니었습니다."

"선생님 성함은 지면에 내지 않겠습니다."

"제가 나카세 고등학교 교사라서 하는 말이 아닙니다. 실제로 저는 왕따가 있었다는 말을 들어보지도 못했습니다."

나는 고개를 끄덕였다. 왕따 문제로 자살했을 가능성은 사실 이제 완전히 버렸다. 기본적인 확인차 물어본 것이다.

수첩 페이지를 뒤적였다.

"알겠습니다. 그럼 구와오카 학생에 대해서는……."

시모타키는 눈썹을 찌푸렸다.

"그래요. 학급 담임이 아니라서 그리 상세한 건 모르지만 얌전히 가르침을 따르는 타입은 아니었던 것 같습니다. 조금 염세적인 아이라는 인상을 받았습니다."

펜을 쥔 손이 멎었다. 고개를 들어 시모타키의 시선을 똑바로 마주보았다.

"……염세적이었다고요. 죽고 싶다는 말을 했다거나?"

"저는 그렇게 말하지 않았습니다."

어이없다는 듯이 시모타키가 어깨를 들썩거렸다.

"인상이 그랬다고 말씀드리지 않았습니까."

그후로도 몇 가지 질문을 해보았지만 딱히 특별한 이야기는 나오지 않았다.

가미조의 학교생활이나 성격은 어느 정도 윤곽을 잡았다. 구와오카에 대해서는 조금 더 묻고 싶었지만 시모타키는 잘 모르는 듯했다.

"고맙습니다. 참고가 되었습니다."

인사를 하고 취재를 마치려는데 그때까지 잠자코 옆에 있던 다치아라이가 조용히 끼어들었다.

"시모타키 선생님, 저도 한 가지 여쭤봐도 되겠습니까?"

"응? 아아, 그러시죠."

이 자리에서 다치아라이는 아무 말도 하지 않을 줄 알았는지 시모타키는 허를 찔린 표정이었다. 그녀는 극히 소극적인 표현으로 자연스럽게 물었다.

"시모타키 선생님은 나카세 고등학교에 재직하신 지 오래되셨는지요?"

"예, 벌써 삼십 년째입니다."

깜짝 놀랐다. 공립 교사는 이동이 많은 직업이다. 한 학교에서 삼십 년이라니 들어본 적이 없다. 다치아라이 역시 고개를 갸웃거리며 물었다.

"상당히 길군요. 전근 얘기는 없었습니까?"

시모타키는 눈썹을 찌푸리며 대답했다.

"선조의 전답이 여기 있어서 위에서 편의를 봐주고 있습니다."

"그만큼 오래 일하셨으면 학교 안에서 모르는 곳이 없으시겠군요."

"뭐, 나카세 고등학교에 관해서는 살아 있는 사전이라고 자부합니다."

"그러신가요. 감사합니다."

다치아라이는 거기까지 듣고는 고개를 살짝 숙이고 인사를 한 뒤 다시 원래대로 입을 다물어버렸다.

곁눈질로 살펴봤지만 그녀는 무슨 생각을 하는지 모를 무표정한 얼굴로 이쪽은 쳐다보지도 않았다. 시모타키의 재임 기간이 긴 건 의외였지만 그게 이번 일과 연관이 있을 것 같지는 않았다. 지금 질문의 의도가 궁금하기는 마찬가지였는지 나와 시모타키는 무심결에 얼굴을 마주보았다.

어쨌거나 다른 질문은 없는 것 같았다. 나는 허탈한 기분을 떨치지 못하고 말했다.

"……오늘 시간 내주셔서 감사합니다."

5

인터뷰가 기사로 실리면 게재 호를 보내겠다고 말했지만 시모타키는 "아뇨. 됐습니다" 하고 매몰차게 거절했다. 학교로 받아도 곤란할 테고 자택은 알려주기 싫은 것이리라. 그는 뒤도 돌아보지 않고 회의실에서 나갔다.

음성 녹음기를 끄고 숨을 돌렸다.

"다음은?"

"같은 나카세 고등학교 교사로 하루하시 마코토라고 합니다. 물리를 맡고 있는데 구와오카와 가미조의 학급을 가르친 적은 없지만 동아리 고문입니다. 약속은 4시로 잡았습니다."

손목시계를 보니 2시 50분이었다. 시간이 조금 뜨지만 어쩔 수 없다. 두 건의 인터뷰 시간을 너무 가깝게 잡으면 시모타키와 하루하시가 맞닥뜨릴 수도 있기 때문이다. 인터뷰 장소를 바꾸는 방법도 있지만 낯선 동네에서 이 회의실 같은 장소를 또 하나 찾기는 어려우리라.

"잠깐 얘기해본 인상으로 하루하시 마코토는 상당히 가벼운 성격 같았습니다. 인터뷰를 의뢰하니 대뜸 얼마나 줄 수 있느냐고 묻더군요. 금액은 말하지 않았지만 사례를 하겠다는 말은 했습니다."

"알겠습니다."

원칙적으로 취재할 때 사례금은 내지 않는다. 금전을 노리고 이야기를 조작하는 사람이 생기기 때문이다. 그래도 취재 협력 명목으로 어쩔 수 없이 사례를 할 때도 있다. 출장용 가방에는 사례금용 봉투를 상비하고 다니는데 이번에는 안에 이만 엔을 넣어두었다.

휑한 실내를 둘러보며 물었다.

"이 방은 몇 시까지 빌렸습니까?"

"5시까지 빌렸습니다. 괜찮으면 조금 쉬세요."

"다치아라이 씨는?"

"저는 가볼 곳이 있어서 잠깐 자리를 비우겠습니다."

혼자 앞서 나가려 한다고 생각한 건 아니지만 본능적으로 몸이 앞으로 쏠렸다.

"혹시 취재라면……."

"아뇨."

다치아라이는 태연한 얼굴로 말했다.

"점심을 아직 못 먹어서 뭐 좀 먹고 오겠습니다."

그런 이유로 비어버린 한 시간은 혼자 보내게 되었다.

호텔 로비에서 캔커피를 마시면서 점심 뉴스를 보기로 했다. 평일이라면 와이드쇼에서 대대적으로 다루겠지만 일요일 낮에 뉴스를 해주는 곳은 NHK 정도뿐이다. NHK는 역시 '고이가사네 정사'라는 캐치프레이즈는 사용하지 않고 아나운서가 담담하게 경찰 발표를 전했다. 새로운 정보는 없는지 유심히 보았다.

노트 뒤쪽에 적혀 있었다는 '살려줘'라는 글에 대한 언급은 없었다. 편집할 시간이 부족했나 싶었지만 속도가 생명인 텔레비전에서 그럴 리 없다. 방송이 시작된 다음에도 아나운서에게 쪽지 한 장만 건네면 최신 뉴스를 전할 수 있는 게 텔레비전이다. 그렇다면 '살려줘'라는 글은 다치아라이가 잡은 특종일 가능성이 높았다. 몇 가지 생각이 떠올랐다. 텔레비전보다 먼저 새로운 정보를 얻은 다치아라이의 수완에 대한 감탄, 어떻게 손에 넣었을까 하는 의문, 만약 내가 주간지 기자가 아니라 텔레비전 관계자나 신문기자였다면 특종을 한발 먼저 보도할 수 있었을 거라는 답답함, 그리고 희미한 불쾌감……. 뭐, 질투이리라.

도움이 될 정보도 하나 얻었다. 가미조가 발견된 현장에는 몸싸움 흔적이 없었다고 한다. 정말 몸싸움이 없었다면 제삼자에게 습격을 받아 '살려줘'라고 썼다는 추측은 역시 성립되지 않는다. 그렇다면 무슨 뜻일까, 이래저래 고민하다 보니 한 시간이 훌쩍 지나갔다.

가벼운 성격으로 보인다고 했지만 하루하시 마코토는 시간에 딱 맞춰 4시 정각에 나타났다.

캐주얼한 옷차림이었다. 재킷을 입고 오긴 했지만 아래는 청바지에 스니커를, 재킷 밑에는 티셔츠를 입고 있었다. 그만 양복에 넥타이를 매고 온 시모타키와 비교하고 말았다.

"휴일에 나와주셔서 감사합니다. 저는 쓰루라고 합니다."

명함을 건네자 하루하시는 실실 웃으며 가볍게 고개를 숙였다.

"고맙습니다. 죄송하네요, 저는 명함이 없어서."

"아아, 아닙니다, 신경쓰지 마십시오."

빈틈없는 응대에서 이런 상황에 대한 경험이 느껴졌다. 교사가 되기 전에 다른 일을 했을지도 모른다. 형식적인 인사를 나누고 셋 다 파이프 의자에 앉았을 때 하루하시가 먼저 말을 꺼냈다.

"그래서 무슨 얘기를 하면 됩니까?"

표정이 헤벌쭉했다. 그 웃음이 조금 마음에 걸렸다. 음성 녹음기를 켜도 되는지 확인하고 수첩을 펼쳤다.

"하루하시 선생님은 세상을 떠난 구와오카 다카노부 학생과 가미조 마리 학생이 함께 소속되어 있던 천문부 고문 선생님이시라고요."

"예, 뭐. 학생의 자율성을 중시하다 보니 고문이라고 해도 형식적인 자리였지만요."

태연하기 그지없는 얼굴을 보니 정말 이름뿐인 고문이라 두 사람과 별로 교류가 없었을지도 모른다는 생각이 들었다. 펜을 놀리며 물었다.

"구와오카 다카노부 학생과 가미조 마리 학생의 학교생활에 대해 말씀해주십시오."

"학교생활이라……. 막연하군요."

하루하시는 살짝 가시가 돋친 목소리로 그렇게 말했지만 학생 이름을 들어서 그런지 시큰둥한 표정을 지었다.

"가미조는 감수성도 많고, 섬세하고 다정한 아이였습니다. 온갖 일이 슬프다면서 자주 울었죠. 고등학생인데 중학생 같은 아이였습니다."

중학생 같다는 비유는 잘 이해할 수 없었다. 그보다 자주 울었다는 말이 마음에 걸렸다.

"예를 들자면 뭐가 슬프다고 했습니까?"

"그래요, 예를 들면……."

하루하시의 입가에 빈정거리는 웃음이 떠올랐다.

"눈에 보이는 별빛이 몇만 년 전의 빛이라는 게 슬프다거나."

그 말을 메모했다.

"구와오카는 남들과 별로 어울리지 않는 이들이 흔히 그렇듯 낭만주의자였습니다. 나이프를 들고 다니기도 했어요."

"나이프라고요?"

가미조의 시신이 발견된 절벽 위에서는 목을 찌를 때 사용된 것으로 보이는 나이프가 발견되었다. 하루하시의 말을 다시 확인했다.

"구와오카 학생은 평소 나이프를 지니고 다녔군요."

"그렇다고 말씀드리잖습니까. 눈에 띄면 주의는 줬는데."

"압수하지는 않으셨군요."

하루하시는 어깨를 움츠렸다.

"학생 지도를 담당하는 선생님이 따로 있거든요."

그래도 압수할 수는 있었을 텐데, 하루하시에게 그럴 마음이 없었던 것이리라. 질문을 이어나갔다.

"선생님께서 보신 나이프는 시신 발견 현장에서 발견한 것과 같은 나이프였습니까?"

하루하시는 입가를 씩 올리며 웃었다.

"글쎄요……. 어떤 나이프인지 못 봐서."

그때까지 잠자코 있던 다치아라이가 가방에서 사진을 꺼냈다. 바닥에 떨어져 있는 접이식 나이프로 손잡이가 검고 칼날은 중간에서 부러졌다. 하루하시가 그 사진을 받아 힐끗 보고는 끄덕였다. 사진을 다치아라이에게 돌려주면서 비아냥거리듯 말했다.

"뭐, 그런 아이였습니다. 그 아이는 아마 진심으로 달로 떠나길 바랐을 거예요."

예상치 못한 말에 괴상한 목소리가 나왔다.

"달요?"

"네, 달에서 지구를 굽어보고 싶다나요."

하루하시가 말하는 두 사람의 이미지를 그대로 받아들여도 될지 망설였다. 확실히 구와오카와 가미조는 순박한 청소년이었겠지만 별이 멀다고 울고, 달로 떠나길 바라는 건 조금

도가 지나쳐 보였다. 멋대로 꾸며댄 건 아닐까?

"그리고……."

문득 하루하시가 목소리를 낮췄다.

"그래요. 고통 없이 죽으려면 어떻게 해야 하느냐고 물은 적도 있었습니다."

저도 모르게 몸이 앞으로 나갔다.

"그건 언제 일입니까?"

"글쎄…… 3학기였는데. 일월이었나."

시기로 보아 단순히 유별난 남학생의 잡담이 아니라 정말 자살 가능성을 염두에 둔 질문이 아니었을까? 하루하시도 그 걸 느꼈는지 조금 거북한 표정을 지었다.

"그래서 뭐라고 대답하셨습니까?"

"노쇠 아니겠냐고 했습니다. 대답이 그 아이 마음에 들지 않았는지 두 번 다시 그런 소리는 하지 않았는데……."

하루하시는 하던 말을 중간에 끊었다. 짐작하건대 구와오카는 두 번 다시 그런 말은 하지 않았지만, 설마 진심이었을 줄은 몰랐다고 말하고 싶었으리라.

수첩 페이지를 뒤졌다.

"그 밖에는 뭔가 없었습니까?"

"그래요……."

고개를 갸웃거리며 생각하는 시늉을 하더니 하루하시가 갑자기 단호하게 말했다.

"그 둘은 현실 대처 능력이 부족해 정말 답답했습니다."

"……그 말씀은?"

"두 사람은 사귀고 있었습니다. 그건 확실합니다. 하지만 뭔가 최근 고민이 있는 것 같았어요. 고민하는 건 좋지만 상식적인 선에서는 이해가 안 될 정도로 그 문제에 푹 빠져 있었습니다. 가령 수업을 빼먹거나 쪽지시험을 백지로 내곤 했다더군요. 얼마나 심각한 고민이었는지 모르겠지만 시험에서 빵점을 받는다고 해결되는 건 아니잖아요."

하루하시는 그렇게 말하더니 웃었다.

그는 얼마나 심각한 고민이었는지 모른다고 했지만, 그것은 실로 죽을 만큼 심각했던 것이다. 바로 그 점을 조사해야 한다.

"두 사람의 고민이 어떤 것이었는지 아십니까?"

그렇게 묻자 하루하시는 어째선지 대번에 불쾌한 기색을 드러냈다.

"글쎄요. 모릅니다."

"그럼 누가 알까요?"

"구와오카는 1학년 때 담임선생님에게 이런저런 의논을 했던 모양입니다."

그 말투로 하루하시의 심사가 꼬인 이유를 알 수 있을 것 같았다. 자기가 있는데도 구와오카가 다른 사람에게 의논한 게 마음에 들지 않는 것이리라. 어쩌면 하루하시는 구와오카 나 가미조와 친구처럼 지내고 싶었을지도 모른다.

"한 가지 확인하겠습니다. 그건 구와오카 학생이 1학년 때 담임선생님인가요?"

하지만 하루하시는 짤막하게 대답했다.

"아뇨. 가미조 쪽입니다."

나는 무심코 다치아라이를 돌아보았다. 가미조의 1학년 때 담임이라면 바로 방금 전에 만난 시모타키가 아닌가? 구와 오카는 시모타키에게 고민 상담을 했다……. 방심할 수 없는 이 프리랜서는 이런 관계를 전부 알고서 시모타키와의 인터 뷰 자리를 마련한 걸까? 겨우 하루 만에 거기까지 조사해서?

그러나 정작 다치아라이는 누가 봐도 깜짝 놀란 기색으로 눈을 동그랗게 뜨고 있었다.

지금까지 거의 감정이란 감정을 보이지 않았던 다치아라이 의 커다란 반응에 나도 놀랐다. 그녀는 내 시선을 알아차리고 표정을 쓱 거두었다. 그리고 입을 꾹 다물고 살짝 고개를 저 었다. 아무래도 우연이었던 모양이다.

구와오카의 고민이 무엇인지 알고 있었다면 시모타키는 어째서 그 이야기를 하지 않았을까? 분통이 터졌다. 다만 생각해보면 시모타키가 말하지 않았다기보다 내가 묻지 않았다고 말하는 편이 옳은 것 같기도 했다. 결국 자살을 방지하지 못했는데 고민을 들어주었다는 말을 나서서 하고 싶지는 않았으리라. 한편으로 나는 시모타키가 뭔가 알고 있을 것 같다고 생각했으면서도 그 점을 끝까지 추궁하지 못했다. 물론 그 시점에서는 구와오카가 시모타키에게 뭔가 의논한 줄 몰랐지만 그래도 어설펐다고 말하지 않을 수 없다. ……실수다.

분한 마음을 억누르고 계속 질문을 이어나갔지만 하루하시에게서 새로운 이야기는 나오지 않았다. 수첩을 덮고 고개를 숙였다.

"고맙습니다."

"천만에요."

하루하시 역시 파이프 의자에 앉은 채로 고개를 숙였다.

"그런데 듣기로는……."

"예, 걱정 마십시오."

나는 가방에서 취재 협조비를 넣은 봉투를 꺼냈다. 하루하시의 시선이 내 손 쪽으로 쏠리는 것을 느꼈다. 그때 문득 생각난 것처럼 다치아라이가 물었다.

"선생님은 학교에서 과학 주임을 맡고 계시지요?"

"예? 예, 뭐."

허를 찔렸는지 하루하시는 두루뭉술하게 대답했다. 다치아라이가 거듭 물었다.

"언제부터 맡으셨습니까?"

"아아. 올해부터입니다. 예전에 주임이었던 선생님이 올해 정년이라."

"비품 관리도 그렇고 여러모로 힘드시겠군요."

"뭐, 그렇죠. 전임자가 조금 무책임해서 전부 다시 확인했거든요."

그렇게 대답하긴 했지만 역시 의아하게 여긴 모양이었다. 하루하시가 눈썹을 찌푸렸다.

"그건 왜 물으십니까?"

"아뇨. ……미에 현에서 학교 비품 관리를 강화한다는 얘기를 듣고 이래저래 힘드실 것 같다고 생각했을 뿐입니다."

하루하시는 쓴웃음을 지었다.

"뭐, 표본 중에는 팔려고만 하면 비싸게 팔릴 물건도 있으니까요. 재고 확인은 당연한 일이죠."

나는 잠자코 대화를 듣고 있었다.

비품 관리에 관심이 있었다니, 갑작스럽게 둘러댔다지만

너무 어설픈 거짓말 아닌가?

　두 건의 인터뷰를 마치고 손목시계를 보니 4시 반이 지났다. 아직 일을 마치기에는 이른 시간이다. 파이프 의자를 정리하고 한껏 기지개를 폈다. 다치아라이가 깊숙이 고개를 숙이며 말했다.

　"죄송하지만 제가 준비한 취재는 여기까지입니다."

　"아니요, 충분합니다."

　다치아라이는 오누키 편집장에게 취재 코디네이터를 부탁받은 뒤에 내가 나카세 정에 도착할 때까지 몇 시간밖에 여유가 없었을 터였다. 그걸 생각하면 충분하고도 남을 성과라 할 수 있다.

　"다치아라이 씨는 이제 어떻게 하실 겁니까?"

　"제 업무로 돌아가야죠."

　그녀는 '고이가사네 정사'가 아니라 다른 문제를 쫓아 이 지역에 와 있었다. 억지를 부릴 수는 없지만 믿음직한 전력을 잃었다. 이제부터는 평소처럼 혼자 취재해야 한다.

　우선 유족과 접촉해야겠다. 아마 부모나 형제자매와 금방 이야기할 수는 없을 것이다. 그래도 자택에 가볼 수밖에 없다. 주소는 다치아라이가 알고 있겠지. 그리고 다치아라이가 명함을 준 《이시 신문》 기자와도 접촉하고 싶다. 슬슬 검시 결과를 발표할 기자회견이 열릴 때가 됐다. 기자 클럽에 들어 있지 않은 주간지에게 신문기자는 동업자인 동시에 유력한 정보원이다. 그리고 어떻게든 오늘 안에 페이지 수를 확정하고 싶다.

"갑작스럽게 부탁드렸는데 여러모로 준비해줘서 정말 고마웠습니다. 큰 도움이 됐습니다."

"아뇨. 저도 유익했습니다. 그럼 실례하겠습니다."

내 인사에 다치아라이는 무뚝뚝하게 대답하고는 발걸음을 돌렸다.

6

오후 7시부터 나카세 경찰서에서 검시 보고를 포함한 기자회견이 열렸다.

주간지 기자는 회견장에 들어가지 못하니 일단 경찰서로 가서 회견 내용을 알려줄 만한 사람이 나오길 무작정 기다려야 한다. 나카세 경찰서는 주간지 기자나 프리랜서도 회견장이 있는 3층 복도까지는 출입을 허가해주었다. 그 결과, 열

명쯤 되는 기자가 닫힌 문 앞에서 대기하게 되었다.

시신 발견 현장에 텔레비전이나 신문기자는 있었지만 주간지 기자는 보지 못했다. 아무도 가지 않았을 리는 없으니 아마 타이밍 문제였으리라. 역시 경찰서에는 각 주간지 기자들이 다 와 있었다. 이런 사건은 대개 그렇듯 이번에도 모두 아는 얼굴들이었다.

그중 한 명, 나이도 비슷해 만나면 이런저런 이야기를 나누는 도다라는 남자가 묘하게 심각한 표정으로 다가왔다.

"여, 쓰루. 수고가 많아."

"수고하네. 뭐야, 무슨 일 있었어?"

"그게 말인데, 있었던 모양이야."

별로 친하지 않은 동업자도 도다의 말을 듣고 슬금슬금 이쪽으로 다가왔다. 이런 곳에서 정보 교환은 당연한 일이다. 기자회견에 들어가지 못하는 사람들끼리 서로 돕는다. 물론 특종은 별개지만.

도다는 목소리를 낮추지도 않고 머리를 긁적이며 말했다.

"아무래도 여자애가 임신했던 모양이야."

"허……."

그런 목소리를 내긴 했지만 그리 놀랍지는 않았다. 고등학교 2학년쯤 되면 그런 일도 있겠지. 사진으로 본 가미조 마리는 한없이 순박해 보였지만 이 일을 하다 보면 청순파의 임신에 일일에 놀라고 있을 여유는 없다.

문제는 그게 동기와 상관이 있는가 없는가다.

"아버지는 구와오카지? 그걸 고민하다가…… 그런 건가."

그렇게 말하면서 나는 내 말이 틀렸다는 걸 깨달았다. 어린 나이에 임신해 고민하다가 스스로 목숨을 끊다니, 옛날이면 몰라도 요즘에는 들어보지 못했다. 게다가 두 사람의 유서에는 그런 내용이 없었다. 그들은 '이 세상이 이토록 끔찍한 곳인 줄 몰랐기' 때문에 죽은 것이다.

도다는 언짢다는 듯이 얼굴을 찌푸렸다.

"그랬으면 차라리 낫지. 그게 아니야, 아무래도 가족한테 당한 것 같아."

"……끔찍하군."

"본가인지 분가인지, 그건 잘 모르겠지만 요컨대 손위 남자에게 당해서 임신했는데 부모가 모른 척했던 모양이야."

질척하고 시커먼 무언가가 가슴에 쌓였다. 꺼림칙한 사건이라고는 생각했지만 이렇게 역겨운 이야기가 나올 줄은 미처 몰랐다.

"그럼 구와오카는 어떻게 된 거야?"

"가미조를 도우려고 했던 모양이야. 가미조의 집에 찾아가

거나, 원흉인 친척 아저씨를 찾아가거나. 그래서 진탕 얻어맞은 끝에 아무도 도와주지 않는다는 걸 깨달았고. 그래서 죽고 싶었던 거지……."

이해가 간다고 말할 수는 없었다. 그렇다면 자살해도 어쩔 수 없다고 생각하고 싶지 않았다. 그래도 구와오카와 가미조가 스스로 죽음을 선택한 이유는 알 수 있었다.

"용케 알아냈네."

그렇게 칭찬하자 도다는 들은 체도 하지 않고 고개를 돌렸다.

"내가 아니야. 신문사 녀석들이 알려준 거지. 놈들은 돈이 많으니 오사카에 나가 사는 가미조의 오빠를 찾아내 이야기를 들었다더군."

물론 전해 들은 걸로 끝낼 수는 없다. 당연히 취재는 해야 하지만 동반 자살의 원인은 이것으로 거의 확정지어도 될 것이다.

이번에는 네 차례라는 듯이 도다가 슬쩍 올려다보며 물었다.

"그쪽은 뭐 있었어?"

"아아, 그냥……."

조금 망설였지만 나는 그 '살려줘'라는 메시지에 대해 이야기했다. 내가 취재해 찾아낸 정보가 아니라 다치아라이가 찾아온 정보라 조금 켕겼지만 노트에 적혀 있는 내용이라면 어차피 조만간 발표될 것이다. 독점할 수 없는 정보라면 교환에 이용하는 게 낫다.

내 이야기를 듣고 도다가 신음했다.

"'살려줘'라……. 의미심장하군."

"자살인데 '살려줘'라는 말을 남긴 경우 혹시 들어봤어?"

"아니, 난 모르겠네. 그래, 그거 아닌가? 끔찍한 일을 당해 노트에 마구 갈겨썼는데, 그걸 깜빡하고 같은 노트에 유서를 썼다거나."

아무래도 생각하는 건 다들 비슷한 모양이다.

"나도 그렇게 생각했는데 아무래도 아닌 모양이야."

도다가 팔짱을 끼고 한숨을 쉬었다.

"그래? 영 꺼림칙한 사건이야."

"아아. 그러게."

그때 문 안쪽에서 술렁거리는 소리가 일었다.

복도에 몰려 있던 동업자들, 나와 도다도 일제히 기자회견장 문 쪽으로 고개를 돌렸다. 아무도 나오지 않았지만 나직한 술렁임은 그칠 줄을 몰랐다.

"뭔가 있는 모양인데."

도다가 시큰둥한 목소리로 뻔한 소리를 했다.

진실의 10미터 앞

회견장에서 나온《이시 신문》기자를 붙잡아 들은 바에 따르면 경찰은 유서 노트에 '살려줘'라고 적혀 있었던 사실은 발표했지만 임신에 대해서는 아무 말도 하지 않았다. 고인의 사생활에 관한 문제라 신중히 다루는 것이리라. 현장 상황으로 볼 때 제삼자에 의한 살인 가능성은 없어, 가미조 마리를 찌른 것은 구와오카 다카노부가 거의 확실하다는 것을 시사한 뒤에 사건 전체를 촉탁살인의 의혹이 있는 자살로 발표했다.

그리고 아까 술렁거렸던 이유를 듣고 나도 귀를 의심했다.

두 사람의 사인에 대해 가미조 마리는 목의 상처로 인한 실혈사, 구와오카 다카노부는 익사로 발표했지만 그게 전부가 아니었다. 두 사람에게서 중독 반응이 나왔다고 한다. 현장에 남아 있던 와인과 컵에서 황린이 검출되었다고 했다.

다시 말해 '고이가사네 정사'는 음독자살이기도 하다는 말이다.

두 사람이 독을 마신 뒤, 구와오카가 가미조의 목숨을 빼앗고 절벽에서 몸을 던졌다는 뜻이다. 현장에서 어떤 일이 벌어졌을지 짜맞추어보았던 상상은 전부 뒤집히고 말았다. 기자회견장이 술렁거렸던 이유도 이해가 갔다. 독과 나이프, 절벽이라는 삼중 장치에는 구와오카 다카노부와 가미조 마리가 죽음에 대해 품고 있었던 열의에 가까운 강한 의지가 담겨 있는 것 같아 듣기만 해도 등줄기가 서늘했다.

나는 고이가사네 절벽 위에서 들은 다치아라이의 말을 떠올렸다. 그녀는 사건 추이를 검토하던 나를 몇 번이나 제지했다. "지금 단계에서는 아무 말도 할 수 없다"고 말하며. 그때는 신중함도 도가 지나치다고 생각했는데 그렇지 않았을지도 모른다.

그녀는 뭔가 알고 있었던 걸까?

"알고 있었습니다."

다치아라이는 순순히 인정했다.

기자회견이 끝나고 나와 다치아라이는 나카세 정의 작은 번화가 한쪽에 있는 아담한 요릿집에서 만났다. 내일 예정을 확인하려고 다치아라이에게 전화를 걸었는데 혼자서 술을 마시고 있던 그녀가 불러준 것이다.

가게는 좁았지만 깔끔하게 정돈되어 있었고 카운터 의자도 편안했다. 나란히 앉아서 나는 맥주를, 다치아라이는 일본주를 마셨다. 손님이 우리 둘뿐인 걸 핑계로 술맛이 떨어질 이야기를 했다.

이세 앞바다에서 잡은 해산물을 안주로 다치아라이는 술잔

진실의 10미터 앞

을 기울였다. 가자미로 보이는 회 한 점을 간장에 살짝 찍어 입으로 천천히 가져가고는 다시 술을 마신다. 다치아라이는 잔을 내려놓더니 이쪽을 쳐다보지도 않고 혼잣말처럼 말했다.

"이상하지 않던가요? 가미조의 유서에는 굳이 '다카노부와 손을 잡고 저세상에 갈 수 있다면'이라는 글이 있었습니다. 두 사람은 한 장소에서 함께 죽기로 결심했을 거예요. 천체망원경까지 들고 가서 좋아했던 별을 보며, 두 사람은 아름답게 죽으려고 했던 게 아닐까요……. 하지만 실제로는 가미조는 절벽 위, 구와오카는 강물 속, 서로 다른 장소에서 발견되었습니다. 그 이유가 뭘까. 그게 이번 사건에서 가장 이상한 점이에요. 저는 줄곧 그 답을 고민했습니다."

나도 그게 이상하다고 생각하지 않았던 건 아니다. 하지만 답을 찾지 못했다.

"이유가 뭘까요?"

"몇 가지 생각해봤는데……."

그녀는 술잔에 입을 대고 감정이 깃들지 않은 목소리로 말을 이었다.

"견딜 수 없는 고통 때문이라는 게 가장 그럴듯하다고 생각했어요. 함께 죽으려 했지만 죽음의 과정이 너무나 고통스러워 구와오카가 가미조를 편하게 보내주려고 나이프로 찔렀고, 자기도 조금이라도 빨리 편안해지려고 절벽에서 몸을 던진 게 아닐까. 두 사람이 그런 상황에 내몰렸다면 원인은 뭘까……. 그때 현장에 있던 와인이 생각났습니다."

"마지막으로 술잔을 주고받으려고 그런 건 줄 알았는데요."

"저는 거기에 독을 탔던 게 아닐까 의심했습니다."

술병을 기울여 자기 잔에 술을 따른 다치아라이는 일렁거리는 술의 표면을 보면서 내게 물었다.

"독은 황린이었다면서요."

나는 끄덕였다.

"황린은 공기와 닿으면 발화하는 성질이 있으니 와인에 넣어 운반한 건 이해할 수 있습니다."

어느 쪽이 와인으로 하자고 했을까? 구와오카 다카노부는 달을 동경하고 나이프를 지니고 다니는 소년이었다. 그라면 두 사람에게 너무나 잔혹한 곳이었던 이 세상을 떠날 때 와인이라는 세련된 소도구를 쓰고 싶어 할 것 같았다. 그래도 나는 어째선지 분명 가미조 마리가 먼저 말했을 것 같았다. 아무 근거도 없이.

잔을 비우고 다치아라이가 말했다.

"황린의 독성은 대단히 강력하지만 즉사하지는 않아요. 두 사람은 바로 죽지 못했습니다. 복용한 뒤 한 시간쯤 지나 효과가 나타났겠지요. 첫 번째 증상은 격렬한 구토감과 경련. 이 증상은 여덟 시간 이상 계속됩니다. ……그들은 고통스러워했던 겁니다."

나는 둔했다. 그제야 겨우 깨달았다.

"그런가, 그 '살려줘'는……."

"고통에 몸부림치면서 두 사람은 죽음을 결심했던 것도 잊고 독을 마신 걸 후회했을지도 모릅니다. 하지만 고이가사네는 휴대전화 전파가 터지지 않는 곳입니다. 두 사람은 도움도 청하지 못한 채 독에 중독되어 움직이지도 못하고, 이제 어쩔 도리가 없다는 걸 깨달았습니다. '살려줘'라고 쓴 건 아마 그때였겠지요. 누구에게도 도움을 청할 수 없기 때문에, 누구에게도 닿지 않을 메시지를 쓸 수밖에 없었던 겁니다.

구와오카가 가미조를 찔렀지만 가미조가 애원해서 그런 건지, 아니면 가미조가 고통스러워하는 모습을 보다 못해 그런 건지는 알 길이 없습니다. 하지만 어쨌거나 구와오카는 가미조를 나이프로 찔러 살해했습니다."

독으로 평안하게 죽지 못하고 구와오카가 가미조의 생명을 앗아갈 수밖에 없었던 것은 그들의 예정에 없는 일이었을 것이다. 구와오카의 나이프는 미리 준비했던 게 아니라 평소 지니고 있던 것이었다. 원래 싸구려였는지 구와오카가 마지막으로 짜낸 힘이 너무 셌는지 나이프는 부러졌다. 그는 가미조와 같은 방법으로 죽을 수단을 잃었다.

"그래서 구와오카는 강에 뛰어든 겁니다."

나는 말없이 맥주를 들이켰다.

구와오카 다카노부와 가미조 마리에게 동반 자살은 마지막 도피였을 터였다. 그것조차 생각대로 되지 않았다. 아름답게 잠자듯 죽고 싶었으리라. 그 궁극적인 소망조차 이토록 잔인하게 배반당했다. 신이든 부처든, 누구라도 상관없다, 그들을 구원해줄 수는 없었던 걸까?

우리는 한동안 말없이 각자 안주에 젓가락을 뻗고 술을 마셨다. 그 침묵은 두 고등학생에게 바치는 묵념 같기도 했다.

다치아라이가 불쑥 말했다.

"이 사건은 변질됐어요."

나는 잠자코 그 옆얼굴을 보았다.

"오늘 아침만 해도 어째서 함께 죽기로 결심한 두 사람의 시체가 각기 다른 장소에서 발견되었는지, 그게 문제였습니다. 하지만 지금은 문제의 본질이 달라졌습니다."

"가미조 마리를 임신하게 만든 건 누구인가."

당연히 거기에 초점이 맞춰진다. 오사카에 산다는 가미조의 오빠에게는 내일 아침부터 취재진이 쇄도하리라. 어쩌면 오늘밤 벌써 몰려갔을지도 모른다.

하지만 다치아라이는 한마디로 부정했다.

"아닙니다."

《주간 심층》입장에서 가미조 마리를 임신하게 만든 남자의 정체는 분명 중대한 관심사다. 그걸 아니라고 하는 이상 다치아라이는 다른 뭔가를 보고 있는 것이다.

"아니에요. 그게 아니야…… 쓰루 씨, 황린이 맹독이라는 걸 알고 있었습니까?"

갑작스러운 질문에 당황하면서도 대답했다.

"아뇨. 적린이 성냥 소재인 줄 알고 있지만 황린이라는 건 있는 줄도 몰랐습니다."

"그래요, 유명한 독이라고 할 수는 없습니다. 그렇다면 어째서 구와오카와 가미조는 그걸 선택했을까요? 그걸 어디서 손에 넣었을까요?"

"그건……."

듣고 보니 확실히 이상했다.

나는 젓가락을 내려놓고 떠오르는 대로 말했다.

"구와오카는 나이프를 지니고 다닐 정도였으니 어두운 면에 이끌리는 소년이었을지도 모릅니다. 독에 관한 책이나 인터넷 사이트를 보았던 게 아닐까요?"

다치아라이는 술이 없는 술잔을 바라보며 말했다.

"그것도 아닙니다."

"어째서죠?"

"두 사람은 황린이 치명적인 독이라는 걸 알고 있었어요. 하지만 그 증상이 늦게 나타나고, 한번 증상이 시작되면 몹시 고통스럽다는 건 몰랐습니다. 어째서? 어디서 그런 어중간한 지식을 얻었을까요?"

대답할 수 없었다. 참조한 인터넷 사이트의 정보가 불완전했을 수도 있지만, 죽음에 이르는 맹독이라는 것만 표기하고 발현되는 증상에 대해서는 적어놓지 않은 정보가 있었다는 생각은 견강부회다. 확실히 그건 풀어야 할 문제다. 어째서 황린이었을까? 그리고 구와오카와 가미조는 그걸 어디서 손에 넣었을까?

"역시…… 그것밖에 없어."

다치아라이는 그렇게 중얼거리더니 갑자기 내 쪽을 돌아보았다. 알코올 때문인지 뺨이 발그레했지만 그 눈은 어디까지나 이지적이었다.

"쓰루 씨, 내일 오사카에 있는 가미조 마리의 오빠와 접촉하는 게 우선 사항이라는 건 압니다. 하지만 취재 코디네이터로서 한 가지 제안하고 싶습니다."

취재 주도권은 내가 쥐고 있다. 하지만 방침은 이쪽에서 정하겠다는 말로 그녀를 묵살하지 않았다. 나는 이 프리랜서에게 같은 사건에 임하는 전우 같은 공감을 느끼기 시작했다. 그녀의 제안이라면 진지하게 들을 가치가 있다.

"뭡니까?"

"내일 오후 3시부터 시간을 비워두세요. 아마 막바지가 될 겁니다. 정보는 모아보겠지만 만약 취재가 불가능해질 것 같으면 12시 전에 연락드리겠습니다."

뒷말을 기다렸지만 그녀는 그 말을 끝으로 침묵했다.

유익한 취재가 가능하다면 기꺼이 시간을 비워둘 수 있다. 오사카 취재는 한발 늦겠지만 어쩔 수 없다고 배짱을 부릴 수도 있다. 하지만 아무리 그래도 다치아라이의 제안을 받아들이기에는 설명이 부족했다.

"……어떤 취재를 상정하는 겁니까?"

하다못해 그 정도는 알아야 시간을 낼 수 있다. 그런 뜻을 담은 질문이었지만 다치아라이는 냉담했다.

"그것도 내일 말씀드리겠습니다. 어쩌면 제대로 안 풀릴지도 몰라서."

그리고 오늘밤은 더이상 이야기할 마음이 없다는 듯이 다시 자작으로 술을 따르기 시작했다.

나는 신칸센 열차 안에서 편집장에게 들은 다치아라이에 대한 평가를 떠올리고 있었다. '까다롭긴 해도 영리하다.'

확실히 그녀는 그런 느낌이었다. 오사카 쪽은 다른 수단을 강구하기로 하고 내일은 한마디가 부족한 이 파트너에게 걸어보자. 나는 그렇게 각오를 다지고 맥주를 비웠다.

7

신문이나 텔레비전 기자에게 아침과 밤은 승부 시간대다.

유력한 정보원이 직장이나 학교에 가지 않는 시간대를 노리려면 어쩔 수 없이 그렇게 된다. 이동 도중에 따라붙어 코멘트를 부탁할 때도 있고, 정치가나 경찰 간부 자택에 무턱대고 찾아가는 일도 드물지 않다. 흔히 야간 기습, 새벽 출동이라고 부르는데, 취재의 기본이다. 하지만 주간지 기자는 그러는 일이 거의 없다.

이유는 다양하지만 신문이나 텔레비전과 똑같은 정보를 잡아도 소용없다는 게 가장 큰 원인이다.

텔레비전은 점심 뉴스 전까지, 신문은 늦어도 다음날 조간에 맞춰 어느 정도 취재를 마쳐야 하지만 주간지는 며칠의 여유가 있다. 심야와 새벽 취재는 속도를 중시하는 매체에 맡기고, 시간적 여유가 있는 만큼 상세히 조사하고 틀을 갖춘 기사를 쓴다는 게 주간지 기자의 긍지다.

이튿날 아침, 나는 텔레비전 시청으로 일을 시작했다. 비즈니스호텔 싱글 룸에서 침대에 걸터앉아 채널을 돌려댔다. 아니나 다를까 민영방송의 아침 정보 프로그램은 온통 '고이가사네 정사' 소식뿐이었다.

독을 마시고 동급생 여학생을 나이프로 찌르고, 자기는 절벽에서 뛰어내린 구와오카 다카노부란 어떤 소년이었는가. 다카노부와 함께 죽을 수 있다니 기쁘다는 유서를 쓰고, 목을 찔리고도 시신에는 방어흔이 전혀 없었던 가미조 마리란 어떤 소녀였는가. 두 사람의 어린시절부터 현재에 이르기까지, 언제나 생각하는 거지만 용케 하루 만에 저만큼 모았다 싶을 정도로 많은 정보가 흘러나왔다.

이윽고 나는 가미조 마리의 임신이 보도되지 않았다는 사실을 깨달았다. 아침 뉴스로 내보내기에는 너무나 잔혹한 사실이니 놀랍지는 않았다. 주간지에서도 일반적인 독자는 자극적인 이야기에는 관심을 쏟는 한편, 정말 비참한 일에서는 눈을 돌리려 한다. 텔레비전에서는 그런 경향이 더욱 현저하게 나타나리라. 하지만 원치 않은 임신이라는 요소를 생략하는 바람에 '고이가사네 정사'의 원인 규명에 있어서는 어느 방송국 프로그램에서도 논리가 부족했다.

《주간 심층》은 10시에 업무가 시작된다. 철야 작업이나 휴일 출근, 사무실에 들르지 않고 현장으로 출퇴근하는 경우가 일상다반사인 직장에서 시업 시간은 명목뿐이지만 그래도 일단 시간이 되기를 기다려 편집부에 전화를 걸어 오누키 편집장을 바꿔달라고 했다.

"수고가 많아. 일이 커졌네."

"예, 여러 가지 일이 있었습니다."

어젯밤 성과를 보고했다. 현역 교사에게서 코멘트를 땄다고 하자 흐음, 하는 신음 소리가 들렸다.

"드문 일이군. 어떻게 했어?"

직접 수배한 게 아니라 당당하게 자랑할 수는 없었다.

"다치아라이 씨 공적입니다. 자리까지 마련해줬어요."

"그래. ……어때, 다치아라이하고는 잘하고 있어?"

"그냥저냥요."

말은 그렇게 해뒀다.

상대도 뉴스를 대충 확인한 터라 상황 보고는 순조로웠다. 편집장이 마지막으로 당연한 사실처럼 이렇게 물었다.

"그래, 오늘은 오사카인가?"

물론 편집장은 그렇게 생각하겠지. 여기서부터 교섭이다.

"그것 말인데, 의논할 게 있습니다. 죄송하지만 지원을 부탁드려도 될까요?"

"지원이라고?"

험악한 목소리가 돌아왔다. 《주간 심층》 편집부는 인력이 부족하다. 지금 비어 있는 일손은 없을 터. 그건 알지만 다치아라이에게 걸어보기로 결심한 이상 억지를 부릴 수밖에 없다.

"혼자선 도저히 안 되겠나?"

침을 삼켰다.

"현지에 간과할 수 없는 동향이 있습니다. 자리를 비울 수 없으니 오사카에는 다른 사람을 보내주시겠습니까? 자료는 보내겠습니다."

"동향이라니? 뭐라도 잡았나?"

"예."

아직은 아무것도 잡은 게 없다. 하지만 지금은 한껏 허세를 부릴 때다. 나는 거들먹거리며 말했다.

"저녁에는 깜짝 놀랄 만한 소식을 보내드릴 수 있을 겁니다."

편집장의 목소리가 뚝 멎었다. 그 침묵은 무엇보다 많은 말을 담고 있었다. 허세가 전혀 먹히지 않은 것이다. 이윽고 한심하다는 듯 쓴웃음 섞인 목소리가 들려왔다.

"주도권은 자네가 잡으라고 했잖아. 홀랑 이용당하기는. 별수없는 녀석이네."

"하아⋯⋯."

"뭐, 그것도 자네 판단이지. 알았어, 맘대로 해봐. 오사카에는 요코타를 보내지."

요코타 씨는 지난주 이틀 연속으로 철야를 했다. 쉬게 해주고 싶지만 이제 와서 내가 그런 말을 할 처지는 못 된다.

"잘 부탁드립니다."

"그래. 냉큼 자료나 보내."

가능한 범위에서 취재를 하는 사이 시간은 빠르게 흘러, 취재 준비가 잘 풀리지 않으면 연락하겠다던 12시에 전화는 오지 않았다. 나 역시 세부를 보강할 정보는 모았지만 새로운 사실을 찾지 못하고 오후 3시를 맞이했다.

나와 다치아라이는 처음 만났던 나카세 역에서 합류했다. 그녀는 커다란 숄더백을 어깨에 메고 있었는데 자세히 보니 어제와 다른 가방이었다. 카메라 가방이겠지.

"가시죠."

얼굴을 마주했지만 서로 인사도 나누지 않고 짧은 한마디로 미리 잡아둔 택시에 올라탔다.

다치아라이의 눈 밑이 약간 거뭇했다. 어제는 회의 겸 늦게까지 잔을 기울였는데 그후에도 일을 한 걸까? 아니면 오늘 아침 일찍부터 움직였는지도 모른다.

택시는 어제와 같은 회사의 차량이었지만 운전사는 달랐다. 일흔은 넘어 보이는 운전사에게 다치아라이가 행선지를 말했다.

"나카세 고등학교로 가주세요."

"예이."

택시가 편안하게 출발했다.

차 안에서 다치아라이는 조용히 침묵하고 있었다. 고개를 숙인 채 대화를 거부하는 분위기마저 감돌았다.

그녀가 말한 막바지라는 표현을 떠올렸다.

나카세 고등학교는 '고이가사네 정사'의 중요한 무대지만 지금까지 취재로 그곳을 방문할 기회는 없었다. 어제가 일요일이기도 했지만 그렇지 않아도 학교에 직접 가 취재하는 건 언제나 위험만 따를 뿐 성과는 적다. 학교 부지 안으로 들어가면 당장 신고감이니 학생들 이야기를 듣고 싶으면 통학로에서 기다리는 것으로 충분하다. 하지만 그런 상식에도 불구하고 다치아라이가 선택한 취재지가 학교라는 사실이 나는 놀랍지 않았다.

십 분쯤 달려 목적지에 도착했다. 크림색 사 층짜리 건물로 도쿄에서는 상상도 못 할 정도로 넓은 운동장이 있고 게양대에는 교기가 나부끼고 있었다.

"안으로 들어갈까요?"

생각에 잠겨 있던 다치아라이는 운전사가 묻자 그제야 고개를 들었다.

"아아, 아뇨, 교문 앞에서 세워주세요."

고등학교 정면 맞은편에 작은 신사가 있었다. 도리이에 하치만 신사라는 현판이 걸려 있다. 거대한 삼나무가 몇 그루나 뻗어 있어 어둑한 경내에는 인기척이 없었다. 택시에서 내리자 다치아라이는 학교 건물을 등지고 신사로 들어갔다. 석판 바닥에 숄더백을 내려놓고 가방을 열자 예상대로 카메라가 들어 있었다. 디지털 일안 리플렉스 카메라.

다치아라이가 바닥에 웅크리고 카메라 본체에 커다란 렌즈를 끼우며 말했다.

"어제는 제대로 설명도 안 하고, 죄송했어요."

"아뇨……."

자기도 설명이 부족하다는 건 알고 있었나?

그녀는 고개만 뻗어 나를 올려다보았다.

"여기 온 이유는 알고 계신 것 같군요."

과대평가다. 알고 있었던 건 아니다. 하지만 어쩌면 하고 짐작 가는 구석은 있었다.

"입수 경로 때문인가요. 두 사람은 이 고등학교에서 독을 손에 넣은 거죠?"

다치아라이는 표정 하나 바꾸지 않고 고개를 끄덕였다.

일개 고등학생에 지나지 않았던 구와오카 다카노부와 가미조 마리가 어떻게 황린을 손에 넣을 수 있었을까? 애초에 공기와 접촉하면 발화하는 위험한 물질이 대체 어디에 있었을까?

먼저 떠오른 답은 학교 과학실이었다. 오늘 오전 내내 교육 시설에서 황린을 사용하는 경우가 있는지 조사했는데, 고등학교에서 동소체 관찰이나 실험을 위해 갖춰두는 경우가 있다는 사실을 알아냈다.

"독성이 강한 물질이니 대장을 마련해 밀리그램 단위로 관리하거나."

"그렇게 들었습니다."

재고 관리는 엄중했을 터였다. 그런데도……

"하지만 구와오카와 가미조 주변에 황린이 있었다는 건 사실입니다. 마음만 먹으면 손에 넣는 것도 그리 어렵지 않았겠지요."

내 생각과 다치아라이의 말이 우연히도 일치했다.

전자음 종소리가 들렸다. 손목시계를 보니 3시 반이었다. 고등학교 시절의 시간표는 잊어버렸지만 아마도 지금 저건 하루 일과의 끝을 알리는 종소리이리라.

다치아라이가 준비한 건 보아하니 200밀리미터 망원렌즈 같았다. 그녀는 뭔가를 원거리 촬영할 셈이다……. 다르게 말하면 도촬이다. 이 신사에 들어온 것도 몸을 숨기기 위한 게 분명했다. 표적이 될 피사체는 나카세 고등학교 안에 있을 것이다.

다치아라이는 손에서 시선을 떼지 않고 조용한 목소리로 말했다.

"어제 세상을 떠난 두 사람이 황린의 독성에 대해 어중간한 지식밖에 없었다고 볼 수 있는 이유는 무엇인가 하는 점을 두고 이야기를 나눴죠."

"예."

"어떻게 생각하셨어요?"

나는 순순히 고개를 가로저었다.

"모르겠습니다. 두 사람이 참고로 한 책이 잘못되었거나 조사가 부족했거나, 그 정도 가설밖에 떠오르지 않더군요."

"그것도 충분히 가능하지만, 또 한 가지 가능성이 있을 것

진실의 10미터 앞

같았습니다."

다치아라이는 렌즈 장착을 마치고 천천히 일어섰다. 촬영 위치를 찾으려는 듯이 좌우를 둘러보더니 금줄을 둘러놓은 아름드리 삼나무 그늘 밑에 섰다.

"누군가 부분적인, 혹은 잘못된 지식을 알려준 경우에도 독성에 대한 지식은 불완전해지겠지요."

"잠깐만요."

무심코 큰 소리가 튀어나왔다.

"그래서야 제자리걸음 아닙니까. 그 누군가는 어째서 그런 어설픈 지식을 갖고 있었나 하는 문제가 남아요."

다치아라이는 카메라에서 눈을 떼고 나를 보더니 살짝 고개를 저었다.

"의도적으로 그랬던 게 아닐까요?"

"의도적으로?"

앵무새처럼 되묻고 말았다. 말뜻을 잘 이해할 수 없었다.

구와오카 다카노부와 가미조 마리는 황린의 독성을 잘못 알고 있었다. 황린을 먹으면 안락하게 죽을 수 있다고 생각하고 둘이서 독을 마셨지만 고통에 몸부림치며 죽었다. 그것이 누군가의 의도로 그렇게 되었다는 말인가?

"황린이라면 괴롭지 않을 거라고 부추긴 사람이 있다는 말

175

입니까?"

작은 수긍이 돌아왔다.

"부추겼다기보다 유도했다는 표현이 더 가깝겠지만요."

"그런 말도 안 되는! 그런 짓을 할 이유가……."

그렇게 말하던 나는 입을 다물었다.

다치아라이에게 따져봤자 소용없다. 이 직업은 울화통이 터지는 불쾌한 국면에 얼마든지 맞닥뜨린다. 그때마다 화를 내면 끝이 없다. 잘 생각해야 한다. 정말 구와오카와 가미조에게 거짓 정보를 알려줄 이유가 없었을까? 그걸로 득을 보는 사람이 없었을까?

가미조의 오빠가 한 말에 따르면 가미조 마리는 원치 않는 임신을 한 상태였다. 구와오카 다카노부는 그런 가미조 마리를 옹호해 친족들에게 그녀를 정당하게 대우하도록 요구했다. 두 사람이 사라지면 기뻐할 인물도 있었으리라. 하지만 그런 인물은 거짓말로 두 사람에게 황린을 먹여 과도한 고통을 줄 필요는 없었을 터였다.

무슨 목적으로?

앳된 목소리가 들려왔다. 학교 건물 입구에서 학생들이 몰려나왔다. 동아리 활동을 하는지 유니폼을 입은 학생들도 간간이 보였다.

무슨 목적으로, 다른 수단이 아니라 굳이 황린을 먹도록 유도했나?

고통을 주기 위해서? 어떤 이유로 두 사람에게 깊은 원한을 품고 그냥 죽게 하는 것으로는 모자라 최대한 고통을 준 다음 죽음에 이르게 하고 싶었을까? ……아니, 그건 아무래도 이상했다. 그토록 강렬한 원한을 품은 사람이 하는 말을 두 사람이 곧이곧대로 믿었을 리 없다.

황린을 먹으면 무슨 일이 벌어지는가? 사흘 전 두 사람이 그것을 먹은 결과, 발생한 일은 무엇인가?

두 사람이 죽었다. 그리고?

기자들이 나카세 정에 왔다. 또?

아침 뉴스는 온통 '고이가사네 정사' 소식으로 뒤덮였다. 그리고?

두 사람의 자살 동기에 이목이 집중되었고, 그들이 죽어야만 했던 이유가 이제 폭로될 것이다. 아니, 이 모든 건 두 사람이 황린을 먹었기 때문에 벌어진 일이 아니다. 단순히 두 사람이 죽었기 때문에 벌어진 일이다. 황린을 먹은 경우에 한해서 생기는 일은 무엇일까?

어제 마신 맥주를 예로 든다면. 내가 맥주를 마신 결과, 무슨 일이 벌어졌나?

……맥주가 사라졌다. 컵이 비었다.

컵이 비었다?

"설마."

나는 중얼거렸다.

"그저 황린을 처분하고 싶어서……?"

다치아라이의 얼굴을 보았다. 감정을 거의 찾아볼 수 없는 표정에 지금은 희미하게 비통한 기색이 엿보였다. 그녀도 같은 생각을 한 걸까?

너무나 이기적인 동기다. 하지만 가능성이 전혀 없지는 않다. 이상한 점은 없나? 검증해야 한다. 말이 점점 빨라졌다.

"학교에서 보유한 황린의 재고와 대장의 숫자가 일치하지 않았다면? 비품을 확인할 때 황린이 많거나, 부족하다는 걸 알았다면?"

아니, 남는 경우에는 버리면 된다. 부족한 경우에만 문제가 된다. 학교에서 맹독인 황린을 분실했다는 사실을 알면 어떤 비난이 일지 상상조차 가지 않는다.

"쉽사리 사서 보충할 수 있는 약품도 아닙니다. 그럼 어떻게 할까. 시치미를 떼고 숫자로 조작해도 되지만 오래가지는 못할 겁니다. 게다가 그래요, 현에서 비품 관리를 강화할 방침이라고 하지 않았던가요?"

"그렇게 들었습니다."

"맹독을 분실했다는 걸 들키면 어떤 징계 처분을 받을지 알 수 없죠. 하지만 그 위기를 회피할 방법이 있습니다. 자살하려는 학생이 황린을 훔쳐내, 그걸 먹고 죽게 되면 애초에 황린이 얼마나 남아 있었는지 영원히 수수께끼로 묻히겠죠."

어제, 다치아라이가 마련해준 자리에서 황린의 재고를 관리하는 과학 주임이자 천문부 고문으로 구와오카, 가미조 두 사람과 접점이 있었던 인물을 만났다. 나는 말했다.

"다치아라이 씨, 당신은 여기서 하루하시 마코토를 찍을 생각이군요?"

교정에서 학생들의 목소리가 들려왔다. 신목 그늘에 바람이 불어와 몸이 서늘하게 식었다.

다치아라이는, 대답하지 않았다.

아니, 대답할 여유가 없었던 것이다. 한쪽 무릎을 꿇고 카메라를 들었다. 셔터 소리가 연속으로 찰칵찰칵 울리기 시작했다.

나카세 고등학교를 보았다. 학생들이 이용하는 쪽과 다른 출입구에서 세 명의 남자가 나란히 나오는 참이었다. 한 명은 하루하시라 치고, 나머지 두 사람은 누굴까? 나는 눈에 지그시 힘을 주었다.

올 때 타고 온 택시로 비즈니스호텔로 돌아갔다. 그러고 보
니 다치아라이는 어디에 묵고 있는 걸까?

"황린의 재고를 속이기 위해 구와오카와 가미조 두 사람을
부추겼다는 생각에는 저도 동의합니다."

다치아라이는 택시 안에서는 침묵했지만 차에서 내리자 그
렇게 말했다. 낡은 비즈니스호텔 현관 앞에 나란히 서서 이야
기를 나누었다.

"하지만 그게 하루하시 마코토라고 생각하진 않았어요. 그
가 약품 관리 책임자가 된 건 올해부터였으니, 대장과 현물
사이에 차이가 있어도 설마 하루하시 개인에게 책임을 묻지
는 않겠지요. 오히려 두 사람이 황린을 복용했기 때문에 하루
하시는 몹시 난처한 입장에 처했습니다. 그래요, 아닙니다.
두 사람에게 황린을 먹인 사람은 하루하시가 아닙니다."

나는 끄덕거렸다.

"제가 경솔했습니다."

냉정하게 생각해보면 내 가설로는 어째서 황린이 부족한
상태였는지 설명되지 않는다. 전임자가 무책임해서 대장에
적은 숫자가 엉망이었을 경우밖에 떠오르지 않는데, 그 사실

을 호도하려고 제자에게 독을 권하다니 아무래도 말이 되지 않는다. 하루하시는 경박할지 모르지만 그런 짓까지 할 광인으로 보이지는 않았다.

황린이 부족하다는 사실을 숨겨야만 하는 인물은 비품 관리 책임자가 아니다. 보다 강력한 동기가 있는 사람은 황린을 빼돌린 인물이어야 한다.

"뭘 찍으려 했던 건지 캐물었더라면 저도 조금은 눈치를 챌 수 있었을 텐데."

아쉬운 마음에 한마디하자 다치아라이는 슬그머니 시선을 피하며 말했다.

"물어보시질 않아서."

아까 하치만 신사 경내에서 다치아라이가 찍은 사진에는 강건한 남자들에게 양쪽 팔을 붙들린 시모타키 마사토가 찍혀 있었다. 경찰이 시모타키에게 임의동행을 요구한 순간을 다치아라이는 훌륭하게 포착한 것이다.

"다치아라이 씨가 어째서 여기 있는지, 저도 조금 더 깊이 파고들었어야 했습니다."

그녀는 '고이가사네 정사'를 취재하려고 나카세 정에 온 게 아니었다. 처음부터 알고 있던 사실이었다. 다치아라이는 《월간 심층》에 기사를 쓰려고 현의회 의원이나 교육위원회에 폭탄이 배송된 사건을 쫓고 있었다. 폭탄에 사용된 약품의 출처를 경찰이 재조사하면서 수사가 진척되었고 다치아라이는 그 소식을 듣고 이 마을에 왔다.

폭탄은 실제로는 폭발물이 아니라 개봉하면 불이 붙는 장치였다.

황린은 공기와 접촉하면 발화한다.

이 두 가지 사실을 들었으니 경찰이 출처를 재조사한 약품이 황린이었다는 것을 알아차렸어야 했다.

"당신은 '고이가사네 정사' 취재를 거들면서 동시에 원래 목적이었던 폭탄 사건도 쫓고 있었던 거군요."

다치아라이는 자랑스러워하지도, 움츠러들지도 않고 당연한 일처럼 대답했다.

"예. 당장 내일 일을 알 수 없는 직업이니 할 수 있을 때는 일석이조도 노립니다."

"어째서 이 두 사건이 서로 얽혀 있다고 생각했습니까? 연관성을 의심할 만한 뭔가가 있었나요?"

"연관성이라고 하기엔 그렇지만……."

그녀는 입을 열다가 살짝 눈길을 떨어뜨렸다.

"고인이 된 두 사람의 시신이 다른 장소에서 발견된 게 모든 의혹의 발단이었습니다. 황린의 재고가 열쇠가 되는 사건이 막바지에 이르렀을 때 독을 먹고 자살한 것으로 보이는 사람이 나왔어요. 그 독이 만약 황린이라면 그게 무엇을 뜻할지, 계속 고민했습니다."

"시모타키뿐만 아니라 하루하시도 부른 건 과학 주임이었기 때문인가요?"

"그 이유도 있습니다. 약품 금고 관리 상황을 물어보고 싶었거든요. 다만 하루하시는 올해 주임이 되었다고 했으니 그쪽은 허탕이었습니다."

다치아라이가 자세를 가다듬고 고개를 숙였다.

"결과적으로 쓰루 씨 취재에 편승한 건 사과드리겠습니다."

"사과할 필요 없습니다. 저도 도움을 많이 받은걸요."

시모타키 마사토는 황린을 이용한 발화 장치를 의원들에게 보냈다.

성명서에는 의회에서 조는 의원에게 천벌을 내린다는 내용이 적혀 있었다고 하니 도저히 제정신으로 보기 어렵다. 경찰 수사는 처음에는 더뎠지만 황린이 고등학교에 비품으로 들어가 있다는 사실을 알고 난 뒤에는 신속했다. 수사가 진전되고 있는 것을 감지한 시모타키는 증거 물품인 황린을 서둘러 처리해야 했을 것이다.

비즈니스호텔을 올려다보며 어제 했던 인터뷰를 떠올렸다.

"······그러고 보니 구와오카는 시모타키에게 고민 상담을 했지요."

구와오카 다카노부는 가미조 마리의 고통스러운 처지를 어떻게 해줄 수 없는지 어른의 의견을 듣고 싶었으리라. 또는 하루하시에게 물었던 것처럼 시모타키에게도 편히 죽을 수 있는 방법을 물었을지도 모른다. 그것은 증거를 은멸할 방법을 찾던 시모타키에게 절호의 기회가 되었을 것이다.

충분히 고통받아온 소년과 소녀는 그 생의 마지막 순간에 또다시 배반당해, 노트 끝자락에 '살려줘'라는 글을 남기고 죽어갔다.

꺼림칙한 이야기에는 많이 익숙해졌다. 이렇게 안타까운 사건에도 언젠가 익숙해질 날이 올까?

"저는 여기서 실례하겠습니다. 시모타키의 사진은 나중에 메일로 보내겠습니다."

그런 말을 남기고 다치아라이는 택시에 올라탔다.

멀어져가는 뒷유리 너머에서, 그녀는 단 한 번도 돌아보지 않았다.

진실의 10미터 앞

이름을 새기는 죽음

How Many Miles to the Truth

1

'언젠가 이렇게 될 줄 알았어요.'

히노하라 교스케는 그 말을 필사적으로 삼켰다. 경찰에게 신문을 받을 때도, 기자들에게 에워싸여 있을 때도 몽땅 털어놓고 싶은 충동과 필사적으로 싸워야만 했다.

11월 7일 오전 7시 30분경, 후쿠오카 현 도리사키 시 민가에서 남성의 시체가 발견되었다. 그것이 혼자 살던 집주인 다가미 료조의 시신이라는 사실은 이웃 주민이 바로 확인해주었다. 무직, 향년 62세. 사후 사흘쯤 경과한 것으로 보이는데 사인은 분명치 않았다. 쇠약사일 수도, 병사일 수도 있었다. 다가미는 비쩍 마른 상태로 위는 비어 있었으며 집안에는 음식물을 섭취한 흔적이 거의 없었다.

히노하라 교스케는 시체 최초 발견자였다. 중학교 3학년인 그는 고등학교 입시를 앞두고 있어 최근에는 수업이 끝나면 곧바로 귀가했다. 귀갓길 중간에 다가미 료조의 집이 있었다. 6일 오후 4시경, 히노하라 교스케는 벽돌담 바람구멍으로 안을 엿보다가 집안에 쓰러져 있는 다가미를 발견했다. 그때의 일을 이렇게 말했다.

"이상하다 싶었어요. 하지만 자는 걸 수도 있으니 괜히 친절을 베풀려다가 야단맞기도 싫어서 상황을 살펴보았죠."

늦더위가 기승을 부리던 구월이 가고 시월도 긴소매를 입을까 말까 고민하는 날이 어영부영 이어지더니 십일월에 들어서도 영 가을 같지 않은 해였다. 노인이 집안에서 이불을 덮지 않고 졸고 있어도 당장 이상하다고 여기기는 어려웠다. 보고도 모른 척한 교스케의 행동은 결과적으로 볼 때 바람직하지는 않았지만 비난받지도 않았다.

"다음날 등굣길에 한 번 더 살펴봤어요. 전날하고 똑같은 자세인 것 같아서 이름을 불러보았지만 대답이 없더라고요. 그래서 집으로 돌아가 부모님을 불렀죠."

아들의 연락을 받고 작은 인쇄소를 하는 히노하라 다카마사도 다가미가家로 달려갔다. 경찰에 신고한 것은 다카마사였다.

물론 일부 사람들은 의혹을 품었다. 히노하라 교스케는 어째서 다가미가를 살펴보려 했던 걸까? 경찰도 같은 질문을 했다. 그는 이렇게 대답했다.

"평소에는 기운이 넘치는 분인데 며칠 보이지 않아서 마음에 걸렸어요. 게다가…… 지나가는데 이상한 냄새가 나서."

다가미는 생전에 사사건건 이웃에 시비를 거는 인물이었다. 교스케의 '평소에는 기운이 넘친다'는 표현은 아이답지 않은 배려로 가득한, 에두른 표현이다. 평소에는 민폐에 가까울 정도로 시끄러운 사람이 갑자기 쥐죽은듯 조용해져서 마음에 걸렸다는 건 누가 봐도 그럴듯한 이야기였다. 신고를 받고 출동한 경찰관은 현장에 가득한 악취를 감지했다. 가을 같지 않은 기온 속에서 다가미의 육신은 부패가 시작되고 있었다. 시신이 있었던 거실 창문이 살짝 열려 있어 악취가 새어나왔다 해도 이상할 건 없다. 교스케의 발언은 상황에 부합했고 경찰과 기자도 수긍했다.

하지만 교스케 본인은 그것이 거짓말임을 알고 있다.

적어도 그는 시체 냄새를 맡고 다가미의 집을 들여다본 게 아니다. 조만간 죽을 것 같아 들여다본 것이다.

신문에는 이렇게 보도되었다.

무직 남성, 고독한 죽음. 65세 전 연금 수령 어려워 비관했나.

공교롭게도 전국에서 독거노인의 고독사가 이어지고 있었다. 도쿄에서 한 명, 오사카에서 두 명, 히로시마에서 한 명, 알아주는 이 하나 없이 집에서 죽은 사람들이 발견되었다. 언론은 도리사키 시의 사건도 연이은 죽음의 일환으로 다루었고, 선정적인 몇몇 캐치프레이즈로 묶어 다른 사건들과 한덩어리로 취급했다.

개중에서도 도쿄에서 죽은 노인의 일기를 자극적으로 보도했다. 세상과 정부가 얼마나 냉정한지 절절히 기록한 일기는 커다란 반향을 일으켰고 "구청 직원이 도와주지 않는다. 아무도 도와주지 않는다"라는 글귀는 텔레비전에 반복적으로 나왔다.

얼마 후 다가미도 일기를 썼다는 사실이 밝혀졌다. 하지만 그 내용은 세상의 이목을 별로 끌지 못했다. 다소 난해한데다 감정적인 불평불만이 보이지 않았기 때문이다.

나는 조만간 죽는다. 바라건대 이름을 새기는 죽음을 맞고 싶다.

드물게 그런 한 줄을 보도한 언론이 있었지만 "고독하게 죽음을 각오해야 하다니 가련하다" 정도의 해설을 붙이는 데 그쳤다.

최초 발견자 교스케는 한동안 매일같이 취재를 받았고 언론은 똑같은 질문 공세를 퍼부었다.

"다가미 씨를 발견했을 때 무슨 생각을 하셨습니까?"

그 질문을 받을 때마다 교스케는 '언젠가 이렇게 될 줄 알았어요'라는 말을 삼켰고, 그만큼 죄의식이 쌓여갔다. 이런 날이 언제까지 계속될까? 한밤중에 이불 속에서 이를 악물었다.

다행히 그 고뇌는 오래가지 않았다.

모든 뉴스는 풍화한다. 기타큐슈 시에서 국제환경회의가 열리자 언론의 관심은 그쪽으로 쏠렸다. 그러자 대번에 세상은 이름도 없는 죽음 따위 깨끗하게 잊어버렸다.

그 속도가 어찌나 빠른지, 교스케는 김이 빠질 정도였다.

2

시체를 발견한 지 이십 일이 지났다.

교스케는 그날도 학교 수업이 끝나기가 무섭게 귀갓길에

올랐다. 이제는 다가미가를 살펴볼 이유도 없으니 집으로 곧바로 간다. 인쇄소 점포를 겸하고 있는 집은 평소에도 통행인이 적은 주택가 언저리에 있다. 괜스레 고개를 숙이고 걸어가는데 익숙한 잉크 냄새가 풍겨왔다.

문득 교스케의 시야에 길 앞에 서 있는 사람이 들어왔다. 여성이었다. 머리카락은 길고 키는 훤칠하니 컸다. 짧은 검정 재킷에 하얀 민무늬 셔츠를 입고 있었다. 단정하게 차려입을 수도 있을 텐데 셔츠 단추는 두 개나 풀었고 청바지에 스니커를 신고 있었다. 두툼하고 우악스러운 검정 숄더백을 어깨에 대각선으로 메고 있었다.

경험으로 알아보았다. 그녀는 기자고, 그를 기다리고 있었던 게 분명하다.

그의 직감은 옳았다. 눈앞의 여성은 교스케와 눈이 마주치자 똑바로 다가왔다. 달아나기에는 너무 늦었다. 그녀는 살짝 고개를 숙이더니 말했다.

"실례합니다. 전 프리랜서 기자로 다치아라이 마치라고 합니다. 히노하라 교스케 학생 맞습니까?"

정중하면서도 당당한 목소리였다. 다치아라이라고 자기소개를 한 기자는 눈매가 길쭉하고 날카로웠다. 단호한 표정은 차갑기까지 했다. 교스케는 마치 압박당하는 것 같아 저도 모르게 시선을 피했다.

"맞는데요."

"다행이네요. 잠깐 얘기할 수 있을까요?"

그런 말은 벌써 수십 번이나 들었다.

"다가미 씨 때문에 그러시죠?"

"그렇습니다."

"왜 이제 와서? 다들 벌써 돌아갔는데요."

'다들'이라는 건 취재진을 가리키는 말이었다. 교스케는 눈앞의 기자에게 빈정거릴 생각은 없었다. 왜 이제 와서 그러는지 진심으로 의아했던 것이다. 하지만 생각보다 심술궂은 소리를 했다는 것을 깨닫고 당황했다.

"아뇨, 뭐 언제든 상관은 없지만요."

기자는 쓴웃음을 지었다.

"나중에야 알 수 있는 일도 있거든요."

"하아."

"처음부터 뛰어들어봤자 저 같은 프리랜서는 나설 자리가 없다는 이유도 있지요."

농담으로 받아들여도 되는지 교스케는 알 수 없었다.

"무슨 얘기를 하면 되는데요?"

그동안 온갖 질문을 받았다. 그러니 누군가에게 이미 대답한 내용을 다시 한번 되풀이하면 그만이라고 생각했다.

그녀의 질문은 이러했다.

"그럼…… '이름을 새기는 죽음'이라는 건 무슨 뜻이라고 생각하십니까?"

순간 말문이 막혔다. 혀가 꼬일 뻔했지만 겨우 참고 말했다.

"어. 그러니까 다가미 씨 일기에 적혀 있던……."

"그렇습니다."

거꾸로 의문이 솟구쳤다.

"어째서 그걸 제게 물어요?"

"이 동네 사람들은 다가미 씨를 민폐 이웃으로 보고 반쯤 무시하고 살았던 모양인데……."

서늘한 눈동자가 교스케의 눈을 가만히 들여다보았다.

"당신은 다가미 씨를 염려했죠. 최초 발견자가 될 정도로. 그러니 다른 사람이 보지 못한 점도 눈치채지 않았을까 싶은 데요."

"아뇨, 저는……."

둘러대려 했지만 소용없다는 생각이 들었다. 다치아라이는 교스케가 우연히 시신을 발견했다는 말을 전혀 믿지 않는다. 거짓말이 들통났다. 그에게 가장 뜻밖이었던 점은 다치아라이가 거짓말을 문제삼지 않는다는 것이었다.

작은 숨을 토해내며 교스케가 대답했다.

"모르겠습니다. 그렇게 오래 그 사람을 지켜본 건 아니라서."

"그런가요?"

다치아라이는 낙담한 기색도 없이 다른 질문을 했다.

"이건 가정인데 다가미 씨는 혹시 자택 현관이나 이웃집 담에 벽보를 붙이지 않았습니까?"

그 말을 듣고 다가미의 집을 떠올려보았다. 하지만 생각나는 건 경찰이나 기자, 구경꾼들에게 에워싸인 집의 모습뿐이고 평소 다가미가 어땠는지 아무래도 생각나지 않았다.

"······기억이 안 납니다."

"그런가요. 시간을 빼앗아 죄송했습니다."

다치아라이는 더 캐물으려 하지도 않고 순순히 질문을 마쳤다. 그대로 떠나버릴 것 같아서 교스케는 무심결에 불러 세웠다.

"저기."

"네."

"방금 그 질문은 뭐였어요? 아니, 뭐가 궁금한 거예요?"

다치아라이의 질문은 둘 다 지금까지 들어보지 못한 내용이었다. 다치아라이가 걸음을 멈추었다.

"물론 다가미 료조 씨의 됨됨이지요."

"됨됨이라뇨?"

"어떤 성격이고, 뭘 소중히 여겼고, 어째서 고독하게 사망했는가. 그걸 조사하고 있습니다."

교스케는 조바심이 났다. 표면적으로 느낀 것은 반발이다. 눈앞의 여자는 죽은 남자의 흠집을 찾아내 돈을 벌려고 한다. 관여해서는 안 된다. 그렇게 생각했다.

하지만 곧바로 정말 그럴까, 하는 의문이 솟아났다. 다치아라이라는 기자에게서 비굴함은 보이지 않았다. 될 대로 되라는 식의 뻔뻔함도 없다. 혹시 태연해 보이는 태도로 그런 부분을 감추고 있는 걸까? 교스케는 알 수 없었다.

이윽고 한 가지 생각이 떠올랐다. 줄곧 가슴에 남아 있는 응어리를 떨쳐내려면 다름 아닌 다치아라이가 말한 '됨됨이'를 알아야 하지 않을까? 교스케는 다가미가 어떤 사람인지 모른다. 태어났을 때부터 이웃에 살았지만 시끄러운 영감이라는 생각뿐이었다.

그를 조금 더 안다면 그 죽음을 받아들일 수도 있을지 모른다.

교스케는 목구멍이 턱 막히는 기분으로 물었다.

"저기, 그거 기사로 나오나요?"

기사로 나오면 읽고 싶다. 그렇게 말하고 싶었는데 그 말은 다치아라이의 아픈 구석을 찔렀는지 두루뭉술하게 대답했다.

"뭐……. 아마도."

"안 나올지도 모르는 거예요?"

"그렇게 생각하고 싶진 않지만요."

"제가 질문에 대답하지 못해서 기사로 못 나오는 건가요?"

다치아라이는 고개를 가로저었다.

"그건 상관없어요. 취재는 거의 끝났고, 남은 건 미리 약속해둔 사람을 만나 이야기를 듣는 것뿐이었으니까."

"또 누구 얘기를?"

"다가미 씨 아드님입니다."

"그 사람, 아들이 있었나요……."

다가미 료조는 언제나 혼자였다. 자식이 있는 줄 몰랐다.

"예. 다가미 우노스케 씨라고. 시내에 산다는 건 알고 있었는데 좀처럼 취재를 수락해주지 않았어요. 겨우 이야기가 마무리되어서 오늘밤에 만날 예정입니다. 취재는 그걸로 끝날 예정인데……. 그게 잡지에 실릴지 말지는 또 다른 문제니까요."

그 말을 듣고 교스케는 저도 모르게 소리쳤다.

"저, 혹시 괜찮으면 저도 데려가주실 수 있을까요?"

"데려가달라고요?"

다치아라이는 뜻밖이라는 듯 되묻더니 살짝 눈썹을 찌푸렸다.

교스케도 자기가 그런 말을 꺼낸 것이 너무나 의외였다. 하지만 한번 입에 담으니 다가미의 아들을 만나는 게 마치 그의 의무인 것처럼 느껴져 거듭 말했다.

"부탁드립니다."

"만나서 어쩌려고요?"

"저도 다가미 씨가 어떤 사람이었는지 알고 싶습니다. ……게다가 그 사람이 어떻게 죽었는지 몇 번이나 말했지만, 가족에게는 말하지 못했어요."

다치아라이는 길쭉한 눈을 가늘게 뜨고 교스케를 가만히 바라보았다. 교스케는 시험받는 기분이었다. 지금까지 취재를 거부하던 남자를 겨우 만날 수 있는데, 관계자라고는 하지만 중학생을 데려가도 괜찮을까? 들뜬 어린애를 데려가면 일을 망치지나 않을까? 다치아라이는 그런 걸 염려하는 게 아닐까?

이윽고 다치아라이가 약간 말투를 바꾸어 말했다.

"별로 기분 좋은 경험은 못 될 거야. 마음 상하지 않으려면 그만두는 게 좋을 텐데."

"마음이 상하다니, 왜요?"

"너도 꽤 시달렸잖아. 그런데 기자가 좋아?"

교스케는 대답할 수 없었다.

취재를 받고 좋았던 기억은 하나도 없다.

기자들이 직접적인 폐를 끼친 건 아니다. 하지만 좋으냐고 묻는다면 고개를 끄덕일 수 없었다. 속마음을 읽은 것처럼 다치아라이가 말했다.

"만나고 싶어 하지 않는 상대를 찾아가는 것도 일이야. 하지만 권하지는 않겠어. 어쩔래?"

교스케는 남에게 미움을 받고도 태연한 타입은 아니다. 하지만 동시에 어른들에게 정말로 미움을 산 적도 없었다. 다치아라이의 충고를 현실적인 문제로 받아들이지 못하고 대답했다.

"갈래요. 부탁드립니다."

다치아라이는 작게 한숨을 쉬더니 더이상 말리지 않았다.

"약속은 6시야. 괜찮아?"

"네."

"5시 반에 여기로 와. 차로 갈 거니까. ……그리고."

숄더백 지퍼를 열고 클리어파일을 꺼내더니 교스케에게 건넸다.

"지역 신문에 난 다가미 씨 글이야. 관심이 있을지도 모르겠네. 복사본 여분은 없으니까 나중에 꼭 돌려줘."

다치아라이는 다시 한번 "5시 반이야" 하고 못을 박더니 서둘러 떠났다.

3

다가미의 아들을 만나기 위해 교스케가 준비할 건 아무것도 없었다.

복장도 교복 그대로 가는 게 제일 낫다고 생각했다. 교스케는 방에 들어가 교복 재킷을 벗고 책상으로 다가갔다. 다치아라이에게 받은 클리어파일에는 복사한 신문이 들어 있었다. 구석에는 빨간 볼펜으로 "《도리사키 신문》11월 26일 도리사키 시립 도서관"이라고 어제 날짜가 적혀 있었다. 대충 휘갈겨 쓴 글씨다.

복사본에는 전부 교묘하게 신문 날짜가 들어가 있었다.《도리사키 신문》은 교스케도 병원 대합실이나 도서관에 있는 걸 본 적이 있다. 하지만 읽어본 적은 없어 '발언 광장'이라는 투고란이 있다는 사실도 몰랐다.

진실의 10미터 앞

'스톱'에 스톱

전직 회사 임원 다가미 료조(61)

4월 1일 자 본 코너의 '시청 개축, 잠깐 스톱'을 읽었다. 재정 상황이 어려운 만큼 달리 예산을 써야 할 곳이 있다는 의견, 일리가 없지는 않다. 사견이지만 그래도 시청 개축이야말로 서둘러야 할 일이다.

현재 시청은 노후가 심각해 업무 수행에 불편한 환경이라는 것은 쉽게 상상할 수 있지만, 그 정도 문제라면 나도 그냥 참으라고 했을 것이다. 문제는 도리사키 시의 중추 시설이 그렇게 볼품이 없어도 될 것인가 하는 점이다. 다른 도시에서 온 사람이 그 시청을 보고 도리사키 시를 좋은 곳이라고 생각할까? 지저분한 벽을 깨끗하게 수리하지도 못하는 가난한 동네라고 생각하지 않을까? 단순히 절약만 주장하는 것은 다소 근시안적인 사고라 하지 않을 수 없다.

인사는 정말 만능인가?

전직 회사 임원 다가미 료조(61)

6월 17일 자 '인사 운동, 커지는 원'을 읽었다. 나쁜 일이라고 생각하지는 않지만 기사에 적혀 있는 것만큼 좋은 일이라고 생각하지도 않는다. 그 내용만 보면 아이들이 인사만 해도 지역사회가 되살아나고, 상점가도 부흥하고, 나아가 도리사키 시가 한껏 번영할 것 같지 않은가? 확실히 아이들에게는 예의범절을 가르칠 필요가 있다. 이웃 사람을 보아도 인사조차 하지 않는 태도는 섭섭하다는 어중간한 말로는 다 표현할 수가 없다. 무례하다. 하지만 아무한테나 닥치는 대로 인사를 하면 되는 것도 아니다. 악인은 표면상으로는 친절한 척 "안녕하세요" 하고 말을 걸어오는 법이다. 인사하는 사람은 착한 사람이라는 단순한 가치관은 인정할 수도 없고, 그런 일에 세금을 쏟아붓다니 어리석기 짝이 없는 노릇이다.

분리수거는 필수

전직 회사 임원 다가미 료조(62)

2월 4일 자 본 코너의 '분리수거, 정말 효과적인가?'를 읽었다. 분리수거한 쓰레기가 정말 유용하게 재활용되고 있는지 의심스럽다는 글이었다. 내가 볼 때 그건 규칙이라는 것을 오해한 의견이다. 분리수거를 철저히 한 다음에야 분리된 그 쓰레기를 재활용하기 위한 다음 단계가 보인다. 사물의 도리란 그런 것이다.

분리수거 항목이 22종이나 되어 너무 많다는 의견이었지만 대부분의 시민이 내놓는 쓰레기는 기껏해야 너덧 종류이리라. 기고자는 사업 특성상 매일 수많은 분리수거 항목을 지켜야 한다고 불만을 토했지만 그것은 잘못된 생각이다. 여태껏 편하게 지냈다고 생각해야 한다. 규칙에 일일이 반론하는 것은 어린아이나 하는 짓이다. 참으로 자유의 본질을 착각하고 있다고 할 수밖에 없다.

다가미 료조의 투고는 전부 세 장이었다. 하지만 한 장 더, '발언 광장'란의 사본이 있었다. 다가미의 이름은 보이지 않았지만 투고 기사 하나에 붉은 동그라미가 쳐져 있었다. 교스케는 그것도 읽었다.

명물을 활용하자

무직 사사키 나오야(66)

전국이 불황을 겪는 가운데, 요즘 도리사키 시도 왠지 활기가 없는 것 같습니다. 이것이 바로 도리사키 시다, 하는 존재감을 발휘하지 않으면 도리사키의 이름은 기타큐슈 시의 그늘에 가릴 뿐입니다. 뭔가 '도리사키'의 이름을 알릴 수 있는 게 없을까, 하고 매년 특산품 전시회로 시행착오를 반복하고 있지만 어느 하나 눈에 띄지 않는 것이 사실입니다.

죄송하지만 개인적인 일을 예로 들자면 시내 라면 가게에서 제가 정년까지 사장으로 일했던 수산 회사에 재미있는 의뢰를 했습니다. 정어리 쌀겨 조림을 라면에 쓸 수 없겠느냐는 것이었습니다. 그렇게 완성한 라면은 다른 곳에서는 맛볼 수 없는 진기한 맛이었습니다. 도리사키 시가 한마음으로 이걸 홍보해야 한다고 하면 지나친 자만이지만, 이것을 하나의 예로 삼아 시내를 구석구석 찾아보면 분명 새로운 '도리사키 명물'을 발굴할 수 있을 것입니다.

교스케는 정어리 쌀겨 조림을 좋아하지 않는다. 게다가 쌀
겨 조림이 도리사키 시 명물이라는 말도 금시초문이었다.

어째서 이 기사에 동그라미를 쳤을까? 교스케는 다치아라
이라는 기자의 서늘한 얼굴을 떠올리면서 중얼거렸다.

"이게 먹고 싶나?"

별로 어울리지는 않았다.

4

5시 반이 다가오자 교스케의 마음속에 막연한 불안이 퍼져
나갔다. 그는 나서서 낯선 어른을 만나러 간 경험이 없었다.
지금까지 만난 어른은 친척이나 교사, 아니면 기껏해야 점원
정도였다. 다치아라이와 함께 간다고 생각하니 조금은 마음
이 놓였지만 곰곰이 생각해보면 정작 다치아라이도 길거리에
서 잠깐 얘기해본 게 전부다. 믿어도 될지 모르겠다.

달아난들 아무도 뭐라고 하지 않겠지만, 교스케는 5시 반
에 약속 장소로 나갔다. 기다렸다고 말하기도 무색하게 미니

밴이 다가왔다. 운전석에는 다치아라이가 있었다.

"기다렸지. 타."

미니밴은 교스케를 태우고 천천히 출발했다.

차 안은 살풍경해서 장식물이 하나도 없었다. 뒷좌석에는 숄더백이 굴러다녔다.

"이거, 다치아라이 씨 차예요?"

그렇게 묻자 다치아라이가 앞에서 시선을 떼지 않고 대답했다.

"렌터카야."

차는 주택가를 빠져나가 간선도로로 들어갔다. 저녁때라 교통량이 많다. 교스케에게는 익숙한 길이지만 다치아라이에게는 그렇지 않은 듯했다. 안내 표지판이 나올 때마다 흘깃거렸다.

그래도 길을 대충 파악했는지 붉은 신호에 차를 세우고 이렇게 물었다.

"그래, 기사는 읽었어?"

"아, 예. 읽었어요."

"무슨 생각이 들었는지 말해줄래?"

긴장해서 입이 바짝 탔다. 교스케는 침을 삼키고 신중하게 대답했다.

"그렇게 공격적인 내용도 제대로 실어주는구나 싶었어요."

농담을 한 건 아니었는데 다치아라이는 입가를 누그러뜨렸다.

"그걸로 유추할 수 있는 건⋯⋯."

"'발언 광장'은 투고하는 사람이 별로 없다."

"타당한 분석이네. 그 외에는?"

"그전에 물어보고 싶은데요, 다가미 씨가 투고한 건 그 세 개가 전부였나요?"

신호가 파란색으로 바뀌었다. 앞 차량을 따라서 미니밴이 움직이기 시작했다.

"확신할 수는 없어. 내가 조사한 건 과거 이 년 치고, 투고했지만 실리지 않았을 가능성도 있으니까."

"아, 그렇구나. 일단 그 세 개가 전부라고 치면⋯⋯. 다가미 씨가 쓸 법한 내용이라고 생각했어요."

생전에 기운이 넘칠 무렵의 다가미 료조를 떠올렸다. 교스케는 다가미와 이야기해본 적이 없다. 이따금 주택가 길거리에서 남에게 시비 거는 모습을 보았을 뿐이다. 분리수거 방법, 택배 기사의 노상 주차, 개 산책에 이르기까지 다가미 료조에게는 모든 일이 울화의 근원인 것 같았다.

그런 모습 아니면 정처 없이 근처를 배회하는 모습밖에 보지 못했다.

"세 개의 기사는 전부 먼저 난 기사나 투고에 대한 반론이었어요. 반론이랄까, 트집이랄까. 다가미 씨가 진짜로 하고 싶었던 말이 뭔지 의심스러워요. 만약 다가미 씨에게 누군가에 대한 반론이 아니라 자기 의견을 써달라고 했다면 아무 말도 쓰지 못했을 것 같아요. 말이 좀 지나쳤나?"

다치아라이가 흥미로운 듯 중얼거렸다.

"히노하라 군, 중학생이지? 3학년."

"맞아요."

"제법인데."

그렇게 말하더니 미소를 지었다.

저도 모르게 고개를 숙인 교스케에게 아랑곳없이 다치아라이가 말을 이었다.

"나도 똑같은 생각을 했어. 혹시 몰라 다가미 씨가 반론한 원래 기사나 투고도 찾아봤어. 하지만 어느 하나 그다지 이상하지 않았고, 오히려 무난한 글들이었어. 거기에 대고 그렇게 공격적인 글을 투고한다는 건 소극적으로 판단해도 위험해 보여. 내 기사가 실리지 않을지도 모른다고 한 이유는, 이걸로 알겠지?"

"네?"

갑자기 그렇게 말하니 교스케는 당황스러웠다.

"아니, 저, 무슨 뜻인가요?"

다치아라이가 담담하게 말했다.

"그대로 쓰면 돌아가신 다가미 씨를 나쁘게 말하는 셈이 돼."

교스케는 입을 다물었다. 미니밴은 계속 달려 도리사키 시 시가지를 빠져나갔다. 교스케는 문득 행선지를 모른다는 사실을 깨달았다.

이윽고 그는 입을 열었다.

"하지만 그런 기사를 읽고 싶은 사람도 있는 것 아니에요?"

"……."

"아까 기자가 좋으냐고 물어보셨죠. 좋고 싫은 걸 떠나서, 시체를 발견했다고 취재를 받으면서 좋은 기억은 하나도 없었어요.

전 텔레비전에 나왔어요. 목 아래뿐이었지만. 그러고 나니 굉장하더군요. 어떤 사람이 제가 어디 사는 누군지 조사해서 전화를 걸어왔어요. '시체를 발견한 사람이 너지?' 하고 말이에요. 여자였어요. 찢어지는 쇳소리로 고함을 지르는 거예요. '왜 안 구한 거야, 살인자!'라고요.

학교에서도 난리였어요. 발견했다고 해도 힐끗 본 게 다예요. 그런데 시체는 어떻게 생겼느냐고 반 애들이 자꾸 알려달라고 졸라대는 거예요. 그러자 선생님이 호출하더라고요. '입시를 앞둔 중요한 시기에 대체 무슨 생각이냐!' 하고 된통 혼났어요. 그때는 왜 혼났을까. 아마 선생님도 왜 혼냈는지 잘 모를걸요."

다치아라이는 잠자코 듣고 있었다. 핸들을 쥐고 앞을 바라본 채로.

"언제까지고 떠들어댈 순 없겠죠. 그래서 결론이 필요해요. 도쿄에서 죽은 할아버지가 쓴 일기, 여기저기서 소개되었죠? 구청이 냉대했다고 쓴 그거요. 그게 결론이죠. 그걸로 다들 '아아, 그런가. 구청이 차갑게 굴어서 그랬구나' 하고 이해하고 이야기가 끝나는 거예요.

만약 다치아라이 씨가 다가미 씨를 나쁘게 쓰면 그것도 하나의 결론이 되겠죠. '아아, 그런가. 나쁜 사람이라 변변치 못하게 죽은 거구나' 하고 받아들이고 후련해지고 싶은 사람도 많지 않을까요?"

그건 교스케가 줄곧 고민했던 문제였다. 자기가 본 게 무엇이었을까. 말한 건 무엇이었을까. 교스케의 이야기를 통해 다가미 료조의 고독한 죽음은 어떻게 변질되었을까? 그는 줄곧 고민해왔다.

해가 저물어간다. 다치아라이가 자동차 전조등을 켰다.

"그래."

다치아라이가 말했다.

"있겠지. 사람들은 항상 결론을 요구해, 네 말처럼."

그 옆얼굴에는 아무런 표정도 없었다. 다치아라이는 교스케의 말에 동요하지 않았다. 교스케는 말을 너무 많이 한 것 같아 민망했다.

이어지는 다치아라이의 말은 교스케가 의외로 여길 정도로 온화했다.

"넌 다른 결론이 있다고 생각하는구나?"

"……네."

순순히 그런 대답이 흘러나왔다.

다치아라이가 한 손을 핸들에서 떼더니 재킷 안주머니를 뒤졌다. 한 장의 사진을 꺼내 교스케에게 내밀었다.

"다가미 씨 시신을 발견했을 때, 테이블 위에는 이게 있었어. 보도되지 않은 거니까 빌려줄 수는 없지만."

"그런 걸 제가 봐도 돼요?"

"비밀은 아니야. 아직 아무도 뉴스로서의 가치를 찾지 못했을 뿐이지."

그 사진은 엽서를 찍은 것이었다.

잡지에 붙어 있는 설문 엽서인 듯했다. 맨 위에 "역사 인물"이라고 적혀 있는데 아마 잡지 제목이리라. 글씨가 작아서 읽기 힘들다. 뒷면인지 우표를 붙이는 자리가 없었다. 어두운 차 안에서 교스케는 눈에 힘을 주었다.

설문에는 주관식으로 대답하는 항목은 거의 없었다. 주소나 이름을 쓰는 칸은 앞면에 있겠지. 몇 가지 항목에서 해당 부분에 동그라미를 치는 방식이었다.

《역사 인물》 제22호 애독자 설문

성별
남성

2 여성

연령

1 19세 이하

2 20대

3 30대

4 40대

5 50대

⑥60대

7 70세 이상

직업

1 초중학생

2 고등학생

3 대학생·전문대생

4 회사원

5 공무원

6 자영업

 무직

8 기타( )

우리 잡지의 가격은 어떻습니까?

 비싸다

2 적정하다

3 저렴하다

우리 잡지를 어디에서 구입하셨습니까?

1 가까운 서점

2 통근, 통학길의 서점

3 인터넷 통신판매

④ 정기 구독

5 기타

우리 잡지를 항상 구입하십니까?

① 항상 구입한다

2 관심 있는 주제가 있을 때 구입한다

3 이번에 처음 구입했다

의견을 말씀해주세요.

(   )

희망하는 선물 번호를 2순위까지 적어주세요.

1순위 [2]

2순위 [6]

다치아라이의 운전은 거칠지 않았지만 작은 글자를 계속 보고 있으니 멀미가 날 것 같아 눈을 뗐다. 교스케는 다치아라이에게 물어보았다.

"저, 이게 왜요?"

"그건 다가미 씨가 마지막으로 쓴 걸지도 몰라."

다시 한번 사진에 시선을 떨어뜨렸다.

"……그런가, 그 사람 역사를 좋아했군요."

교스케는《역사 인물》이라는 잡지를 모른다. 하지만 그 거실에서 테이블 앞에 앉아 설문 엽서를 잡지에서 잘라내는 다가미의 모습은 상상이 갔다. 자세히 보니 엽서 가장자리는 절취선에서 벗어나 휘어 있었다.

다치아라이가 말했다.

"《역사 인물》22호 발매일은 이번 달 4일이야. 다가미 씨는 이 잡지를 정기 구독으로 받아보았는데 가까운 서점에 부탁해 집으로 배달받았다고 해. 특집은 '신설新說 보신전쟁◆'. 2번하고 6번 선물이 뭐였는지는 아직 조사하지 못했어."

주위는 이미 어두웠다. 미니밴은 속도를 떨어뜨려 도로변 패밀리 레스토랑으로 들어갔다. 유리창에서 불빛이 새어 나왔다. 주차장에 자동차는 많지 않았다.

다치아라이는 엔진을 끄고 나서야 교스케를 쳐다보았다.

"내려. 여기야."

◆　**보신전쟁** _ 1868년부터 1869년까지 일본에서 왕정복고로 수립된 메이지 정부와 옛 막부 세력이 벌인 내전.

5

　다가미 우노스케는 커다란 가족용 테이블을 혼자 차지하고 있었다. 테이블에는 맥주잔과 닭튀김이 놓여 있었는데 잔은 거의 비어 있었다. 우노스케의 얼굴은 시뻘겠고 눈도 벌써 풀려 있었다. 머리카락은 기름기가 번들거렸고 턱은 살이 쪄서 굴곡이 없다. 뺨에는 수염이 듬성듬성 지저분하게 나 있었다. 다치아라이가 다가가자 손을 들고 쩌렁쩌렁 외쳤다.

　"어이, 여기야. 먼저 시작했어!"

　다치아라이가 조용히 고개를 숙였다.

　"바쁘신데 시간 내주셔서 감사합니다."

　우노스케는 한 손으로 맥주잔을 붙잡고 씨익 웃었다.

　"흥. 바쁘긴. 일부러 들으라고 하는 소리야? 뭐, 그건 됐어. 이봐, 구두쇠 아가씨, 아무리 구두쇠라도 여기 술값은 내주겠지?"

　"예."

　"그 말을 들으니 마음이 놓이는군. 다음 것도 벌써 주문했거든."

　그렇게 말하더니 맥주를 쭉 들이켰다. 잔을 하나 비우고 나서야 다치아라이 뒤에 서 있는 교스케에게 눈길을 돌렸다.

"그 녀석은 뭐야."

"이쪽은……."

다치아라이가 뒤를 돌아보며 교스케에게 손짓을 했다.

교스케는 반쯤 얼이 빠져 있었다. 근거 없이 다가미 우노스케는 아버지인 료조를 닮았을 거라 생각했기 때문이다. 왜소하고 항상 이맛살을 찌푸리고 있던 다가미 료조는 마지막에는 고목처럼 빼빼 마른 상태로 죽었다. 다가미 우노스케에게서는 료조와 닮은 구석을 전혀 찾아볼 수 없었다. 교스케는 우노스케를 처음 보았을 때 치밀어 오른 감정이 무엇인지 한동안 이해하지 못했다. 눈이 마주친 다음에야 그것이 혐오라는 것을 깨달았다.

"히노하라 군."

이름을 부르는 목소리에 정신을 차렸다. 위축된 마음을 억누르며 반걸음 앞으로 나섰다.

"저, 처음 뵙겠습니다. 히노하라라고 합니다. 저…… 다가미 료조 씨의……."

"그래, 맞아. 아들이야. 그런데 넌 뭐야? 교복 같은 걸 입고. 현장학습 나왔어?"

우노스케는 다치아라이를 향해 노골적으로 인상을 썼다.

"이런 얘긴 없었잖아."

하지만 다치아라이는 태연히 넘겼다.

"아뇨. 이 학생은 최초 발견자입니다."

"어? 뭘 발견해?"

"다가미 료조 씨의 시신을 처음으로 발견한 게 이 학생입니다."

우노스케는 탁한 눈으로 교스케를 노려보았다.

"……흐음. 네가, 그렇단 말이지?"

우노스케가 상반신을 내밀고 고약한 알코올 냄새가 나는 입김을 뿜어냈다. 움츠러든 교스케에게 우노스케가 별안간 고함을 버럭 질렀다.

"그래서 뭘 하러 왔어? 사례금이라도 뜯어내려고? 웃기지 마, 꼬맹아. 누가 너 같은 놈한테 사례할 줄 알고!"

교스케는 이를 악물었다. 우노스케가 무슨 말을 하는지 모르겠다. 뒤룩뒤룩 살진 우노스케의 몸이 무서울 정도로 거대해 보였다.

다치아라이가 말했다.

"아닙니다. 이 학생은 다가미 료조 씨의 마지막 모습을 유족에게 알리지 못한 걸 안타까워하고 있습니다. 조의를 표하러 왔다고 생각해주세요."

"조의? 지금 장난하나? 조의라는 건 하얀 봉투에 넣어서 내놓는 거야. 꼬맹이는 그런 것도 몰라?"

"아직 중학생입니다. 이해해주세요."

"하……. 망할 꼬맹이……."

그렇게 내뱉은 우노스케의 눈이 탁하게 풀렸다. 닭튀김을 맨손으로 집어 마요네즈를 푹 찍어 입으로 가져갔다. 무표정한 점원이 맥주잔을 가져왔다. 그 틈에 다치아라이가 겨우 의자에 앉았다. 교스케는 그냥 서 있었다. 우노스케의 정면에 앉기 싫었다. 내가 왜 이런 곳에 왔을까? 그런 생각을 하는데 다치아라이가 경고해준 말이 떠올랐다.

—별로 기분 좋은 경험은 못 될 거야.

우노스케가 맥주를 두고 물러나는 점원을 큰 소리로 불러 세웠다.

"어이, 소시지 추가. 철판볶음으로."

"예, 알겠습니다."

우노스케가 새 맥주에 손을 뻗었다. 다치아라이는 아랑곳하지 않고 이야기를 꺼냈다.

"다가미 씨, 그래서 여쭙고 싶은 건 돌아가신 료조 씨에 대한 이야기입니다만."

"아. 그랬지."

우노스케는 맥주잔을 움켜쥐었던 손을 떼더니 테이블에 한쪽 팔꿈치를 괴었다.

"……그래서 뭐야. 난 바빠. 빨리 해."

"료조 씨는 어떤 분이셨습니까?"

갑자기 우노스케가 껄껄 웃었다. 어이없다는 듯 웃더니 배를 쑥 내밀고 의자 등받이에 기댔다.

"그게 궁금했어?"

그러더니 갑자기 진지한 표정을 지었다.

"잘 들어, 기자 양반. 나는 보다시피 이런 남자야. 쓸모없는 인간이지. 하지만 그 인간만큼 썩어빠지진 않았어."

"썩어빠졌다는 말씀은?"

"그 인간은 병자였어. 자기 말고는 다 쓰레기로 보이는 병에 걸려 있었지."

우노스케의 표정에 기이한 열기가 깃들었다.

"이미 조사했겠지만 우리 집안은 할아버지 대부터 정원사로 일했어. 아버지는 차남이라 사장이 되지 못했지. 전무였어. 경영관리로 한 우물만 팠다고 하면 듣기엔 좋지, 그 인간은 정원에 대해서는 아무것도 몰랐어. 정원수도 분간 못 하면서 장인들을 업신여겼지. 그러면서 나한테 그러는 거야. 너는 좀더 멀쩡한 인간이 되어라, 하고.

안타깝게도 난 머리가 나빴어. 그래도 일은 구했지. 목수

였어. 재능이 있다고 칭찬받았어. 하지만 아버지 마음에는 들지 않았어. 그런 건 제대로 된 일이 아니라고 그러는 거야. 내 친구는 부모님한테 농가를 물려받았는데 그것도 제대로 된 일이 아니라는 거야. 내 사촌형은 도리사키 시청에 들어갔어. 공무원이야. 아버지가 뭐라고 했을 것 같아? 공무원은 세금도둑이다, 제대로 된 직업이 아니다.

알겠지? 아버지가 말하는 제대로 된 직업은 조경 회사 경리였던 거야. 가위도 쥐어본 적 없고, 장부나 제대로 썼을지 의심스러운데도, 그런 일을 하는 사람만 제대로 된 사람이었던 거지."

우노스케가 맥주에 손을 뻗어 벌컥벌컥 들이켰다. 하지만 발음은 오히려 정확해졌다. 그는 다치아라이를 쏘아보며 이야기를 계속했다.

"내가 일했던 목공소는 도산했어. 의뢰인이 달아나는 바람에 부도가 났거든. 불행한 일이지. 거의 사기였어. 사장님은 목을 매달았어. 좋은 사람이었는데. 그렇게 좋은 사람은 본 적이 없어. 하지만 아버지한테 그런 일은 아무 상관도 없었지. 회사가 망해서 내가 직업을 잃은 것만 마음에 안 드는 거야. 만날 때마다 '백수라니 쓰레기다'라고 퍼부어댔어. 잘 들어, 난 일을 하고 있었어. 목수 일을 찾으면서 밤낮으로 경비나 청소 일을 했다고. ……하지만 기자 양반, 설사 내가 정말로 백수였다고 해도 말이야. 어째서 그 인간한테 그런 말을 들어야 하지?

우리 어머니도, 남동생도, 그 인간 말에 따르면 쓰레기였어. 내 마누라도. 아이도. 그 인간은 죽은 사장님까지도 무책임한 쓰레기라고 했어. 하지만 그 인간은 어땠을까? 그 인간 회사 평판은 익히 들어서 알고 있어. 일도 안 해, 결정도 안 내려, 책임도 안 져. 그런데 전 사장의 차남이라는 이유만으로 정년까지 공짜 밥을 먹었어.

알겠지? 그 인간은 병에 걸려 썩어빠진 인간이었어. 그러니 아무도 다가가지 않았고, 회사에서도 인연을 뚝 끊어버린 거지. 마지막에는 누구 도움도 받지 못하고 혼자 죽었다면서? ……꼴좋다. 정말 꼴좋다니까. 그래야 공평한 세상이지…….”

뒤로 갈수록 웅얼거리더니 고개를 푹 숙였다. 열기가 사라져갔다.

“다 얘기했어. 이걸로 됐어?”

교스케는 우노스케의 열기를 뒤집어쓴 것처럼 멍한 기분이었다. 하지만 다치아라이는 달랐다. 차갑고 차분한 목소리로 물었다.

"최근에 료조 씨를 만나러 간 적은 없었습니까?"

우노스케가 목에 뭐가 꽉 낀 듯한 목소리로 대답했다.

"갔어."

"11월 3일이겠죠."

"알면서 왜 물어? 어머니 제삿날이었어. 7주기였지. 그것만큼은 어쩔 수가 없어서."

그렇게 내뱉었다.

"하지만 만나진 않았어. 서로 꼴도 보기 싫어했으니까. 장지문 너머로 뭐라고 중얼거리는 걸 들은 게 다야. 위패에 제를 올리고 바로 나왔어. 경찰에 말한 거랑 같아."

"알겠습니다. 고맙습니다."

그렇게 말하더니 다치아라이는 재킷 안주머니에서 봉투를 꺼냈다. 우노스케의 눈빛이 달라졌다.

"어이, 뭐야. 없다더니 잘만 나오네."

"아뇨, 이건 어디까지나 식사비입니다. 약소하지만."

테이블 위에 봉투를 얹어 우노스케에게 내밀었다. 우노스케는 와락 봉투를 붙잡더니 망설이지 않고 손가락을 찔러 넣었다.

얼굴이 대번에 낙담한 표정으로 변했다.

"……흥. 뭐, 됐어."

"그런데 죄송하지만 저도 프리랜서라 세금 문제도 있고 해서……."

다치아라이가 숄더백에서 작은 메모지와 볼펜을 꺼냈다.

"수령 사인과 날짜면 됩니다. 부탁드립니다."

"겨우 이런 푼돈에 영수증? 하, 어디나 불경기로군. 오늘이 며칠이야?"

"11월 26일입니다."

우노스케는 얼굴을 찌푸리면서도 펜을 휘갈겼다. 다치아라이는 영수증을 집고는 쓱 일어났다.

"고맙습니다. 크게 참고가 되었습니다."

우노스케는 그 말에는 대답하지 않았다. 점원이 옆을 지나가자 고개를 들어 버럭버럭 고함을 질렀다.

"야! 어이, 겨우 소시지 갖고 얼마나 기다리게 하는 거야!"

6

돌아가는 차 안에서 다치아라이가 말했다.

"우노스케 씨는 취재기자에게 보수를 요구했어. 자기를 인터뷰하고 싶으면 얼마쯤 내놓으라고. 아무도 내지 않았지. 때문에 처음부터 짜증을 부릴 줄은 알고 있었어."

"그래서 저렇게 술에 취해 있었던 거예요?"

"나도 조금 놀랐어. 만나보니 어땠어?"

교스케는 솔직하게 대답했다.

"……무서웠어요."

물론 다가미 우노스케의 주정도, 이유 없는 고함소리도 무서웠다. 하지만 진정한 의미로 교스케를 두렵게 한 것은 뭐에 홀린 듯 아버지를 비판하는 우노스케의 말투였다.

아무 말도 하지 않았는데 다치아라이는 눈치챈 것 같았다.

"그 사람 얘기가 전부 사실인 건 아니야. 적어도 다가미 조경에서 료조의 위치가 어땠는지, 다른 정보도 들었어. 일을 별로 하지 않은 건 사실인 모양이지만 사장인 형의 눈치를 보느라 그랬다는 사람도 있었어. 회사에서 눈엣가시처럼 여겨서 일도 주지 않아 매일 주눅들어 보였다고 말하는 사람도 있었어."

"뭐가 사실일까요?"

"글쎄."

그다지 관심도 없는 듯, 건성으로 하는 대답이었다.

미니밴은 온 길을 되돌아갔다. 밤이라 주위에 차가 별로 없었다. 두 사람이 입을 다물자 차 안에는 엔진 소리가 가볍게 울렸다.

침묵을 견디다 못한 교스케가 물었다.

"기사는 쓸 수 있을 것 같아요?"

"응."

"어떤 기사를 쓸 건데요?"

잠깐 뜸이 있었다. 다치아라이가 혼잣말처럼 중얼거렸다.

"이름을 새기는 죽음이란 무엇인가."

그것은 다가미 료조가 일기에 남긴 말이었다. 교스케는 다치아라이와 처음 만났을 때를 떠올렸다. 다치아라이의 첫 질문은 "'이름을 새기는 죽음'이라는 건 무슨 뜻이라고 생각하십니까?"였다.

"이름을 새기는 죽음이 대체 뭔데요?"

물어보기는 했지만 교스케는 대답이 돌아오지 않기를 바랐다.

기도는 통하지 않는다. 다치아라이는 대답했다.

"직함을 달고 죽는 것."

"직함……?"

"죽은 후에 무직으로 불리지 않는 것."

교스케의 입에서 아, 하는 소리가 새어 나왔다.

"'도리사키 신문' 투고란을 봤지? 그 기사에서 다가미 료조의 직함은 '전직 회사 임원'이었어. 그걸 보고 이상하다고 생각했어. 정년을 맞이해 회사를 그만둔 사람의 직함은 보통 '무직'이거든. 적어도 '전직 회사 임원'이라는 건 직업을 가리키는 말이 아니야.

어쩌면《도리사키 신문》에서는 정년 퇴직자를 마지막 직함으로 실어주는 게 통례일지도 모른다고 생각했어. 하지만 아니었어. 내가 건네준 클리어파일에 있던 기사는 다 읽었어?"

말없이 고개를 끄덕이며 교스케는 한 기사를 떠올렸다. 정어리 쌀겨 조림을 이용한 라면 요리를 도왔다는 기고자는 분명 전직 수산 회사 사장이었다.

"전직 사장이 투고한 글에는 '전직 사장'이라는 직함이 아니라 '무직'으로 적혀 있었어. 그렇다면 아마도 '전직 회사 임원'이라는 직함은 다가미 료조가 원한 거겠지. 그는 직함에 집착하는 걸지도 모른다고 생각했어. 아까 다가미 우노스케를 취재한 내용도 충분한 방증이 되겠지.

하지만 자칭이 통하는《도리사키 신문》은 그럴 수 있지만 죽은 후에는 어찌될까? 공교롭게도 독거노인의 죽음이 연이어 세간의 화제가 된 만큼 자기 죽음도 뉴스에 나올 가능성이 높아. 그렇게 됐을 때, 사망 시점에 아무 직함도 없는 이상 아무리 전직 회사 임원이라고 주장하면서 죽어도 무직으로 나오지 않을까? 다가미 씨는 그게 두려웠던 거야."

다치아라이의 옆얼굴이 한순간 가로등에 비쳤다가 바로 어두워졌다. 교스케는 그 옆얼굴을 가만히 바라보았다. 그녀는 어디까지 알고 있는 걸까?

교스케는 다치아라이가 건네준 게 《도리사키 신문》만이 아니었다는 것을 기억해냈다.

"하지만 그럼 그 설문지는 뭐죠? 《역사 인물》 설문에서는 분명 '무직'에 동그라미가 쳐져 있었어요."

"그래."

"정말 다가미 씨가 직함에 연연했다면 거짓말을 해도 모를 설문지에서 '무직'에 동그라미를 칠 리 없잖아요."

"나도 그렇게 생각해."

교스케는 생각했다. 다치아라이는 그 모순을 분명 알고 있었던 것이다. 알고 있었기에 그 설문지에 의미가 있다고 판단하고 지니고 다녔다. 그 설문지의 특징은 무엇이었나?

교스케는 이윽고 무서운 가능성에 다다랐다.

"설마…… 그 엽서는 다가미 씨가 쓴 게 아닌가요?"

붉은 신호에 걸려 미니밴이 멈췄다. 다치아라이는 재킷 안 주머니에서 설문 엽서 사진을 꺼냈다.

"그럴 가능성은 의심하고 있었어."

엽서에는 확실히 자필로 쓴 부분이 거의 없었다. 남이 써도 모를 것 같았다. 하지만 조금이나마 필적을 볼 수 있는 부분이 있다. 독자 희망 선물을 쓰는 칸에 두 개의 숫자가 적혀 있다. '2'와 '6'.

"다가미 료조가 고독하다는 건 알고 있었어. 확실한 방문객은 아들인 우노스케뿐이야. 그래서 조금 꾀를 썼지."

종이가 한 장 더 나왔다. 아까 패밀리 레스토랑에서 우노스케가 서명한 영수증이었다.

"아……. 저, 다치아라이 씨가 착각한 줄 알았어요. 오늘은 27일이니까."

"'2'만 받아내면 된다고 생각했는데. 날짜를 물으니 무심결에."

거기에는 11월 26일이라고 적혀 있었다.

설문 엽서의 숫자, '2'와 '6'. 영수증에 적힌 '2'와 '6'.

"비슷해요, 똑같아."

신호가 파란불로 바뀌었다. 출발한 미니밴의 관성이 생각보다 강하게 교스케를 좌석에 짓눌렀다.

"이게 무슨 뜻이죠?"

목소리가 떨렸다. 하지만 다치아라이는 자기가 덫을 쳐놓고 결과에는 별로 관심이 없는지 덤덤하게 말했다.

"《역사 인물》 설문에 답한 건 아마도 우노스케야. 다시 말해 그때 료조는 이미 사망했겠지."

"그때라면……."

"11월 4일 이후.《역사 인물》 22호 발매일 이후야."

"우노스케는 3일에 부모님 댁을 찾아갔어요. 설마!"

교스케는 비명을 질렀다. 3일에 사망한 료조를 4일에 죽은 것처럼 꾸미기 위해 설문 엽서를 썼다면? 우노스케는 료조를 증오하고 있었다.

하지만 다치아라이는 짤막하게 말했다.

"아니야."

작게 한숨을 쉬었다.

"우노스케가 료조를 죽였다고 생각한다면, 그건 아니야. 3일 밤, 료조가 위독한 상태였던 건 거의 확실해. 음식물을 섭취한 흔적이 전혀 없다는 건 경찰 조사로 밝혀졌어. 곧 죽을 것 같은 사람을 일부러 죽일 리는 없어."

"그럼 이 엽서는?"

"하지만 구해주지도 않았지."

교스케는 숨을 삼켰다.

"3일 시점에서 료조는 며칠 동안 아무것도 먹지 못했어. 그때 집에 찾아온 우노스케는 료조를 위해 손을 쓸 수 있었어.

요리를 할 수도 있었을 테고, 제사 때문에 왔다면 제수도 마련해 왔겠지. 음식물이 목을 넘어가지 않을 정도로 쇠약했다면 구급차를 부를 수도 있었어. 하지만 우노스케는 료조가 죽도록 방치했어.

3일에 집에 간다고 여기저기에 말했겠지. 그러니까 료조의 죽음은 4일 이후여야만 해. 우노스케는 아마 상황을 보려고 한 번 더 집에 돌아갔을 거야. 그때 도착한 《역사 인물》을 보고 살짝 꾀를 부린 거지."

"그건 살인은……."

"아니야."

그리고 그녀는 태연하게 말했다.

"보호 책임자 유기치사라는 거야. 경찰도 우노스케와 접촉했어. 단지…… 기타큐슈 시에서 국제회의가 열려서 바빴겠지. 아직 거기까지 파악하진 못한 모양이야."

7

교스케를 집까지 데려다줄 생각은 없었는지, 다치아라이는 두 사람이 처음 만난 장소에 미니밴을 세웠다.

"자, 내려."

다치아라이가 재촉해도 교스케는 조수석에서 꼼짝도 하려 들지 않았다.

"왜 그래?"

물어볼까 말까, 그는 계속 망설였다.

교스케는 시체 최초 발견자다. 하지만 그것은 우연이 아니었다. 그는 다가미 료조가 조만간 죽을 것 같다고 생각했다. 하지만 아무에게도 '언젠가 이렇게 될 줄 알았어요'라고 말할 수 없었다. 무서웠기 때문이다.

교스케는 지금 다가미 료조의 생의 한 자락을 보았다. 하지만 그것만으로는 두려움이 완전히 사라지지 않았다. 그리고 그에게는 한 가지, 정말 마음에 걸리는 일이 있었다. ……어째서 다치아라이는 자기에게 신문 기사와 현장 사진을 보여주고, 다가미 우노스케와 만나게 한 걸까?

묻지 않고 넘어갈 수도 있었다. 시간이 흐르면 모든 것은 별일 아닌 것처럼 과거의 이야기가 되리라는 예감도 있었다.

하지만 그는 오늘 아버지를 증오하는 아들을 보았다. 지금 침묵을 깨지 않으면 교스케 역시 그렇게 될지도 모른다. 교스케는 마지막 순간까지 망설였다. 그리고 다치아라이는 교스케의 결단을 가만히 기다렸다.

이윽고 교스케가 조용히 물었다.

"가르쳐주시겠어요? 다가미 씨가 '무직'을 두려워했다는 걸 깨달은 계기는 정말 신문 투고란뿐이었나요?"

예상대로 다치아라이는 천천히 고개를 저었다.

"아니야. 증언이 있었어."

"역시. 들었군요."

"그래. 네가 학교에 가 있는 동안 신고인에게 이야기를 들으러 갔어."

"아버지가 말씀하시던가요?"

"전부."

다가미 료조는 죽기 전에 인쇄소를 하는 교스케의 집을 찾았다. 그리고 그는 갈라진 목소리로 이렇게 말했다.

—나를 고용해주게. 월급은 필요 없어. 단지 직함만 주면 돼. 나는 이제 곧 죽을 계야. 하지만 이대로는 무직의 죽음이 되고 말아. 그건 싫어. 노인을 치욕스럽게 하지 말게. 양심이라는 게 있다면 부디 내게, 이름을 새기는 죽음을!

교스케의 아버지, 히노하라 다카마사는 그 부탁을 들은 체도 하지 않았다.

—무슨 황당한 소리야. 돌아가쇼.

다가미는 말라비틀어졌고 뺨은 푹 꺼졌으며, 숨결에는 불안을 자극하는 냄새가 섞여 있었다. 거기에 사사건건 이웃에게 시비를 거는 불쾌한 노인의 모습은 없었다.

"아버지가 차갑다고 생각했어요. 분명 다가미 씨는 불편한 사람이었어요. 하지만 그렇게 힘없는 사람의 필사적인 부탁이라면 들어줘도 되지 않나 싶었어요. 싸우기까지 했는데 아버지는 제 말을 들어주지 않았어요."

"그래서 넌 학교를 오갈 때 다가미 씨의 집을 살폈구나."

교스케는 고개를 끄덕였다.

"저는…… 그 사람이 죽을 걸 알고 있었어요. 음식을 가져다주는 건 저도 할 수 있었어요. 하지만 전 아무것도 하지 않았어요. 우노스케 씨가 범죄자라면…… 저도 마찬가지예요."

그때 갑작스럽게 다치아라이가 큰 소리로 외쳤다.

"아니야!"

너무 강한 목소리에 교스케는 움츠러들었다. 다치아라이는 교스케를 똑바로 바라보며 절절하게 말했다.

"넌 몰랐어. 네가 의사야? 아니잖아. 다가미 씨를 겉으로만 보고 이제 곧 죽을 사람이라는 걸 알 수는 없어. 다가미 씨가 음식을 먹지 못할 정도로 쇠약하다는 걸 알 수 있는 방법이 있었어? 알았다고 해도 평소 말도 나눠보지 않은 사람에게 매일 음식을 가져가다니, 정말 그럴 수 있었을 것 같아?"

머리로는 알고 있었다. 하지만 교스케는 받아들일 수가 없었다. 그때 다가미의 부탁을 들어주었다면, 하는 생각이 머리에서 떠나지 않았다.

"차분히 생각해. 만약 다가미 씨 요구를 들어줬다면 어땠을 것 같아? 그랬는데 다가미 씨가 죽었다면? 히노하라 인쇄의 현역 사원이 음식도 제대로 못 먹고 죽은 셈이 돼. 누가 그런 부탁을 들어줄 수 있었겠어! 히노하라 교스케, 고개 들어!"

그 말을 듣고 저도 모르게 수그리고 있던 고개를 들었다.

"네 아버님은 널 걱정하고 계셨어. 다가미 씨가 도저히 받아들일 수 없는 부탁을 했다. 그 사람은 아무리 봐도 공포에 질려 착란을 일으킨 것이다. 아무리 생각해도 내 판단은 옳았다. 하지만 아들은, 너는, 다가미 씨가 마지막으로 한 말에서 벗어나지 못하는 것 같다고 하셨어. 그 녀석은 아직 어린애다, 선을 긋는 게 뭔지 아직 배우지 못했다. 그렇게 말씀하셨어.

교스케, 다른 사람의 부탁을 들어주고 싶은 마음은 소중한 거야. 그걸 지니고 있는 너는 정말 다정해. 하지만 다가미 씨의 부탁은 정상이 아니었어. 사람의 선의를 이용하려고 한 것과 다름없어. 그런 말에 언제까지고 사로잡혀서는 안 돼. 잊어. 잊는 수밖에 없어."

어느새 교스케의 눈에서 눈물이 흐르기 시작했다.

"못 해요. 어떻게 잊어요."

다가미 료조의 마지막은 히노하라 교스케에게 이름을 새기는 죽음이 되었다. 다치아라이의 표정에 아주 잠깐, 절망적인 비애가 비쳤다.

그 표정이 사라지자 그녀는 처음 만났을 때처럼 서늘한 얼굴로 돌아가 있었다.

"그럼 내가 결론을 내줄게. 똑똑히 들어, 그리고 기억해."

나직한 목소리였다. 동시에 영혼까지 닿을 것처럼 힘찼다. 그녀는 말했다.

"다가미 료조는 나쁜 사람이라 변변치 못하게 죽은 거야."

나이프를 잃은 추억 속에

How Many Miles to the Truth

1

일본의 여름은 이질적이라는 말을 듣기는 했지만 알면서도 곱씹지 않을 수 없었다. 추울 정도로 에어컨이 돌아가는 열차에서 내리자 습기를 머금은 열기가 순식간에 밀려들었다. 숨이 턱 막히는데 이제 겨우 아침이다. 나리타 공항에서 처음 이 공기를 접했을 때는 과연 이런 날씨를 앞으로 열흘이나 견딜 수 있을지 암울했다. 지금은 제법 익숙해졌다. 인간은 어떤 상황에든 익숙해진다.

하마쿠라 역은 도쿄 역에 비하면 정말로 작은 시골 역이었다. 사실 비교하는 게 잘못이다. 지리에 관심 없는 아이라도 이름은 아는 도쿄에 비해 하마쿠라의 거리 규모는 포드고리

차와 별반 차이가 없다. 아니, 일본에 오기 전에는 이름조차 몰랐던 동네 인구수가 한 나라의 수도와 비슷하다는 사실에 놀라야 할까?

역 건물 안에서 얼마 되지 않는 승객들을 따라 콘크리트 계단을 올라갔다가 다시 내려갔다. 이윽고 햇볕이 쨍쨍 내리쬐는 출구가 보여 문득 걸음을 멈췄다. 개찰구가 좌우 양쪽에 있는 것을 보고 셔츠 가슴주머니에서 메모를 꺼냈다. 기억력은 자부하지만 처음 방문하는 이국의 도시에서 낯선 상대를 만나는 건 적잖이 불안한 일이다.

8:00 хамакура станица; jуг излаз
Мати Татиараи

고개를 돌려 어느 쪽이 남쪽인지 표지판을 찾았다. 금방 발견한 녹색 안내판에는 친절하게도 여러 나라 언어로 답이 적혀 있었다.

역에서 나온 나는 햇빛에 눈을 찌푸리며 무심코 신음을 흘렸다. 역 앞의 풍경은 도쿄에서 본 어느 광경과도 달랐다. 도쿄는 거대한 모니터나 잘 차려입은 인파로 북적거렸지만 밋밋한 하얀 건물이나 '현대적'인 통유리 건물은 하나같이 표정이 없었고 거리에서 여유라는 것을 느낄 수 없었다. 가로수는 정말 많았지만 그 초록에서는 안식보다 반드시 녹색이 필요하다는 강박관념 같은 인상을 받았다. 하지만 이 도시는 무척 달랐다. 눈에 들어오는 건물은 붉은 벽돌과 노란 타일, 갈색 페인트로 덮여 있었고 인도는 눈부신 흰색, 로터리에서 대기하고 있는 버스를 덮은 붉은색과 파란색 줄무늬는 그렇게 선명할 수가 없었다. 일본에 와서 처음으로 색채에 둘러싸인 기분이었다.

손목시계를 보았다.

8시 20분을 바라보고 있었다. 약속 시간이 8시니 거의 시간에 맞춰 도착한 셈이다. 어쩌면 약속 상대가 먼저 와 있을지도 모른다는 생각에 역 앞 광장을 둘러보았다. 이 시기면 일본은 여름 장기 휴가에 들어간다. 관광객인지 커다란 짐을 든 사람들이 보였다. 그늘에서 쉬고 있는 노인이나 택시에 올라타는 근로자도 있었다. 하지만 내가 찾는 사람은 보이지 않았다.

너무 일찍 왔나? 그렇게 생각하며 다시 손목시계를 보는데, 차분하면서도 다소 나직한 목소리가 들려왔다.

"요바노비치 씨."

고개를 돌리자 늘씬하고 다른 일본 여성에 비해 키가 큰 젊

은 여성이 서 있었다. 검은 머리카락을 길게 늘어뜨리고, 눈
동자가 보일 정도로 색이 옅은 선글라스를 쓰고 있었다. 7부
셔츠는 단출한 흰색이고 물이 빠진 청바지도 썩 좋은 제품 같
지는 않았다. 피부도 선글라스 색처럼 볕에 조금 그은 것 같
았다.

한눈에 알아보았다.

"다치아라이 씨 조수군요. 그녀는 어디 있습니까?"

"아뇨. 조수가 아닙니다. 제가 다치아라이입니다."

여성은 선글라스를 벗더니 이렇게 말했다. 발음은 약간 특
이했지만 그럭저럭 유창하다고 할 만한 영어였다.

"설마요."

나는 웃었다. 내 약속 상대는 이렇게 젊지 않다. 그녀는 고
개를 가로젓더니 어깨에 메고 있던 가방에서 명함을 꺼냈다.
거기에는 "太刀洗万智"라는 한자가 적혀 있었는데 나는 당연
히 함께 적혀 있는 알파벳을 읽었다.

"마치 다치아라이……. 그럼 당신이 정말?"

"예, 그렇습니다. 일본에 잘 오셨습니다, 요바노비치 씨.
먼 곳까지 오시게 해서 죄송합니다."

"천만의 말씀입니다."

그렇게 대답했지만 당혹스러워하는 내 마음을 느꼈는지 다

치아라이라는 여성은 의아하다는 듯 눈썹을 찌푸리며 물었다.

"뭐 이상한 점이라도?"

"아니……."

나는 그만 그녀를 뚫어져라 쳐다보고 말았다. 겨우 시선을 떼고 말했다.

"실례지만 너무 젊어 보여서, 당신이 다치아라이 씨라는 걸 아직도 조금 믿기 어렵군요."

다치아라이가 쓴웃음을 지었다.

"그랬군요. 젊었을 때는 연상으로 보는 사람은 있어도 연하로 보는 사람은 없었는데……."

동양인은 나이를 가늠하기 어렵다고들 하는데 그녀는 그중에서도 특별한 걸까? 나는 그렇게 생각하지 않을 수 없었다.

"제 동생은 당신이 긴 머리를 굉장히 자랑스럽게 여겼다고 했습니다."

"예. 벌써 십오 년도 지난 일이네요."

그녀는 연극적인 동작으로 손목시계에 시선을 던졌다.

"요바노비치 씨. 메일로 연락드린 것처럼 저는 시간이 별로 없습니다. 일을 마치고 느긋하게 이야기를 나누고 싶지만 몇 시에 어디에 있을지 지금 단계에서는 저도 모릅니다. 요바노비치 씨는 오늘 다른 예정이 있나요?"

나는 고개를 저었다.

"이번 일본행은 일정이 몹시 빡빡하지만 오늘 하루는 제 시간입니다."

"알겠습니다. 일본에는 며칠이나 계십니까?"

"앞으로 닷새 남았습니다."

"닷새밖에 없는데 하루를 쓸 수 있나요?"

"그렇습니다만……."

"자본주의에 아직 적응하지 못하셨나 보군요."

그녀 나름의 농담이었겠지만 별로 재미는 없었다. 나는 어깨를 움츠렸다.

"이제부터 이 도시를 천천히 관광하고 저녁때 서로 연락해서 합류하는 게 좋을 것 같은데 어쩌시겠어요?"

나는 서슴없이 대답했다.

"당신 일에 방해가 되지 않는다면 따라가도 되겠습니까?"

그 제안에 다치아라이는 약간 놀라는 기색이었다.

"상관은 없지만……. 별로 유쾌한 일은 아닐 겁니다. 귀중한 시간이니 관광을 하는 게 낫지 않을까요?"

"아닙니다."

고개를 저었다.

나는 현재 한 이탈리아계 기업을 위해 일하고 있다. 전에는 정부 기관에서 일했지만 지금은 다른 길이 없다. 일본에 온 건 그 일 때문이지만 이 도시에는 오로지 다치아라이를 만나기 위해 왔다.

그녀는 내 여동생의 친구였다. 동생은 일본에 있는 동안 여러 일본인들과 친구가 되었지만 그중에서도 그녀는 특히나 흥미롭다고 평가했다. 그녀를 만나는 일은 내가 일본을 방문한 목적 중 하나라고 해도 과언이 아니다.

도쿄에서 만날 수 있다면 좋았겠지만 다치아라이의 상황이 여의치 않았다. 그녀는 메일로 "정말 저를 만나고 싶다면 8월 7일에 하마쿠라라는 도시로 와줄 수 있습니까?"라고 제안했다. 나는 그 제안을 받아들여 여기에 왔다. 이 도시에는 관광하러 온 것이 아니다.

내 의지가 확고하다는 것을 알았는지 다치아라이는 다시 묻지 않았다. 걸음을 돌리며 그녀가 말했다.

"알겠습니다. 그럼 가시죠, 요바노비치 씨."

나는 고개를 끄덕이고 그녀의 뒤를 따랐다.

우리는 역 앞에서 손님을 기다리는 택시에 올라탔다. 다치아라이가 짤막하게 행선지를 알렸다.

머리카락에 희끗희끗한 터럭이 섞인 운전사는 이쪽을 돌아보지도 않고 일본어로 뭐라 중얼거렸다. 그러자 다치아라이 는 강하게 두어 마디 던졌다. 대화 속에서 내가 알아들을 수 있었던 건 "바이패스"라는 단어뿐이었다.

자동차가 천천히 출발했다. 좌석에 몸을 깊이 묻은 다치아 라이에게 물었다.

"무슨 일입니까?"

"별일 아닙니다. 사고가 있었다기에 다른 길로 가자고 했 을 뿐입니다."

역 앞에는 다른 차들도 많아 우리가 탄 택시는 신호를 기 다리는 긴 대열에 끼었다. 나는 동생이 일본에 머물렀을 때의 이야기를 그녀와 나눌 작정이었다. 하지만 그녀가 일을 할 때 방해해서는 안 되리라.

다치아라이는 표정이 별로 풍부하지 않아 언뜻 보면 화난 사람처럼 보였다. 만약 내가 다치아라이에 대해 전혀 몰랐다 면 그녀를 불쾌하게 만들었나 싶어 당황하거나, 아니면 일본 인에게 잘못된 인상을 품고 말았을 것이다. 하지만 동생은 내 게 이런 말을 해주었다. 다치아라이의 표정이 빈약한 건 그녀 의 버릇 같은 것이고 사실은 무척 예민한 감성을 지닌 사람이 라고. 다치아라이의 쌀쌀한 태도에는 그녀의 친구들조차 당 혹스러워했다는 말도 들었다. 십오 년이라는 세월 동안 다치아라이가 어떻게 바뀌었는지 나는 모른다. 하지만 적어도 웃는 시늉조차 하지 않는 점은 들은 바와 같았다.

신호가 파란불로 바뀌었다. 택시가 방향을 꺾자 음성 안내가 흘러나오듯 다치아라이가 매끄럽게 이야기를 시작했다.

"이 도시는 산이 두 면을 감싸고 있습니다. 나머지 두 면도 바다에 접하고 있어 대단히 방어하기 쉬운 지형입니다. 때문에 일본에 내란이 있었던 시기, 대략 16세기경에는 유력한 전사의 일족이 이 도시를 본거지로 삼았습니다. 현재 그 일족의 흔적은 거의 없지만 지금까지 남아 있는 당시의 신전이 꽤 유명합니다. 지금 우리가 지나는 길은 이대로 똑바로 가면 그 신전까지 이어집니다. 신전에서 모시는 건 하치만이라는 전투의 신인데, 일본인은 싸움과 별 상관 없이 신전을 찾습니다.

신전에는 사람들의 소망을 담은 공물이 많습니다. 가장 많이 바치는 건 에마라고 하는 신성한 그림이 그려진 판자인데 무척 저렴합니다. 그 신전은 이 도시 주민들의 마음의 안식처로 소개되는 일이 많은데, 사실 그만큼 신앙심이 깊은 사람은 많지 않습니다."

나는 깜짝 놀랐다. 어째서 다치아라이가 이런 설명을 하는지 몰랐기 때문이다. 하지만 정면을 바라보고 있는 그녀의 옆얼굴을 보니 왠지 알 것 같았다. 나는 말했다.

"다치아라이 씨, 도시 설명은 필요 없습니다. 동생은 아마 그런 이야기에 관심을 가졌겠지만 제가 일본에 온 건 업무 때문이고, 이 도시에는 당신을 만나러 왔습니다."

"……그러신가요."

"그리고……."

다치아라이가 나를 흘깃 쳐다보았다. 나는 익살스럽게 말했다.

"제가 지루해할까 봐 걱정하지 않아도 됩니다."

다치아라이가 처음으로 입가를 살짝 누그러뜨린 것처럼 보였다.

택시는 지금 다치아라이가 소개한 길을 바로 벗어났다. 커다란 X 자 육교가 있는 교차로에서 방향을 틀었다.

편도 3차선의 널찍한 도로였다. 정체라고 할 만큼은 아니지만 상당히 혼잡했다.

"차량이 많군요."

"예. 이게 중앙로. 이 도시의 대동맥입니다. 방금 통과한 육교가 있는 교차로는 신전으로 가는 길과 중앙로가 만나는 지점입니다. 아침저녁으로 교통 정체가 심각하죠."

문득 의문이 생겼다.

"다치아라이 씨, 이 동네를 상당히 잘 아는군요. 여기 살고

진실의 10미터 앞

계십니까?"

"제가요? 아니요."

"하지만 여기가 고향도 아니잖아요?"

"제 고향은 요바노비치 씨도 아시잖아요. 이 동네가 아닙니다. 이 동네에는 일 때문에 몇 번 왔었습니다."

"일?"

다치아라이는 고개를 끄덕이더니 슬쩍 차창 밖을 쳐다보았다. 덩달아 시선을 던지자 뒤틀린 원기둥 모양의 독특하고 커다란 건물이 있었다.

"저건……."

"시청입니다. 이 부근은 경찰서나 재판소가 모여 있는 도시의 심장부입니다."

택시가 독특하게 생긴 시청 옆을 지나자 다치아라이는 고개를 돌려 나를 쳐다보았다. 그녀의 동양적인 외모가 나를 심사하듯 바라보았다.

"그래요, 오늘 하루 함께 행동할 테니 제가 어떤 일을 하는지 말씀드리는 게 낫겠군요. 들어주시겠어요?"

"물론입니다."

"이야기가 조금 길어지겠지만 목적지에 도착할 때까지 시간 때우기에는 알맞을 겁니다. 제가 이 도시를 처음 찾은 건 대학 도서관에서 발생한 화재를 조사하기 위해서였습니다. 제 친구 중에 연구자가 있는데 그 친구 말에 따르면 그 도서관에는 대단히 귀중한 고문서가 있었다고 합니다. 이 도시에도, 특정 분야의 학자들에게도 그 화재는 큰 손실이었습니다."

"파괴로 기억장치를 잃는 슬픔은 저도 이해할 수 있습니다."

내가 그렇게 말하자 그녀는 살짝 눈을 내리떴다.

"……그 슬픔은 당신이 훨씬 깊이 이해하시겠지요."

운전사가 뭐라 말했다. 나는 운전사도 영어를 해서 우리 대화에 끼어든 줄 알았는데 아니었다. 다치아라이와 운전사가 웅얼거리는 목소리로 몇 마디 주고받았고, 그 결과인지 택시는 좁은 골목길로 들어섰다.

차 한 대가 겨우 지나갈 만한 골목길에서 운전사는 능숙하게 택시를 몰았다. 창유리를 스칠 듯한 콘크리트 전봇대에 내심 마음을 졸이며 물어보았다.

"혹시 보험 회사에서 일합니까?"

다치아라이의 눈이 크게 벌어졌다.

"실례, 어디라고 하셨죠?"

"보험 회사."

그녀는 훌쩍 입가를 누그러뜨리더니 지금까지 보여준 차가운 표정과는 사뭇 다른, 무척 인간적인 미소를 지었다. 그래, 알 것 같다. 동생은 다치아라이의 이런 얼굴을 보고 그녀를 좋아하게 된 게 분명하다. 하지만 따스한 미소는 순식간에 사라졌고, 다치아라이는 감정의 표출을 부끄러워하듯 유난히 진지한 표정으로 말했다.

"아뇨, 틀렸습니다. 당신 추론은 합리적이지만 저는 보험 업무를 하지 않습니다. 제 일은 조금 더……."

그녀의 유창한 영어가 한순간 흐트러졌다. 나는 그녀의 발음을 제대로 알아듣지 못했다.

택시는 곡예처럼 빼어난 운전으로 골목을 빠져나가 조금 넓은 길로 돌아왔다.

"요바노비치 씨, 말씀드릴 기회가 없어 죄송했습니다. 제 직업은 기자입니다."

어느 틈엔가 택시가 속도를 늦추었다. 학교로 보이는 건물 앞에서 멈추자 다치아라이가 돈을 냈고 우리는 택시에서 내렸다. 다시 폭력적인 더위가 덮쳐왔다.

다치아라이는 나와 눈도 마주치지 않고 택시가 떠나간 길을 가만히 바라보았다.

"엿새 전, 열여섯 살 소년이 세 살 여아를 찔러 죽인 사건이 발생했습니다. 저는 그 사건을 조사하고 기사를 써서 잡지에 팔 생각입니다."

그렇게 말하더니 다치아라이는 시선만 돌려 나를 힐끗 쳐다보았다.

"별로 유쾌한 일은 아닐 겁니다. 귀중한 시간이니 관광을 하는 게 낫지 않을까요?"

2

시간이 지나자 햇빛은 더욱 강렬해졌다.

그녀가 관광을 권하는 이유는 대충 알겠다. 하지만 아이가 아이를 죽인 사건은 확실히 비극적이기는 해도 드문 일은 아니다. 나는 비참한 사건을 견디지 못할 정도로 감수성이 예민하지 않다고 설명했다. 그녀는 "알겠습니다"라고 말하고 걸음을 뗐다.

한동안 서로 말없이 아스팔트길을 걸었다. 다치아라이가 불쑥 말했다.

"사건을 설명해드릴까요?"

아무래도 상관없지만 하루 종일 그녀와 함께 움직일 텐데 행동의 의미를 모르는 건 유쾌한 일이 아니다.

"부탁합니다."

다치아라이가 고개를 끄덕이더니 애태우지 않고 말해주었다.

"알겠습니다. 선정적인 사건이라 크게 주목을 받았지만 다들 단순하게 보았습니다.

살해당한 건 마쓰야마 가린이라는 소녀였습니다. 가린은 모친과 둘이서 작은 아파트 1층에 살고 있었습니다. 모친은 스무 살, 마쓰야마 요시코라고 합니다. 다시 말해 요시코는 가린을 열일곱 살에 낳은 셈이 됩니다. 일본 법에 따라 체포된 소년의 이름은 보도되지 않았습니다. 하지만 이름이 없으면 요바노비치 씨에게 설명하기 불편하니 말씀드리죠. 소년의 이름은 마쓰야마 요시카즈라고 합니다. 눈치채셨을지 모르지만 죽은 아이의 모친인 요시코와 체포된 요시카즈는 남매입니다. 즉 죽은 가린과 요시카즈의 관계는 조카와 삼촌 사이가 됩니다.

사건이 발생한 건 8월 1일 저녁, 현장은 요시코가 사는 아파트였습니다. 낮은 산울타리를 사이에 둔 맞은편 아파트 주민이 사건을 목격했습니다. 목격자는 연로한 여성인데, 며칠 전 만나서 이야기해본 인상으로는 시력이나 지능에 문제는 없었습니다.

목격자는 사건 당일, 남자의 고함소리를 듣고 맞은편 아파트를 살펴봤다고 합니다. 옷가지가 벗겨져 가슴이 드러난 가린과 그녀 위에 올라타 있는 요시카즈가 창문 너머로 보였고, 그는 주머니칼로 가린을 찌르고 있었습니다. 나중에 안 일이지만 가린의 자상은 열 군데가 넘었습니다. 다만 사인은 심장을 찌른 첫 번째 일격으로 보고 있습니다. 목격자의 증언으로는 가린이 잠옷 상의를 걸치고 있었다는데 경찰이 도착했을 때 현장에는 옷가지가 없었습니다. 요시카즈가 가지고 달아난 것으로 보고 있습니다.

목격자는 요시카즈와 눈이 마주쳤다는 증언도 했습니다. 요시카즈는 그 직후 집에서 달아났고, 이튿날 어시장 부근에서 목격되어 경찰이 추적했지만 빠져나갔습니다. 그 이튿날에 하마쿠라 하치만구八幡宮, 다시 말해 신전에 숨어 있다가 붙잡혔습니다. 피가 묻은 나이프를 들고 있었는데 그 피는 가린의 혈액형과 일치했습니다.

요시코의 진술에 따르면 아파트 예비 열쇠는 요시카즈에게만 줬다고 합니다. 그는 범행을 인정하고 있습니다. 이해 안되는 점이 있다면 물어보세요."

다치아라이의 설명은 대단히 명료하고 군더더기가 없었다. 그녀가 이 사건에 아무런 사심 없이 일상적인 업무의 하나로 관여하고 있다는 것을 느끼게 했다.

나는 잠깐 생각했다.

진실의 10미터 앞

"대단히 단순한 사건 같습니다. 목격자가 있고, 범인은 도주했다가 체포되었군요. ……가장 큰 의문은 어째서 그가 살인을 저질렀는가 하는 점입니다. 하지만 그 점은 당신이 나중에 설명해주겠지요. 지금 제가 궁금한 건 세 가지입니다. 첫 번째로 요시코와 요시카즈의 부모는 어쩌고 있습니까?"

대답은 신속했다.

"모친은 사망했습니다. 부친은 살아 있고 요시카즈와 함께 살고 있습니다. 부친은 안정적인 일자리가 없습니다. 그의 가장 안정적인 수입은 전에는 요시코의 지갑에서, 지금은 요시카즈의 지갑에서 나오고 있었던 모양입니다. 요시카즈는 아르바이트를 여러 개 하고 있었습니다."

"그렇군요. 그럼 두 번째 질문입니다. 죽은 아이의 아버지는 어쩌고 있습니까?"

"모릅니다. 행방불명된 게 아니라 누가 아버지인지 모릅니다."

"알겠습니다. 마지막으로…… 사건 발생 당시 모친인 요시코는 어쩌고 있었습니까?"

다치아라이는 나를 쳐다보더니 살짝 고개를 끄덕였다.

"그건 대단히 중요한 포인트입니다."

기분 탓인지 모르겠지만 그녀의 걸음이 느려졌다.

"저녁때 일어난 사건이라고 했는데 조금 더 정확히 말하면 오후 7시 전이었습니다. 아직 해가 지지 않았을 무렵이고 주변은 노을 때문에 제법 밝았을 겁니다. 요시코는 당일 행동에 대해 이렇게 진술했습니다.

5시경, 그녀의 딸 가린이 잠들어 시원한 장소로 옮기고 장을 보러 나갔다. 그때 가린의 간식으로 수박을 잘라서 차려놓고 갔습니다. 수박이 뭔지는 아시나요?"

"예."

"문은 잠그고 갔습니다. 장을 보고 돌아왔을 때는 이미 경찰이 그녀의 아파트를 봉쇄한 후였습니다……. 귀가 시간은 8시 반입니다."

"8시 반?"

나는 무심결에 외쳤다.

"세 살짜리 딸을 혼자 집안에 두고 세 시간 반이나 장을 봤단 말입니까?"

"요시코의 진술에 따르면 그렇습니다."

"대체 요시코는 뭘 사러 갔던 겁니까?"

"저녁 식사 재료라고 진술했습니다."

대체 누가 그런 말을 믿겠는가! 요시코의 아파트는 장을 보러 가는 데 몇 시간이나 걸리는 벽지에 있다고 말할 셈일까? 아니면 이 동네에서 식료품은 배급제라고? 일그러진 내 얼굴을 보고 다치아라이가 작은 한숨을 쉬었다.

"이건 사건 직후의 진술입니다. 지금은 경찰도 다른 정보를 얻어냈겠지요. 하지만 아쉽게도 저 같은 사람이 그런 정보를 받으려면 약간의 시간과 수고, 때로는 비용이 듭니다."

"당신은 그 시간에 요시코가 뭘 했다고 생각합니까?"

다치아라이는 신중했다. 말을 골라가며 천천히 이야기했다.

"글쎄요……. 귀가 당시 요시코는 술에 취해 있었다고 합니다. 그리고 현장에는 잘라놓은 수박 한 통이 그대로 남아 있었습니다. 일반적으로 세 살짜리 아이가 간식으로 먹기에 비정상적인 양이라고는 생각합니다."

수박은 보통 배구공만 하다. 젊었을 때면 또 몰라도 지금은 나도 한 통을 통째로 먹지 못한다.

우리는 어느새 너저분한 인상을 지울 수 없는 거리에 서 있었다. 역 앞의 원색적인 색조와 대조적으로 지금 내가 보고 있는 것은 콘크리트의 회색, 빛바랜 아스팔트의 검정, 그리고 녹이 묻어난 적갈색이었다. 아파트가 몇 채 있었는데 어느 것은 지붕이 적갈색이고, 어느 것은 2층으로 이어지는 철제 계단이 적갈색이었다. 단독주택도 몇 채 보였지만 어느 집이나 콘크리트 담에 둘러싸여 있었다. 그것은 외적으로부터 집을 지키려는 수단이라기보다 집을 좁은 공간에 쑤셔넣는 틀처럼 보였다.

주변에 인적은 없었다. 하지만 골목을 하나 꺾자 아무런 개성 없는 이 층짜리 아파트 앞에 사람들이 모여 있었다. 개중에는 물빛 셔츠를 입은 남자가 있었는데, 나는 그것이 일본의 경찰 제복이라는 걸 알고 있었다. 다치아라이가 말했다.

"동업자가 있군요. 잠깐 기다리세요. 사진만 찍고 바로 돌아오겠습니다."

"그럼 저 건물이?"

"그렇습니다. 요시코와 가린이 살던 아파트입니다."

다치아라이는 그렇게 말하고 가방에서 작은 카메라를 꺼내더니 문제의 아파트로 걸어갔다. 나는 시키는 대로 조금 떨어진 곳에서 그녀를 기다렸다. 비극의 현장에는 관심이 없었다. 뙤약볕 아래서 가장 적절한 장소를 고르기 위해 아파트 주변을 어슬렁거리는 다치아라이의 모습을 가만히 지켜보았다.

기시감을 느꼈다. 나는 저렇게 카메라를 손에 들고 거리를 헤매는 사람들을 몇 번이나 보았다.

물론 내가 본 사람들이 찍으려던 것은 유아 살해 현장이 아니라 폐허였다. 손에 든 것도 저렇게 작은 카메라가 아니라 커다란 망원렌즈가 달려 있거나, 혹은 어깨에 얹는 방송용 카

진실의 10미터 앞

메라였다. 수많은 카메라 소유자들이 우리 도시를 찾았고, 그 대부분이 우리를 규탄하려는 의도를 가지고 있었다. 내게 마이크를 들이댄 사람도 있었다. "당신들의 잘못된 행동을 어떻게 생각합니까?" 여기서는 흔한 일입니다, 라고 대답했던 것 같다. 그 영상이 과연 어느 나라 방송국에서 사용되었는지, 나는 모른다.

그런 기억을 문득문득 떠올리는 것은 내게 일상적인 일이었다. 그것은 지나간 일이고, 지금은 내게 아픔을 주지 않는다. 말하자면 다치아라이가 업무의 대상인 비극에 아픔을 느끼지 않는 것처럼.

단지 너무 더웠다.

다치아라이는 그 더위가 견디지 못할 수준에 이르기 전에 돌아왔다. 카메라를 가방에 넣으며 말했다.

"많이 기다리셨죠."

"용건은 마치셨습니까?"

다치아라이는 예, 하고 말하려다가 가방에서 뭔가 작은 물건을 꺼냈다.

"아뇨, 한 가지 더 있었네요."

슬쩍 보니 아무래도 나침반 같았다. 그녀는 그것을 보석을 다루듯 손으로 감싸쥐고 눈앞의 아파트와 붉은색과 흰색으로 칠해놓은 바늘을 비교했다.

"현관은 거의 정확히 동쪽을 바라보고 있군요."

혼잣말인 줄 알았지만, 다치아라이가 혼잣말을 한다면 당연히 일본어였을 것이다. 다시 말해 그녀는 업무중에도 나를 배려해주고 있었다.

"저 아파트의 평면도를 조사해뒀습니다. 현관에서 부엌을 지나 하나 있는 방까지 일직선 구조입니다. 현관 정반대쪽에 베란다로 나가는 유리문이 있을 겁니다. 이웃은 그 유리문 너머로 요시카즈의 범행을 목격했습니다."

나는 물었다.

"그걸 알면 뭐가 어떻게 됩니까?"

"사건 당일 날씨는 종일 맑았습니다. 목격자가 본 요시카즈는 저녁노을 속에서 가린에게 나이프를 내리꽂았다는 뜻이 됩니다. 목격자 여성의 시야는 붉게 물들어 있었겠지요."

"그렇다면?"

다치아라이는 아무렇지도 않게 대답했다.

"그런 세밀한 묘사를 거듭하면 보다 독자가 열광하는 기사를 쓸 수 있습니다. 원고 단가에는 영향을 주지 않지만 평판이 높아지면 다음 일을 얻기 쉬워지지요."

우리는 다시 택시를 탔다. 이 동네는 좁은 길이 많다. 다치아라이가 설명해준 대로 역사가 오래된 도시이리라. 나는 택시의 몇 센티미터 옆을 스쳐가는 전봇대를 보면서 물었다.

"다치아라이 씨, 당신은 어째서 기자가 됐습니까?"

그녀는 뜬금없는 질문에 당황하는 기색이었다.

"너무 오래전 일이라 잊어버렸습니다."

차들이 뒤엉켜 좀처럼 앞으로 나가질 못했다. 건축 자재를 잔뜩 실은 트럭이 도로를 막고 아까부터 우회전◆ 타이밍을 재고 있다. 검정색으로 통일한 택시 안은 시원했지만 외부와의 기온차가 너무 커서 썩 좋지는 않았다.

"당신은 아까 제가 자본주의에 아직 적응하지 못한 것 같다고 했는데……."

"예."

"아무래도 그런 것 같습니다. 저는 도통 이해할 수 없는 일이 많아요. 가령 당신 일도 그중 하나입니다. 다치아라이 씨, 당신은 어떤 식으로 본인의 직업을 정당화합니까?"

그녀는 내 질문에 경솔하게 대답하지 않았다. 입을 꾹 다물고 고민하더니 마지막에는 고개를 저었다.

"정당성을 묻는 질문은 대단히 무겁습니다. ……저는 조사하는 걸 좋아하고, 남보다 잘하기도 합니다. 그걸 먹고사는

◆　일본은 우리나라와 반대로 우회전 시 신호를 받아야 한다.

수단으로 쓰고 있을 뿐이지 정당하다고 생각해서 하는 건 아닙니다."

그 말을 나는 그대로 받아들일 수 없었다. 아마도 거기에는 언어를 초월한, 어떠한 미묘한 뉘앙스가 포함되어 있었으리라. 하지만 나와 그녀는 문화적 배경이 너무나 다르고, 또한 둘 다 영어로 이야기하고 있다. 모국어가 아닌 언어는 대부분의 경우 마음을 전달하기에 충분한 도구라고 할 수 없다.

"적어도 당신은 자기가 옳다고 말하지 않는군요. 정말 그렇게 생각하고 있는 겁니까, 아니면 뭔가 다른 이유가 있는 겁니까? ……아시겠지만 저는 당신이나 당신 직업을 비판하는 게 아닙니다. 다만 정말 이해할 수 없습니다. 그런 일을 할 수 있는 이유를. 실례지만 누구나 다른 사람이 집안을 들여다보면 싫어합니다. 말하자면 당신 직업은 바로 그런 것 아닙니까?"

"그 견해는 당신의 개인적 경험과 상관있습니까?"

다치아라이의 목소리는 무척 차분했다.

"어쩌면 그럴지도 모릅니다."

"요바노비치 씨, 만약 그게 당신에게 부담이 되지 않는다면."

그녀는 내 눈을 가만히 바라보았다.

"어떤 경험인지 말씀해주시겠습니까?"

"……당신에게 유쾌한 이야기는 아닐지도 모릅니다."

"괜찮습니다."

내가 먼저 꺼내고 싶은 이야기는 아니지만 원한다면 거절할 이유는 없다. 이야기를 정리할 시간은 필요 없었다. 그것은 옛날 일이고, 이미 잘 정리된 체험이었다. 나는 좌석에 몸을 깊이 묻고 이야기를 시작했다.

"당신도 알다시피 저의 조국은 전화戰禍를 입었습니다.

그 전쟁에 대해서는 많은 견해가 존재합니다. 그만큼 많은 죽음을 정당화할 수 있는 논리도 어딘가에는 존재했습니다. 하지만 제가 볼 때 그건 건달들의 영역 싸움에 지나지 않았어요. 마을 이름조차 모르는 용병들이 조국을 지킨다고 주장하는 걸 몇 번이나 봤습니다.

당신 동업자들도 잔뜩 찾아왔습니다. 서유럽에서, 미국 대륙에서, 물론 아시아에서도. 저는 처음에 그들이 우리를 구해줄 거라 생각했습니다. 우리 역사가 가져온 결과를 세상에 알리고, 공정한 평화를 되찾도록 도와줄 거라고……. 하지만 그렇지 않다는 걸 금방 깨달았습니다.

그들은 우리 조국의 세 건달들 중에서 한 사람만 잘못 생각하고 있다고 판단했습니다. 물론 그건 진실이 아닙니다. 세 사람은 모두 많든 적든 잘못된 생각을 갖고 있었고 모두가 건달이었으니까요. 저는 당신 동업자들이 오해하고 있다고 생각했습니다. 진실은 언젠가 자연히 밝혀지는 법이라고. 그게 신의 섭리라고요.

하지만 유감스럽게도 그건 너무 낭만적인 생각이었습니다. 그들은 처음부터 한쪽이 악인이라고 증명하기 위해 왔던 겁니다."

다치아라이는 꼼짝도 하지 않고 듣고 있었다.

"그들은 결론을 미리 준비해뒀습니다. 그걸 알았다면 조금 더 제대로 이야기할 수 있었을 텐데.

……우리를 구해준 캐나다인이 있었습니다. 그는 유엔기 밑에서 우리를 위해 위험을 무릅쓰고 모든 정보가 제한된 상황에서 최대한 공정하려 했고, 우리에게 음식과 연료를 가져다주었습니다. 그는 우리의 친구였습니다. 하지만 그의 불행은 당신의 동업자들이 준비해둔 결론을 몰랐다는 사실입니다. 그 캐나다인은 공정하려고 노력한 탓에 불공평하다는 비난을 받았고 당신들 때문에 파멸했습니다. ……실례, 그들 때문입니다.

원래 그런 일이라고 이해할 수는 있습니다. 하지만 어떻게 하면 그런 일을 정당화하고 자부심을 가질 수 있는지, 도저히

264   진실의 10미터 앞

모르겠습니다."

이야기를 마치고 입을 다물었다. 다치아라이는 한동안 아무 말도 하지 않았고, 표정도 바꾸지 않았다. 마치 내 이야기를 듣기는 했나 싶을 정도였다.

택시는 긴 침묵 속을 계속 달렸다. 정신을 차리고 보니 아까와 같은 넓은 도로로 들어와 있었다. 차창 밖은 한껏 맑았다.

이윽고 다치아라이가 조용히 말했다.

"제가 조사하는 사건에서 가장 주의해야 할 부분을 말씀드리겠습니다. 그게 당신을 향한 제 대답입니다. ……들어주시겠어요?"

나는 잠자코 끄덕였다. 그녀는 가방 속에서 클립으로 모서리를 집은 몇 장의 종이를 꺼냈다.

"이건 마쓰야마 요시카즈의 수기입니다."

제대로 번역할 수 있어야 할 텐데, 라고 중얼거린 다음 그녀는 수기를 읽어주었다.

3

이 글을 쓴 건 저, 마쓰야마 요시카즈입니다. 저는 제 의지로 이걸 쓰고 있습니다. 저는 완벽하게 제정신입니다. 정신감정 결과도 제 이성을 뒷받침해줄 겁니다.

마쓰야마 가린을 살해한 건 접니다.

그날은 너무 더워 뇌가 녹아버릴 것처럼 불쾌했습니다. 아르바이트가 없었던 저는 다다미에 깔아놓은 큰 타월에 몸을 내던지고 하루 종일 꾸벅꾸벅 졸고 있었습니다. 몇 번이나 에어컨이 있는 곳을 찾아갈까 했지만 바깥보다 집안이 그나마 시원한 것 같았고, 수중에 한 푼도 없어서 외출할 마음이 들지 않았습니다.

저녁이 되자 문득 더운 날씨에 가린이 걱정되어 가슴이 술렁거렸습니다. 가린은 아직 어린데 누나는 때때로 가린을 두고 집을 비우곤 했기 때문입니다. 누나 집에도 에어컨은 없습니다. 저는 가린을 살펴보러 가기로 했습니다.

경찰이 몇 번이나 물었지만 처음부터 죽이려 했던 건 아닙니다. 마음 내킬 때 누나 집을 찾는 건 흔한 일이었습니다. 저는 사실상 누나 품에서 자랐습니다. 누나가 아이를 낳아 다른 집에서 살기 시작한 후에도 고마운 마음은 변함없어, 그쪽으로는 감히 발도 뻗고 잘 수 없습니다. 그런 누나의 딸을 죽일 계획을 세우다니, 생각도 할 수 없는 일입니다.

제 이동 수단은 자전거였습니다. 가는 길에 아는 사람은 한 명도 마주치지 않았습니다. 아파트는 잠겨 있었고 불러도 대답이 없었지만 누나가 없을 때 집에 들어간 적도 많아서, 그날도 저는 멋대로 안에 들어갔습니다. 걱정한 대로 찜통 같은 방에서 가린이 혼자 자고 있었습니다. 선풍기는 돌아가고 있었지만 효과는 거의 없어 보였습니다. 가린은 무척 더웠는지 눈썹을 찌푸리고 끙끙거리고 있었습니다. 저는 가린이 가여워 조금이라도 시원하게 해주고 싶었습니다. 커튼을 열었지만 석양이 쨍쨍했고, 시원하게 해줄 방법이 떠오르지 않았습니다. 보니까 가린이 땀을 줄줄 흘리고 있었습니다.

저는 가린의 웃옷을 벗겼습니다. 이것도 경찰이 몇 차례나 물었는데, 저는 가린에게 성적인 폭력을 가할 생각이 전혀 없었습니다. 그렇게 생각합니다. 자꾸만 물어보니 저도 제가 무슨 생각이었는지, 이제는 잘 모르겠습니다. 아마 그런 생각은 없었을 겁니다.

옷을 벗겼을 때, 자고 있던 가린이 깼습니다. 그리고 저를 보더니 요란하게 울어댔습니다. 저는 난처했습니다. 가린에게 제가 마쓰야마 요시카즈라는 걸 알려주려고 했습니다. 그래도 가린이 울음을 그칠 기색이 없어, 저는 그렇게 말하는 게 정말 싫었지만 삼촌이라고 몇 번이나 말했습니다. 하지만 가린은 떼를 쓰며 울기만 했습니다.

저는 점점 화가 났습니다. 뭐 이렇게 손쓸 수 없는 생물이 다 있나 싶었습니다. 솔직히 누나는 아직 자기 마음대로 시간을 써도 되는 나이입니다. 누나는 저를 폭력에서 지켜주고 가난에서 지켜주었습니다. 가족이 인간에게 어떤 목적을 갖고 기능하는 도구라고 한다면 누나에게 그것은 언제나 망가진 도구였습니다. 제가 충분하지는 않아도 겨우 제 발로 설 수 있게 되고, 누나가 자기 시간을 살 수 있게 되었는데 이번에는 가린이 누나의 발목을 붙잡고 매달리는 겁니다. 저는 가린이 과거의 제 위치를 차지하고 있다고 생각했습니다.

울부짖는 가린에게 돌연 격렬한 증오를 느꼈습니다. 저는 주머니에서 나이프를 꺼냈습니다. 도구는 인간을 확장시켜줍니다. 나이프는 제 손의 기능을 확장시켜줍니다. 그건 굉장히 든든한 일이라, 저는 언제나 나이프를 지니고 다닙니다. 실제로 휘두른 적은 없었지만 그러고 보니 칼은 확실히 제 손보다 훨씬 효율적이었습니다. 한 번 찔렀을 뿐인데 가린은 육신을 떠나 크게 확산되어가는 것 같았습니다.

경찰은 벗겨낸 옷을 어쨌는지 물었습니다. 저는 그 옷이 어떤 것이었는지 똑똑히 기억합니다. 아이도 쉽게 입고 벗을 수 있도록 커다란 단추가 달린 얇은 잠옷이었습니다. 하지만 저는 그게 어떻게 되었는지 모릅니다. 제가 대동맥을 십자로 끊는 순간까지는 분명 있었는데.

저는 한 번만으로는 너무 불안해 몇 번이고 몇 번이고 가린을 찔렀습니다. 그건 몹시 숨막히고 몸이 잘려나가는 듯한 경험이었습니다. 저도 모르게 절규하고 있었습니다. 맞은편 건물에 사는 여성과 눈이 마주친 것은 그때였던 것 같습니다. 그 사람에게는 못할 짓을 했습니다. 보고 싶지 않을 광경을 보여주었기 때문입니다.

가린 때문에 생겨난 분노는 급속히 사라졌습니다. 그것은 분명 견디지 못할 만큼 끔찍한 행위였습니다. 모조리 내팽개치고 한눈도 팔지 않고 달아나고 싶었습니다.

마지막으로 찌른 자리는 똑똑히 기억합니다. 기린의 생명을 빼앗은 나이프를 마지막으로 어디에 꽂을까, 저는 망설였습니다. 처음에는 위를 찌르려 했지만 그럴 수 없었습니다. 결국 저는 나이프를 머리에 꽂았습니다. 모든 추억을 잃어버린 뇌를 찌르면, 제 행위도 전부 소멸될 것 같았기 때문입니다. 그때 저는 정말로 그렇게 생각했습니다. 제 발상이 비정상인지 아닌지는 정신감정을 하는 의사가 판단해주겠지요.

저는 누나 집에서 달아났습니다. 이웃에게 들킨 이상 당장이라도 경찰이 올 것 같았습니다. 저는 무서웠습니다. 타고 왔던 자전거로 미친 듯이 서둘러서 도망쳤습니다. 그리고 저는 마음속으로 달아났습니다. 누가 데리러 와주길 기다렸지만, 결국 저를 데리러 온 것은 경찰이었습니다.

이것이 제게 일어난 일의 전부입니다. 오로지 제 의지로 이걸 썼습니다. 누군가 저를 이해해주기를 바랍니다.

"그런데."

다치아라이가 말했다.

"마쓰야마 가린의 치명상에서는 섬유가 발견되었습니다."

4

우리는 커다란 교차로 옆에 있는 레스토랑으로 들어갔다. 이곳은 낯이 익었다. 분명 다치아라이가 신전으로 가는 길과 중앙로가 만나는 곳이라고 설명해준 장소다. 유리창 밖으로 보이는 도로는 특별히 혼잡해 보이지는 않았다.

"이 마을 부근에는 좋은 어장이 있어서 생선이 맛있어요."

다치아라이가 그렇게 알려주었지만 이 가게 런치 메뉴에는 생선 요리가 없었다. 그 점을 지적하자 다치아라이는 민망해하는 기색도 없이 말했다.

"지금은 제철이 아니니까요. 조금 더 지나면 정말 맛있는 물고기가 잔뜩 잡혀요."

"그거 아쉽네요."

"요바노비치 씨, 생선 요리 좋아하세요?"

"예."

나는 미소를 지었다.

"우리 조국은 아드리아해에 접해 있으니까요. 오징어가 맛있습니다. 세상에는 이탈리아 요리가 유명할지도 모르지만."

다치아라이가 입을 열다가 말을 삼켰다. 맞장구를 치기 어려웠을지도 모른다. 대신 이런 말을 했다.

"이 도시의 위장이라 불리는 커다란 시장이 있는데, 거기에 가면 이 계절에도 맛있는 생선을 먹을 수 있을지 모릅니다."

나는 웃으며 고개를 저었다.

"사실은 고기도 엄청 좋아합니다."

결국 나는 소꼬리 와인 조림을 주문했다. 다치아라이는 우설 스튜를 시켰다. 간장을 사용하는 조미는 흥미로웠고 요리는 대체적으로 훌륭했다. 다만 화제로 나온 것이 점심 식사 자리에 썩 어울린다고는 할 수 없는 피비린내 나는 살인 사건이었다.

"그 수기는 널리 공개되었고, 현재 이 나라에서는 마쓰야마 요시카즈의 비정상적인 정신을 나타내는 증거로 모르는 사람이 없습니다. 제 번역으로 세세한 뉘앙스까지 전달되었을지 몹시 걱정스럽지만 그 문장은 지극히 냉정한 일본어로 적혀 있었습니다."

나는 끄덕였다.

"그 점은 충분히 느껴졌습니다."

"고맙습니다."

"군데군데 이해하기 어려운 비유는 있었지만요. 가슴이나 다리나……."

우리는 잠시 식사에 전념했다.

나는 다치아라이의 대답에 만족하지 않았다.

특별히 대답을 기대한 건 아니었지만 나는 그녀에게 질문을 했고, 그녀는 내게 대답이라며 살인범의 수기를 읽어주었다. 하지만 그것은 너무 부족하다는 생각밖에 들지 않았다. 그녀가 어째서 그 수기를 내게 들려주었는지, 그 의도는 여전히 알 수 없었다.

나는 의도를 설명해달라고 그녀를 재촉하지는 않기로 했다. 분명 그녀의 동업자는 나를 지독하게 배신했지만 그녀까지 무책임한 인간이라고 단정할 이유는 어디에도 없다. 아니, 동생의 명예를 걸고 나는 그녀가 성실하다고 믿고 있다.

다치아라이가 뒷이야기를 꺼낸 것은 그녀가 샐러드와 스튜, 약간 질퍽한 밥까지 먹어치우고 테이블 위에 식후 커피가 두 잔 나란히 나온 후였다. 나는 굉장히 묽은 이 일본식 커피에도 이미 익숙해졌다.

"그토록 유명해졌는데도 수기의 출처는 확실치 않습니다. 하지만 경찰이 의도적으로 흘린 정보로 봐도 무방할 겁니다. 마쓰야마 요시카즈의 정신 상태는 정상이지만 그 인격은 몹시 이상하며, 따라서 그는 통상 재판을 받아야 할 필요가 있다……. 지금 이 나라의 여론은 그런 방향으로 기울어 있습니다. 그건 어쩌면 이 수기를 흘린 인물이 노리는 바일지도 모릅니다."

"통상 재판?"

"아아……. 죄송합니다. 이 나라에는 소년 심판이라는 제도가 있거든요."

그녀는 이 나라의 재판 제도에 대해 간략하게 설명해주었다. 이해하기 어려운 내용은 아니었다. 아이에게는 아이를 위한 재판을 열어준다는 사고방식은 이해할 수 있다.

문득 다치아라이가 유리창 밖으로 시선을 던졌다. 끊임없이 달려가는 자동차와 거대한 육교, 거기에 걸린 일본어 간판과 압도적인 태양빛이 보였다. 아까 느꼈던 견디기 힘든 더위를 떠올렸다. 불쾌한 환경은 필연적으로 인간성을 저하시킨다.

아마도 다치아라이는 이어질 말을 그전과 똑같은 목소리로 말하려 했을 것이다. 하지만 그 노력은 실패했다고 할 수밖에 없었다.

"……지금은 그의 사생활이 전부 폭로되기 일보 직전입니다."

"당신들 때문에?"

이 질문에는 심술궂은 마음이 없지는 않았지만 다치아라이는 바깥을 바라본 채로 단호하게 말했다.

"그래요, 우리 때문에."

예를 들어, 라고 운을 뗐다가 다치아라이가 다시 내 쪽으로 시선을 돌렸다.

"요바노비치 씨는 '오타쿠'라는 일본어를 아십니까?"

들어본 적은 있는 것 같았다. 하지만 나는 다치아라이와 나누는 이 대화가 섬세하고 미묘한 단계에 들어와 있다는 사실을 감지했다. 이럴 때 잘 모르는 어휘를 뻔뻔히 아는 척해서는 안 된다. 나는 고개를 가로저었다. 그러자 다치아라이는 뭐라 형용하기 힘든 온화한 미소를 지었다.

"그거 다행이군요."

"어째섭니까?"

"그 표현을 사용하면 상황을 간단히 전할 수 있지만 저는 사용하지 않는 쪽이 더 좋습니다. 이 어휘는 표찰labeling의 힘이 너무 강합니다. 마쓰야마 요시카즈는 다시 말해 특정 소수파의 취미를 가진 사람이었습니다. 그건 꼭 성도착증과 직결하는 건 아니지만 어떤 식으로든 연관이 있다고 인식되는 경우가 적지 않습니다."

"저는 그 취미가 뭔지 잘 모르겠지만."

나는 다치아라이를 방해하지 않도록 주의깊게 끼어들었다.

"아마도 여러 문화권에서 대단히 자주 볼 수 있는 보편적인 편견일 테지요."

그녀는 고개를 끄덕이더니 입가를 살짝 누그러뜨렸다.

"물론 정말 단순한 편견이라고 단언할 수 있는지 저 스스로도 확신하지 못하겠지만……. 본능을 자극하지 않는 취미가 과연 있을까요?"

"그 점에 대해서는 저도 비즈니스의 일환으로 연구하고 있습니다."

나는 쓴웃음을 흘렸다. 다치아라이는 작게 끄덕이더니 표정 없는 얼굴로 돌아왔다.

"어쨌거나 그런 이유로 마쓰야마 요시카즈의 방에 어떤 물건들이 있었는지, 그의 책장에는 어떤 책이 있었는지 전부 드러났습니다. 냉정하게 볼 때 그것들은 유별나게 양이 많거나 특별히 이상한 것도 아니었지만, 사람들은 그의 취미와 범죄를 연결 지었습니다.

많은 사람들이 그를 기학적인 소아성애자로 믿고 있을 겁니다. 그리고 그게 살인 동기의 근간에 있다고 생각할 테지요. 저희가 그렇게 전했기 때문입니다."

"그렇군요."

"이렇게 그를 에워싼 포위망은 완성되었습니다."

다치아라이는 커피잔을 들고 입술을 살짝 가져다 댔다.

"하지만 경찰은 아직 사건을 검찰에 맡기지 않았습니다."

덩달아 커피잔에 손을 뻗으려 했지만 그 말을 듣고 손이 멈췄다.

"……섬유가 발견되어서 그런 겁니까?"

"그것도 이유 중 하나입니다."

피해자의 상처에서 섬유가 발견되었다.

즉 피해자가 옷을 입은 상태로 칼에 찔렸다는 것을 의미한다. 그것이 사실이라면 살인범의 수기와는 모순된다는 것을 나는 눈치채고 있었다.

수기에 따르면 목숨을 잃은 어린 피해자는 옷이 벗겨진 다음에 울부짖다가 살해당했다. 그렇다면 칼에 찔린 시점에서 피해자는 옷을 입고 있어서는 안 된다.

그것만이라면 범인의 기술이 비정상이거나 허위, 착오가 있었다고 말할 수 있을지도 모른다. 하지만 나는 기억한다. 그의 범행을 목격한 인물은 그가 옷이 벗겨진 피해자 위에 올라타 있었다고 말했다.

따라서 상황은 이렇게 된다. 요시카즈는 옷을 입은 피해자의 심장을 찔렀고, 이때 섬유가 상처에 들어간다. 그리고 요시카즈는 나이프를 뽑고 사망한 어린아이의 가슴을 풀어헤친 뒤에 다시 몸 위로 올라타서 열 번 이상 칼로 찌른 셈이다.

대단히 기묘한 일이다. 법의 지배를 수용하는 국가에서 기묘한 점을 남긴 채로 수사를 마치는 것은 바람직하지 않다. 일단은 그렇다고들 한다.

거기까지 생각하다가 나는 다치아라이가 일관되게 냉정한 태도를 보이는 이유를 깨달았다.

"당신은 어디에 문제가 있는지 아는군요?"

"문제?"

그녀는 그렇게 되물었다. 그 목소리에 약간 지긋지긋하다는 기색이 섞여 있는 것 같았다.

"문제는 이 수기가 공개되었다는 겁니다. ……보다 정확히 말하면 가공되지 않은 채로 공개되어버린 게 문제입니다."

나는 그녀가 무슨 말을 하려는 건지 이해할 수 없었다.

"가공?"

"예, 그렇습니다."

다치아라이가 수기가 든 가방을 툭툭 쳤다.

"이건 마쓰야마 요시카즈 본인이 쓴 게 틀림없을 겁니다. 피의자의 육성이지요. 그리고 요바노비치 씨, 정보를 다룰 때 가장 피해야 할 일은 당사자의 말을 그대로 전하는 일입니다. 방금 전 당신은 진실은 언젠가 자연히 밝혀진다고 하셨지요. 하지만 당신도 알다시피 그건 너무나 낭만적인 생각입니다. 진실이란 그렇지 않으면 곤란한 상태를 가리키는 겁니다.

당사자의 이야기는 물론 필요합니다. 당사자의 말이 빠진 르포르타주는 아무도 믿지 않습니다. 하지만 거기에는 반드시 가공이 필요합니다. 말을 깎아내는 걸로 끝나면 다행이지만 경우에 따라서는 덧붙일 때도 있습니다. '사태에 정통한 인물의 담화에 따르면'이라는 단서를 붙여서 르포르타주에 우리 스스로의 말을 포함시키는 건 기본 중의 기본입니다.

하지만 이 수기는 그런 가공을 거치지 않았어요. 날것 그대로입니다. 이런 건 위험합니다. 공개된 게 문제라고 말한 건 그런 이유입니다."

그녀의 말을 들은 나는 당혹스러웠다. 내가 다시 말해서, 하고 웅얼거리다가 겨우 덧붙일 수 있었던 말은 한마디뿐이었다.

"그건, 오해를 불러일으키기 때문입니까?"

아마도 내 부족한 이해력 때문이겠지만 다치아라이는 화가 난 것처럼 보일 정도였다.

"아니요. ……사실을 말할 위험이 있기 때문이지요, 당연히!"

우리밖에 없는 레스토랑에 그녀의 목소리가 울려 퍼졌다.

"마쓰야마 요시카즈는 나이프를 자기 손의 기능을 확장시켜주는 도구라고 썼습니다. 도구를 인체 기관의 연장으로 파악하는 건 상식적인 인식이라고 해도 되겠지요. 그리고 사회적 기능을 도구로 파악할 수도 있을 테고요.

그렇다면 요바노비치 씨, 당신은 우리가 하는 일을, 인간의 어떤 기관의 연장이라고 생각하십니까?"

나는 그녀에게 시험받고 있다고 느꼈다. 하지만 그 질문의 대답은 굳이 생각할 필요도 없이 명확했다.

"눈이지요."

"하지만 눈은 그저 눈앞에 있는 것을 보기 위한 기관이 아닙니다."

그녀는 단호하게 이렇게 말했다.

"요바노비치 씨도 분명 아실 겁니다. 눈이란 사람이 보고 싶다고 생각하는 걸 보기 위한 기관입니다. 착각으로 점철되어 눈앞에 있는 것을 그대로 비추지 않아요. 결코 눈이라는 기관의 물리적 한계 때문에 그런 게 아닙니다. 보기 싫은 것을 차단하고, 보고 싶은 대로 보기 때문에 그런 일이 벌어지는 겁니다.

우리는 사람들이 보고 싶다고 생각하는 걸 보여주기 위해 존재합니다. 그 때문에 사실을 조정하고 주의깊게 가공합니다. 그건 실제의 눈이 하는 작용과 같습니다."

"결국……."

나는 천천히 말했다.

"사실을 밝히는 건 당신들이 하는 일이 아니라고 말하고 싶은 겁니까?"

"눈이 하는 일이 아니라고 말하고 싶은 겁니다."

우리는 레스토랑에서 나왔다. 맛은 훌륭했지만 내 마음은 씁쓸했다.

다치아라이의 말은 낭만주의를 배제한 냉철한 현실주의에서 나온 것처럼 들렸다. 하지만 그것은 대단히 빈약한 궤변이다.

과거 세상에서 최초로 전화 시보가 실용화되었을 때, 처음으로 사용한 프랑스인은 이렇게 말했다. "시각은 라디오 시보를 기준으로 조정하고 있습니다". 그리고 라디오 시보 담당자는 이렇게 말했다. "요즘은 편리해졌습니다. 전화 시보로 조정하면 되니까요".

하지만 그렇다고 해서 시간이 주관적인 개념이라고 말할 수 있을까? 다치아라이는 사람들이 바라는 것을 보여준다고 했다. 하지만 사람들이 무엇을 바라는지, 그 방향을 유도할 수 있는 것 역시 그들 아닌가?

……나의 과거 경험에 비추어 볼 때 다치아라이가 하는 말은 완전히 사실로 보였다. 나의 조국을 찾은 기자들은 진실을

진실의 10미터 앞

미리 준비하는 것을 수치스럽게 여기지 않았다. 다치아라이의 말은 그 구조를 단적으로 설명해준다. 그들과, 그들의 기사를 읽는 사람들에 의해 진실은 우로보로스처럼 무한하게 생산되고 있었다. 그 뱀의 원 안에서 '언젠가 옳은 일이 전해지리라'고 믿었던 나는 말마따나 자본주의에 적응하지 못했던 것이다.

하지만 솔직한 마음으로 다치아라이에 대한 실망감을 감출 수 없었다. 그녀와 만찬을 함께할 마음이 사라졌다. 십오 년이라는 세월은 사람을 바꾸기에 충분하다. 십오 년 전의 다치아라이는 내 동생이 존경할 만한 사람이었을 거라고 생각하는 수밖에 없었다. 이번 하마쿠라 시 방문은 실패였음을 인정했다. 점심때가 지나자 습기와 배기가스 냄새가 뒤섞인 공기가 지독히 뜨거워져 정신이 아득해지는 기분이었다.

"저 육교를 건너가야 합니다."

다치아라이가 말했다.

"……함께 가든, 돌아가든."

나는 그 뒤를 잠자코 따라 걸어갔다. 다치아라이는 내 실망감을 충분히 눈치챈 것 같았다. 아마도 자기의 말을 내가 어떻게 받아들일지도 예상했으리라. 그럼에도 굳이 그 말을 한 그녀를 이해할 수 없었다. 착각하는 눈으로 존재하는 게 그녀의 긍지라는 말이라도 하고 싶은 걸까?

　연두색 페인트로 칠한 육교는 난간의 칠이 군데군데 벗겨져 갈색 녹이 두드러졌다. 폭이 넓은 계단 중앙에는 자전거를 끌기 위한 경사가 있고, 계단은 한 단 한 단 먼지를 뒤집어써서 거무튀튀했다. 다치아라이의 발걸음은 몹시 느려서 계단을 올라가는 게 그녀에게 뭔가 심각한 부담이 되는 건 아닌지 의심스러울 정도였다.

　계단 끝까지 올라가자 X 자로 도로를 덮은 육교의 전경이 눈에 들어왔다. 햇빛을 가릴 만한 장치가 하나도 없어 기운이 빠졌다. 하지만 육교 위로 올라가자 어째선지 다치아라이의 발걸음이 빨라졌다. 나는 그녀의 행동에서 기묘한 점을 발견했다. 그녀는 난간 바깥쪽을 유독 눈여겨보는 것 같았다.

　왜 그러는지 물을 기력도 잃어가고 있었지만 다치아라이가 갑자기 일본어로 뭐라 짧은 쾌재를 외친 이유는 궁금했다. 가까이 다가가보았지만 그녀는 내 존재를 잊은 것처럼 난간 밖으로 몸을 내밀고 있었다. 지금까지 일관되게 냉정했던 표정도 흥분으로 상기된 듯 보였다.

　"무슨 일입니까?"

　그렇게 묻자 다치아라이는 나를 돌아보더니 두세 번 크게 손을 흔들었다. 뭐라 말하려는 것 같은데 입만 벙긋거리고 있었다. 한 번 크게 숨을 내뱉더니 표면상으로는 차분한 모습으로 돌아와 이렇게 말했다.

"실례했습니다. 영어가 나오지 않아서요. 생각보다 일이 잘 풀려서 그만. 조금 더 교묘하게 숨겨놓았을 줄 알았는데……."

그렇게 말하고 숄더백을 열어 내용물을 뒤지기 시작했다. 그 정도로 중요한 물건이 이 육교 난간 바깥쪽에 있는 걸까? 나는 잠자코 다치아라이가 보고 있던 것을 보았다.

육교 바깥쪽에는 금속 간판이 붙어 있었다. 그 간판과 육교 사이에 불룩한 비닐봉투가 처박혀 있었다. 얇은 비닐봉투는 아마도 물건을 살 때 제품을 넣으라고 건네주는 봉투인 것 같았다. 하얀 봉투 너머로 내용물이 살짝 비쳤다. 타탄체크 같은 무늬가 보였다. 내용물은 천일까? 손을 쭉 뻗으면 닿을 것 같았다. 그걸 꺼낼 생각은 없었지만 문득 내용물이 딱딱한지 부드러운지 확인해보고 싶었다.

"××!"

손을 뻗으려는 순간, 몹시 날카로운 목소리에 제지당했다. 무슨 뜻인지 모를, 그냥 고함소리처럼 들렸다. 아마도 일본어로 '기다려'나 '멈춰'라고 한 거겠지. 깜짝 놀라 쳐다보니 다치아라이가 당장이라도 내게 덤벼들 기세였다.

누가 내던진 쓰레기봉투로밖에 보이지 않는 물건에 그녀는 어째서 그렇게나 집착하는 걸까? 이상해서 웃음을 머금었다.

"알겠습니다. 건드리지 않겠습니다."

다치아라이는 내게 뻗었던 손을 천천히 거두면서 언어를 영어로 바꾸었다.

"현명한 판단입니다. 만약 지문이라도 묻혔다가는 상당히 복잡해질 뻔했습니다."

아마도 나는 눈썹을 잔뜩 찌푸리고 있었을 것이다. 아무 일도 없었다는 듯 숄더백에서 작은 디지털카메라를 꺼내는 다치아라이를 보면서 나는 지문이라는 말과 복잡하다는 말의 의미에 대해 생각했다.

나는 기억력에 자신이 있다. 그 힘이 평소처럼 내 사고를 크게 도와주었다. 나는 내가 다치아라이와 나눈 대화 속에서 품었던 위화감의 대부분을 설명할 수 있다는 것을 깨달았다. 그리고 그제야 오늘 그녀가 이 하마쿠라 시를 방문한 이유를 이해할 수 있었다. 다치아라이라는 인물에 대해서도, 약간이나마.

다치아라이는 카메라를 들고 비닐봉투를 찍었다.

몇 번이나, 몇 번이나.

일본에서는 매미라는 곤충이 울면 여름이 다가오는 걸 느낍니다. 육교를 내려가면서 다치아라이는 그렇게 말했다.

"하지만 지금은 울지 않는군요. 오늘은 여름 곤충이 울기에도 너무 더운 모양입니다."

무풍에 가깝기는 해도 그나마 공기가 통하던 육교 위에서 아지랑이가 일렁거리는 아스팔트로 내려왔다. 무뚝뚝하게 입을 다문 내게 다치아라이가 이어서 말했다.

"여기서 택시를 잡을 겁니다. 만약 이대로 돌아가시려면……."

"동생이 당신에 대해 했던 말을 믿어야 했습니다."

이렇게 말하고 쓴웃음을 지었다. 하지만 나는 이 말을 내 조국의 언어로 말했기 때문에 다치아라이는 어리둥절한 표정을 지을 뿐이었다.

다치아라이가 흘러가는 차들을 향해 손을 들어 택시를 잡았다. 자동으로 열린 문을 보면서 그녀는 다시 물었다.

"어쩌시겠어요?"

"타세요. 저도 타겠습니다."

나는 추울 정도로 냉방이 잘된 차 안에 털썩 앉아, 행선지를 어떻게 전해야 할지 고민하는 기색의 다치아라이에게 말을 걸었다.

"다치아라이 씨, 당신은 공정하군요."

"……."

"행선지는 제가 말하겠습니다. 죄송하지만 일본어로 운전사에게 전해주시겠습니까?"

"역이 아닌가요?"

나는 고개를 저었다.

"아닙니다. 가야 할 곳은…… 불에 타버린 도서관입니다."

그 순간의 다치아라이 표정은 볼만했다. 그녀는 놀라면서 웃었고, 쑥스러워하면서 화를 냈다.

우리가 행선지를 좀처럼 말하지 않는 바람에 택시 운전사는 짜증스러워하는 눈치였다.

5

택시는 초록이 짙은 산을 향해 달렸다. 이윽고 우리는 대학의 문을 통과했다. 입구에는 수위가 있었지만 우리에게 아무 말도 하지 않았다.

우리의 짧은 여행의 종착점일 도서관 터는 검게 그은 흔적에 무한한 예지와 기억을 영원히 잃어버린 슬픔이 감돌고…… 있지는 않았다. 깨끗하게 바닥을 고르고 출입 금지를 나타내는 밧줄로 구역을 나눠서, 군데군데 기반 흔적이 남아 있는 것을 제외하면 자재 창고로 바뀌어 있었다. 다치아라이의 말에 따르면 대학은 최우선으로 재건에 임할 예정이라 한다. 지식의 보관소가 없는 대학은 폼이 나지 않는다. 물론 건물을 복구해도 그에 합당한 가치가 돌아오기까지는 긴 시간이 걸리겠지만.

우리는 금속판이나 철근, 목재가 쌓여 있는 화재 흔적에 발을 들여놓았다. 곧바로 비쩍 마른 한 남자가 달려왔다. 그는 다치아라이에게 매섭게 뭐라고 말했지만 그녀가 숄더백에서 종이를 하나 꺼내 보여주자 순순히 돌아갔다. 물어보니 남자는 대학 사무원인데 무단출입에 항의하러 온 것이라고 했다. 다치아라이가 그에게 보여준 종이는 대학이 발행한, 이 도서관 터의 취재를 허가하는 문서였다. 준비성이 좋다. 이곳은 처음부터 찾아올 장소였던 것이다.

타들어갈 듯한 여름 햇살 속에서 땀을 흘리며 우리는 보물찾기를 했다. 도서관 터는 생각보다 넓어 보물을 숨길 만한 사각지대가 얼마든지 있었다.

흔히 발판으로 쓰는 구멍 뚫린 철판이 쌓여 있었다. 나는 그 옆에 웅크리고 앉아 물었다.

"다치아라이 씨, 그나저나 저는 이해가 안 갑니다. 소년은 어째서 이렇게 복잡하고 불확실한 수단을 쓴 겁니까?"

다치아라이는 일단 공터 전체를 지긋이 관찰하는 작전을 택한 것 같았다. 팔짱을 끼고 눈에 힘을 주고 있다. 내 질문에는 짧게 대답했다.

"……그 이유는 지극히 명료하다고 생각하는데요."

"그렇습니까?"

나는 손수건을 꺼내 땀을 훔치며 말했다.

"소년은 과거에 자기를 지켜준 누나를 지키려 했던 거겠지요. 그 자체는 어린 마음에 싹튼 영웅 심리로 이해하지 못할 것도 없습니다."

"엄격하시군요."

다치아라이는 미소를 지었고, 나는 어깨를 움츠렸다.

"그렇습니다. 마쓰야마 요시카즈는 누나 요시코를 감싸기 위해 자기가 범인인 것처럼 행동한 겁니다."

무슨 일이 있었는지는 명백했다. 누나와 조카를 찾아간 요시카즈는 심장을 찔려 죽어 있는 가린을 발견했다. 그리고 집을 비운 누나를 범인이라 생각하고 누나를 감싸기 위해 가린의 시체에 나이프를 꽂았다. 그때 그는 스스로 커튼을 걷었을 것이다. 누군가 자기 범행을 목격하도록.

"첫 번째 의문입니다만, 그는 어째서 누나가 범인이라고 판단한 겁니까?"

"물리적인 관점에서 보면 그가 누나의 아파트에 갔을 때, 문이 잠겨 있었기 때문이겠지요. 그는 열쇠를 사용해 안에 들어갔어요. 그랬더니 조카가 죽어 있었습니다. 누나가 제 아이를 살해한 뒤에 자기 열쇠로 문을 잠그고 달아났다고 생각하는 게 자연스럽습니다.

하지만 그 이상으로 영향이 컸다고 보이는 게 심리적인 관점입니다. 수기에 적혀 있었잖아요, 아이가 누나를 방해한다고. 저는 그게 요시카즈의 생각이라고 보지 않습니다. 가족끼리도 그렇게까지 마음을 쓰기란 좀처럼 어려운 일이에요. 아이가 없으면 좀더 자유로웠을 텐데, 라는 생각은 요시코가 요시카즈에게 했던 말이겠지요. 그런 말을 들었기 때문에 그는 요시코가 급기야 방해꾼을 처리한 거라고 생각했고, 또 수기에 동기를 쓸 수 있었던 겁니다."

"그게 제일 이상합니다."

나는 그렇게 말하며 금속 파이프 속을 들여다보았다. 몇 미터 앞 땅바닥이 보였다.

"감싸려 했다면 그런 수기를 쓸 필요도 없었을 텐데요. 도중에 감싸는 걸 그만두려 했다면 수기라는 방법을 쓰지 않고 자기는 범인이 아니라고 말하면 그만 아닙니까?"

웅크린 채로 올려다보자 다치아라이는 천천히 고개를 가로 저었다.

"요시카즈는 고민했던 겁니다. ……누나를 구하려는 마음에 거짓은 없을 겁니다. 불행했던 그녀의 인생에 책임을 느끼고, 그 죄를 대신할 수 있다면 그러고 싶었겠지요. 그건 영웅 심리였을지도 모르지만 진심이기도 했을 겁니다.

한편으로 살인죄를 떠안는다는 두려움은 분명 시간이 흐를수록 커졌을 겁니다. 저지르지도 않은 죄로 단죄를 받는다는 공포는 견디기 힘든 것이었겠지요.

모순된 두 가지 감정을 하나로 뭉쳐서, 누군가 알아주길 바라며 아무도 못 알아보도록 고백했습니다. 요바노비치 씨, 저는 요시카즈의 마음이 정말로 명료해 보입니다."

내게는 명료해 보이지 않았다. 어중간하고 모호한, 모순을 품은 태도로밖에 보이지 않았다. 내가 일본인이 아니라서 그렇게 느끼는 건지, 아니면 다치아라이가 타인의 고충에 특별히 예민한 건지는 알 수 없었다.

육교에서 발견한 비닐봉투의 내용물. 그것은 분명 마쓰야마 가린이 입고 있던 잠옷일 것이다. 문득 나는 대단히 큰 의문을 깨달았다.

"그런데 다치아라이 씨, 그는 어째서 조카의 잠옷을 벗겼을까요?"

벽에 기대어놓은 베니어판 뒤쪽을 들여다보던 다치아라이가 합판을 제자리에 돌려놓으며 말했다.

"조카네 집에 갔는데 조카가 피를 흘리며 쓰러져 있었습니다. 그가 가장 먼저 할 일은 뭘까요?"

나는 답을 바로 얻을 수 있었다. 경험에 비추어 봄으로써.

"소생술이군요. 상처가 치명상인지 아닌지 살피고, 설사 조카가 죽은 게 확실해도 구하려 했겠지요."

"그렇다면 의학적 지식이 전혀 없는 아이인 마쓰야마 요시카즈가 조카의 죽음을 믿고 싶지 않은 마음으로 그 생사를 확실하게 확인하려 한다면 어떻게 할지, 먼저 어떤 방법을 쓸지 생각해보세요."

이제야 알겠다. 내가 어리석은 질문을 한 모양이다.

아마도 요시카즈는 잠옷 위로 심장 부근에 귀를 댔을 것이다. 아무 소리도 들리지 않자 간절한 마음으로 흉부를 노출시키고 다시 한번 귀를 댔다. 어쩌면 심장 마사지도 시도하려 했을지 모르지만 치명상은 심장 부근에 있었다. 압력을 가하면 체내에 남아 있던 피가 터져 나온다. 제대로 압박할 수 없었으리라.

모든 게 늦었다는 것을 깨닫고, 피범벅이 된 조리용 칼을 보고 누나가 살인범임을 확신한 그는 커튼을 열고 자기 나이 프로 소녀의 유해를 찔렀다. 때는 저녁 무렵. 창문은 서쪽. 눈 부신 저녁노을에 눈을 감고 소리를 질러 이웃의 시선을 끌려 고 한다.

악몽 속에 있는 기분이었으리라.

하지만 그는 실수했다. 옷을 제대로 입히지 않은 상태로 찌 르고 말았다. 옷에는 실제로 치명상을 남긴 흔적이 남아 있 다. 이대로는 범인이 옷을 입은 아이를 찌르고, 옷을 벗겨내 고 다시 난도질한 셈이 된다. 그 모순을 해결하기 위해 그는 옷을 가지고 달아났다.

손길을 멈추고 가만히 주위를 살펴보던 다치아라이가 움직 였다.

"여깁니다."

다치아라이가 잡초가 난 한쪽 구석에서 멈춰 섰다. 다가가 보니 확실히 작은 잡초들 가장자리에 부자연스럽게 아무 풀 도 나지 않은 자리가 있었다.

"묻어둔 걸까요?"

"아마도."

"도구가 필요하겠군요."

내가 그렇게 말하자 다치아라이는 숄더백을 열어 안에서

원예용 삽을 꺼냈다. 이쯤 되니 나도 황당했다.

"그런 것까지?"

"이런 일도 있을까 싶어서요."

나는 삽을 쥐고 웅크린 다치아라이를 서서 굽어보고 있었다. 그녀의 팔은 부러질 것처럼 가녀린데도 메마른 땅에 박히는 삽은 힘차게 구멍을 쑥쑥 넓혀갔다. 그녀의 어디에 그런 힘이 있는지 놀라울 정도였는데, 금세 깨달았다. 만약 누군가 최근에 이 땅을 한번 파냈다면 흙이 아직 부드러울 것이다.

시간은 많이 걸리지 않았다. 서 있는 내 귀에도 뭔가 딱딱한 물체에 부딪히는 소리가 들렸다. 이윽고 비닐봉투에 담긴 길쭉한 물체가 흙 밑에서 모습을 드러냈다.

다치아라이 여사는 손수건을 꺼내 땀을 닦았다. 내가 말했다.

"나이프군요."

그녀는 고개를 살짝 갸웃거렸다.

"예, 뭐 그렇지요. 조리용 칼의 일종입니다. ……일본어로 식칼이라고 합니다."

구멍 속의 하얀 비닐봉투를 다치아라이는 몇 번이나 촬영했다.

나는 조금씩 서쪽으로 기울기 시작한 태양을 올려다보며

혼잣말처럼 말했다.

"그나저나 당신은 정말 공정했습니다.

이상하다고는 생각했어요. 당신도 나도 영어는 모국어가
아니지만, 그래도 당신의 비유는 특이했습니다. 신전을 마음
의 안식처라고 표현한 건 이해할 수 있지만 저건 심장이니,
저건 위장이니, 아마도 일본어로 흔히 쓰는 표현을 억지스럽
게 영어로 바꾼 듯한 경우가 많았습니다.

처음에는 당신이 영어에 익숙하지 않아서 그런 줄 알았습
니다. 하지만 그런 것치고 당신의 영어는 지나치게 유창했어
요. 저와 의사소통을 하는 데 아무런 불편이 없었으니까요.

전부 제게 요시카즈의 의도를 추측하게 하려고 그런 비유
를 쓴 거였군요."

다치아라이는 파인더에서 눈을 떼지 않고 중얼거렸다.

"그럴 생각은 없었습니다."

그러더니 들릴락 말락 하게 작은 목소리로 덧붙였다.

"……처음에는."

마쓰야마 요시카즈는 자기가 범인이 아니라는 사실을 증명
할 증거품, 단 한 군데에만 구멍이 뚫려 있는 가린의 잠옷과
진짜 흉기인 조리용 칼을 들고 달아났다.

잠옷은 육교에 숨겼다. 다치아라이가 이 도시의 대동맥이

라고 표현한 도로를 X 자로 가로지르는 육교다.

―제가 대동맥을 십자로 끊는 순간까지는 분명 있었는데.

처음에는 조리용 칼을 어시장 주변에 숨길 작정이었으리
라. 하지만 거기서 목격된 그는 추적당해 은폐를 단념했다.

―가린의 생명을 빼앗은 나이프를 마지막으로 어디에 꽂
을까, 저는 망설였습니다. 처음에는 위를 찌르려 했지만 그럴
수 없었습니다.

다치아라이는 어시장을 뭐라고 표현했던가? 그렇다, 그녀
는 이렇게 말했다. 이 도시의 위장이라고.

결국 흉기는 모든 기록을 잃어버린 도서관에 숨겼다. 요시
카즈는 거기에 숨기면 언젠가 그 위에 훌륭한 건물이 세워져
영원히 발견되지 않으리라 생각했을 것이다.

―모든 추억을 잃어버린 뇌를 찌르면, 제 행위도 전부 소
멸될 것 같았기 때문입니다.

간선도로를 대동맥에, 어시장을 위장에 비유했을 때 기억
을 잃은 뇌에 해당하는 것은 무엇일까. 단순히 '기억'이라면
묘지라고 생각할지도 모르지만 나는 사전에 다치아라이에게
불에 탄 도서관에 대한 이야기를 들었다.

그리고 요시카즈는 신전에 숨어 있다가 붙잡혔다.

―그리고 저는 마음속으로 달아났습니다.

누군가 알아주길 바라며 아무도 못 알아보도록 고백한다. 나는 그 심경을 헤아리기 어려웠다. 하지만 도시 기능을 인간의 육체에 비유하는 사고방식은 주목할 만했다. 마쓰야마 요시카즈는 수기에 가족을 인간의 도구로 본다는 생각을 적어놓았다. 언뜻 불필요해 보이는 그 부분은 읽는 사람을 수기의 진의로 유도하는 열쇠였으리라.

과거에 도서관이었다는 자재 창고를 새삼스럽게 둘러보았다.

"이곳은 흉기를 숨겨두기에 알맞았겠군요. 하지만 육교는 좋은 장소가 아니에요. 도시의 맹점이기는 하지만 영원히 숨길 수는 없습니다. 그는 어째서 그곳을 선택했을까요?"

촬영을 마쳤는지 다치아라이가 카메라에서 눈을 떼고 손으로 부채질을 했다.

"……낭만적인 이유는 없을 겁니다. 잠옷은 나이프보다 부피가 커서 도망칠 때 방해됩니다. 일단 눈에 띄지 않는 곳에 숨겨두었다가 나중에 가지러 갈 생각이었는데 그전에 체포되었겠지요. 그런 것 아닐까요?"

나는 어깨를 움츠렸다. 살인 사건에서 낭만을 찾을 생각은 없었기 때문이다.

진실의 10미터 앞

6

대학교에서 역으로 가는 길에 마지막으로 택시를 탔다.

하마쿠라 역 북쪽 개찰구 앞에서 우리는 마주보고 있었다. 여름의 태양은 쉽게 저물 기미가 없었지만 그래도 아까보다 조금은 공격성이 약해진 것 같았다.

다치아라이가 손목시계를 흘깃 보았다. 나는 아랑곳없이 그녀에게 물었다.

"다치아라이 씨, 그 칼은 그대로 둬도 괜찮은 겁니까?"

우리가 발견한 나이프를 다치아라이는 건드리지도 않고 땅속에 도로 묻었다. 잠옷도 결국 육교에 그대로 남겨두었다. 말할 것도 없이 그것들은 대단히 중요한 증거다. 그런데도 다치아라이는 손목시계 바늘만 신경쓰는 눈치였다.

"괜찮을 겁니다."

"증거잖아요."

"……기자가 발견하면 일이 복잡해집니다. 괜찮을 거예요. 결국에는 경찰이 발견할 겁니다. 제가 걱정하는 건 그걸 발견하지 못하는 게 아니라 제가 먼저 발견한 걸 경찰이 알아차리는 겁니다. 일단은 괜찮을 거라 생각하지만."

"경찰이? 일본 경찰이 수기에 담긴 메시지를 알아볼 거라고 생각합니까?"

다치아라이는 시계에서 눈을 떼고 웃었다.

"설마요. 경찰은 그런 식으로 움직이지 않아요."

"그럼……."

"요시카즈가 그런 메시지를 보냈다는 건 그의 마음이 흔들리고 있다는 뜻입니다. 경찰의 신문도, 그가 품은 공포도 견디지 못할 겁니다. 며칠 안에 자기가 저지른 행동을 남김없이 털어놓을 겁니다."

분명 그럴 것이다. 일본의 경찰이 얼마나 세련된 수사를 하는지 모르지만 겁먹은 소년에게서 진실을 끌어내지 못할 것 같지는 않다.

나는 고개를 저었다.

"그에게는 힘겨운 일이 되겠군요. 그는 공포로부터는 달아날 수 있을지 모르지만 자기 누나를 버렸다는 죄책감을 짊어지게 될 겁니다."

"어쩌면 그럴지도 모릅니다. ……뭐, 열흘 정도는."

그녀가 무슨 말을 하는지 알 수 없었다. 열흘만 지나면 죄책감은 잊을 거라는 말인가? 물론 모든 죄책감은 언젠가 잊힌다. 하지만 열흘이라니 너무 짧지 않은가?

내가 이해하지 못했다는 걸 다치아라이는 금방 눈치챈 것 같았다. 그녀는 차분하게 말했다.

"잘 들으세요, 요바노비치 씨. 범인이 요시카즈라고 생각하는 건 여론입니다. 요시코라고 생각하는 건 요시카즈입니다. 우리가 거기에 구속될 이유는 어디에도 없습니다.

요시코는 사건 당일 8시 반에 술에 취한 상태로 귀가했습니다. 그녀가 범인이라면 세 시간 반이나 뭘 했을까요? 그녀의 집에는 남동생이 종종 놀러왔고, 실제로 사건 당일에도 요시카즈가 왔습니다. 요시카즈는 예비 열쇠를 가지고 있습니다. 아무리 자택이라고 해도 그런 상황에서 살인자가 시체를 방치하고 세 시간 반이나 술을 마시다니 말도 안 됩니다.

당연히 요시코는 귀가할 때까지 아무것도 몰랐습니다. 그녀는 처음부터 장시간…… 적어도 수박 한 통을 통째로, 세 살짜리 아이의 간식이 아니라 저녁 식사로 미리 준비해둬야 할 정도로 오래 집을 비울 생각이었던 겁니다."

나는 살짝 쓴웃음을 흘렸다. 그녀의 설명이 갑자기 비논리적으로 바뀐 것 같았기 때문이다.

"물론 의심스러운 행동이지만 갑작스러운 죽음에 직면한 직후에 논리적으로 행동하기란 어렵습니다. 요시코가 범인이 아니라고 단언할 이유는 못 됩니다."

다치아라이는 한숨을 쉬었다.

"……좋습니다. 상세한 검증을 말씀드릴 생각은 없었는데.

명백합니다, 요바노비치 씨. 요시코는 잠든 딸을 시원한 곳으로 옮겨놓았다고 했습니다. 하지만 실제로 가린이 잠들어 있던 곳은 밖으로 이어지는 유리문 옆이었습니다. 요시코의 집은 유리문이 서쪽을 향하고 있어 그대로 두면 직사광선이 들어오니 거기는 집안에서 가장 더운 곳이었을 겁니다.

물론 요시코는 커튼을 쳤습니다. 하지만 그래서는 딸을 서쪽으로 옮긴 이유가 불확실합니다. 그녀가 딸을 더위로 쪄죽일 생각이 아니었다면 유리문 옆으로 옮긴 이유는 무엇일까요?"

그 질문의 답은 명백했다. 나는 대답했다.

"시원하게 해주려고 그랬겠지요. 바람이 들어오도록 유리문을 열어 딸이 조금이라도 편안해지도록 그런 거겠지요."

"저도 그 외에 다른 이유는 없다고 생각했습니다. ……하지만 시체를 발견했을 때, 유리문은 잠겨 있었습니다. 이 이유가 뭘까요?"

"아마도 요시카즈가……."

그렇게 말하다가 나는 내가 하려는 말의 모순을 깨달았다.

"아아, 요시카즈는 자기 범행을 보여주기 위해 커튼을 일부러 열었죠."

다치아라이의 표정이 부드러워졌다.

"그렇습니다. 그리고 주목을 끌려고 큰 소리를 질러댔습니다. 요시카즈가 유리문을 열 이유는 있어도 닫을 이유는 없습니다. 당신은 요시카즈가 수기를 쓴 심경이 명료해 보이지 않는다고 했지요. 하지만 이쪽은 명료하겠지요. 요시코가 외출하고 요시카즈가 오기 전, 그 집에는 다른 인물이 있었습니다."

나는 혀를 차고 싶었다. 그걸 지금까지 눈치채지 못했다니.

"그럼 진짜 범인은……."

유리문으로 들어간 걸까? 가린을 살해한 뒤에 범인은 어디로 나갔을까?

요시카즈가 찾아갔을 때 유리문뿐만 아니라 현관문도 잠겨 있었다.

그렇다면 범인은 유리문으로 나가 어떤 특수한 방법으로 외부에서 문을 잠갔거나, 혹은 현관으로 나와 문을 잠갔거나, 둘 중 하나다. 요시코의 집에서 유리문 쪽은 이웃에게 잘 보이는 위치다. 범인이 사람들 눈에 잘 띄는 유리문 밖에서 묘한 공작을 했다고 보기보다는 처음부터 집 열쇠를 가지고 있었다고 생각하는 게 자연스러울 것이다.

하지만…….

"집 열쇠를 가진 사람은 요시코와 요시카즈뿐인데."

다치아라이는 내가 중얼거린 말을 단호하게 부정했다.

"아닙니다."

"아뇨, 당신은 분명……."

"저는 요시코가 요시카즈에게만 예비 열쇠를 건네줬다고 했습니다.

요시카즈의 열쇠를 복제할 기회가 있고, 그럴 필요도 있었던 사람이 있을 겁니다. 그녀의 집에 몇 번이나 은밀히 침입할 필요가 있었던 인물이. 정확히 말하면 요시코가 보금자리를 마련했기 때문에 그녀의 수입에서 용돈을 착취할 수 없게 된 인물이 있지 않습니까?"

그렇게 짚어가는 다치아라이의 말에서 고요한 정열을 엿볼 수 있었다. 나는 눈썹을 찌푸리고 물었다.

"하지만 그럼……. 어쨌거나 요시카즈에게는 고통스러운 결론이 되지 않습니까?"

그 질문에 대답하는 그녀는 순식간에 원래의 싸늘한 분위기로 돌아왔다.

"그들 사이에 부자의 정이 남아 있다면 그럴지도 모르겠군요."

말할 것도 없이 그녀가 지목한 건 요시카즈와 요시코의 부친, 즉 가린의 조부다. 아들이 가진 열쇠를 몰래 복제해, 그걸 이용해 딸의 집에 도둑질을 하러 들어갔다가 손녀가 시끄럽게 굴자 죽였다. 듣고 보니 다치아라이가 처음 말한 대로 이것은 몹시 단순한 사건 같았다.

그녀는 마지막으로 주의깊게 덧붙이는 걸 잊지 않았다.

"물론 요시코의 진술이 허위고, 실제로는 예비 열쇠를 사방에 뿌렸을 가능성도 있습니다. 부동산업자가 태만해서 전에 살던 사람이 나간 후에 열쇠를 돌려받지 않았을 가능성도. ……그렇지만 저는 그럴 일은 없다고 생각합니다. 경찰이 그런 기본적인 수사에 애를 먹을 리는 없거든요."

"도쿄로 돌아가실 거면 급행이 곧 올 겁니다."

다치아라이가 다시 한번 손목시계를 보더니 말했다. 나는 손바닥을 펼쳐 그녀를 제지했다.

"그전에 궁금한 게 있습니다."

"……뭔가요?"

"'눈'에 대해서."

다치아라이의 눈이 슬그머니 가늘어지는 걸 보았다.

"당신은 이렇게 말했습니다. 보기 싫은 것을 차단하고, 보고 싶은 것만 보는 게 눈이라고.

하지만 당신이 오늘 조사한 걸 기사로 쓴다면 그건 보고 싶지 않은 것을 보는 눈이 됩니다. 마쓰야마 요시카즈 범인설을 정면에서 부정하는 기사가 될 테니까요. 당신은 이 나라의 여론이 마쓰야마 요시카즈를 단죄하는 방향으로 기울었고, 그의 사생활까지 폭로되고 있다고 하지 않았습니까? 그런 상황에서 다른 견해를 제시하는 건 '눈'이 하는 일이 아니라고 보는데, 어떻게 생각합니까?"

대답은 돌아오지 않았다. 하지만 다치아라이는 옹고집으로 침묵을 선택한 게 아니었다. 뭔가 말하려다가 삼키고 있다. 나는 조금 흐뭇해졌다.

"어떻게 당신 직업을 정당화하느냐는 제 질문에 당신은 이 사건으로 대답했습니다. 그렇다면 답에 대한 해설도 해야 합니다.

……하지만 당신이 말하기 힘들다면 제가 말씀드리지요. 다치아라이 씨, 착각하는 건 눈이 아닙니다. 눈은 렌즈에 지나지 않아요. 빛만 있으면 모든 걸 비춥니다. 만약 영상이 일그러진다면 그건 주변 근육 때문입니다. 보고 싶지 않은 것이 차단되어버린다면 그건…… 뇌 때문입니다.

당신이 단순히 눈으로 존재하려 한다면 뇌에 충실해야겠지요. 뇌가 보고 싶지 않다고 판단한 것에 대해서는 장님이 되어야 합니다. 하지만 제가 기억하는 바로 당신 직업을 눈에 비유한 제 말에 당신은 동의하지 않았지요?"

"⋯⋯하지 않은 건 아닙니다."

"그렇다면 당신이 하는 일이 눈의 연장이라고 선언할 수 있습니까?"

다치아라이는 역시나 대답하지 않았다.

"당신은 불쾌했을 겁니다. 수기를 흘린 경찰은 그게 마쓰야마 요시카즈의 무죄 고백인 줄 몰랐습니다. 그걸 공개한 사람들 역시 그걸 알아보지 못했고, 누구도 요시카즈가 사면초가에서 쓴 메시지를 해석하지 못했습니다. 세상은 그 수기를 그의 비정상적인 정신 상태를 증명하는 증거로 받아들이고 말았습니다. 그는 설사 석방되더라도 힘겨운 시간을 보내게 되겠지요.

이 사건에 관여한 사람들은 아마도 이렇게 말할 겁니다. '아무리 그래도 그런 수기가 존재했다는 건 사실이다'라고요. 하지만 그건 '눈'의 변명입니다. 그렇기 때문에 당신은 레스토랑에서 사실은 가공되어야 한다고 역설했습니다. ⋯⋯아닙니까?"

다치아라이가 시선을 돌리고 뭐라 중얼거렸다. 일본어라서 나는 이해할 수 없었다. 여기서 일본어를 쓰다니 공정하지 않다. 다치아라이도 그 점이 부끄러웠는지 나를 흘겨보면서 작은 목소리로 말했다.

"알코올을 섭취하지 않은 상태로 그 질문에 답하는 건 제게는 무척 어려운 일입니다."

나는 웃었다.

"그럼 한 가지 더, 제 추론을 들어주십시오.

당신 기사가 어딘가에 실려서 그걸 마쓰야마 요시카즈가 읽는다 칩시다. 그는 감옥 속에서 크게 안심하겠지요. 자기가 진실을 말해도, 그게 누나를 배신하는 게 아니라는 걸 알 테니까요. 어쩌면 아버지를 배신하게 된다는 걸 알고 깊이 고민하게 될지도 모릅니다. 하지만 아무것도 모르는 것보다는 마음의 준비를 할 수 있을 겁니다.

당신은 당신만의 방법으로 그 가련한 소년을 조금이라도 구해주려는 것 아닙니까?"

나는 깨달았다. 모든 사물의 그림자가 선명한 여름 햇살 속에서, 다치아라이의 안색에 홍조가 감돌았다. 그게 과연 하루 종일 태양에 달구어져 그을었기 때문일까?

"다치아라이 씨, 제 동생은 당신을 잘 이해했던 모양입니다. 그리고 십오 년이 지나서도 당신의 성격은 동생이 보았던 그대로, 변하지 않았군요."

진실의 10미터 앞

"……저는 서른이 넘었습니다. 십 대 때와 같다는 말을 들어도 기쁘지 않습니다."

"하지만 당신을 친구로 둔 제 동생은 행복했을 겁니다."

나는 떠올렸다. 십오 년 전, 동생의 말을.

일본에 친구가 생겼다. 순진한 아이, 정직한 아이, 다정한 아이가 그녀의 친구가 되었다. 센도라 불렸던 소녀는, 굉장히 부끄럼을 타는 아이였다고 했다.

지금 그 부끄럼쟁이 소녀는 기자가 되어 긍지를 가슴에 품고도 쑥스러워서 그 긍지를 이야기하지 않는다.

……동생은 지금도 내 추억 속에 꽂힌 나이프 같은 존재다. 그녀의 추억은 언제나 불길과 잔해, 사라진 조국 유고슬라비아와 무력했던 내 모습을 동반하고 있다. 시간은 살아남은 자 위에 켜켜이 쌓였다.

"다치아라이 씨, 괜찮다면 예정대로 저녁을 함께하고 싶습니다. 이 나라에서 제 동생이 어떻게 지냈는지 들려주십시오."

"만약 당신이 제게 실망하지 않았다면."

다치아라이는 말했다.

"그녀의 추억을 위해, 기꺼이."

역을 떠나가는 열차가 보였다. 도쿄로 향하는 급행열차이리라.

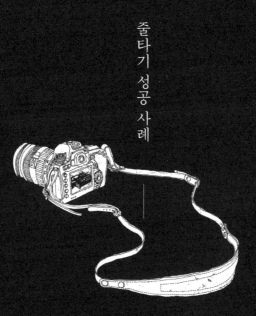

줄
타
기
성
공
사
례

How Many Miles to the Truth

1

도나미 부부의 구출은 나가노 현 남부를 덮친 수해 속에서 거의 유일하다고 해도 좋을 희망적인 화제였다.

태풍 12호가 스루가 만에 상륙한 것이 8월 16일, 바람은 그리 세지 않았지만 강우가 거세서 이튿날 17일에는 유례없는 호우가 나가노 현 남쪽 절반을 덮쳤다. 니시아카이시 시에서도 17일 오후에는 넓은 지역에 피난 명령이 떨어졌고 소방대원들이 피난 유도를 위해 시내를 돌아다녔는데, 농지가 넓게 펼쳐진 오사와 지구에서 피난을 유도하던 대원이 우연히 산사태를 목격했다.

오사와 지구 북단, 산악 경사면에 가까운 대지에 세 채의 민가가 있었는데 산사태가 진정되었을 때 그중 한 채는 완전히 토사에 파묻혔고 한 채는 건물 일부가 깎여 나갔다. 무사했던 마지막 한 채도 외부와 연락 수단이 끊기고 말았다. 고립된 집의 주민이 도나미 부부였다.

집은 무사했지만 부부는 둘 다 일흔이 넘은지라 큰 지병은 없어도 언제 건강이 나빠진들 이상하지 않았다. 토사에 파묻힌 두 집 주민들과도 연락이 닿지 않아 사태는 촌각을 다투었다.

니시아카이시 시 소방본부는 즉시 마쓰모토 시에 지원을 요청했다. 같은 날 저녁에 구조대가 도착했지만 구조 작업은 극히 어려웠다. 세 채의 민가가 있던 곳은 높은 대지인데 강이 동쪽에서 남쪽까지 해자처럼 휘감고 있다. 평소에는 강으로 보이지도 않는 가느다란 물줄기는 탁류로 바뀌었고 유일한 다리마저 떠내려가서 산사태 현장은 아무도 다가갈 수 없는 육지의 외딴섬으로 변했다. 운 나쁘게도 민가 상공에는 고압전선이 지나고 있어 헬리콥터도 다가갈 수 없었다. 북쪽은 산이었는데 지반이 약해진 산에 들어가는 것은 너무나 무모한 짓이었다. 유일하게 남은 서쪽 길은 산사태로 막혀 있었다. 검토 끝에 위험을 무릅쓰고 무너진 토사를 걸어서 돌파하는 수밖에 없다는 결론이 나왔다.

진실의 10미터 앞

실제 작업은 18일 아침부터 시작되었지만 진창이 구조대의 발을 묶고 쓰러진 나무와 바위가 앞길을 막는데다가 거듭되는 붕괴 징조에 부득이하게 일시적으로 후퇴할 수밖에 없어 시간만 낭비했다. 태풍 직격으로부터 나흘째 되는 8월 20일 아침, 조금씩 진로를 뚫어 마침내 도나미 부부를 구조할 희망이 보였다.

이 구조 작전은 전국의 이목을 끌었다. 나가노 현 남부의 호우는 사망자 두 명, 행방불명자 다섯 명이라는 피해를 냈고 행방불명자 중 네 명은 오사와 지구의 산사태가 만들어낸 토사 속에 가옥과 함께 통째로 묻혀 있었다. 입 밖으로 내지는 않지만 모두가 생존 가능성은 낮을 거라고 생각했다. 현내 각지에서 교통망이 단절되었고 농작물의 피해액은 나날이 증가했으며, 주택 침수로 많은 사람들이 고통받고 있었다. 이제는 충분했다. 비극은 충분히 보았다, 더이상의 비참한 사태는 됐다, 이 재해의 끝에 하다못해 도나미 부부만이라도 구조되면 좋겠다. 텔레비전 생중계에 집중하는 사람들의 진심은 그러했으리라. 마침내 구조가 시작되었을 때, 현장에는 방송 카메라가 잔뜩 있었고, 수십 명의 기자 또한 카메라를 들고 있었으며, 상공에는 헬기가 몇 대나 날아다녔다.

나는 니시아카이시 시 마을 소방단원으로 도나미 부부 구출 현장에 있었다.

마쓰모토 시에서 지원하러 달려온 구조대는 이제 됐다 싶으면 또다시 튀어나오는 문제를 하나하나 냉정하게 처리하며 착실하게 목적지에 접근해, 마침내 두 명의 대원을 무너진 토사 건너편으로 보냈다.

구조대는 고립된 집에서 도나미 부부를 어떻게 구출할지 두 가지 방법을 두고 고민했다. 한 가지는 구조대원이 온 길, 즉 무너진 토사 위로 유도해 현장에서 벗어나는 방법. 또 한 가지는 불어난 강을 어떻게든 건너는 방법이다. 실제로 그때가 되니 목적지까지 가는 동안 그럭저럭 물이 빠지기도 했고, 구조대가 답파하는 데 꼬박 이틀이 걸린 길을 도나미 부부에게 강요하는 것은 아무리 생각해도 현실적이지 못했다. 구조대는 검토에 시간도 별로 들이지 않고 강을 건너는 방법으로 결정했다. 구조대가 와이어를 쏴서 양쪽 강기슭에 고정한다. 와이어를 붙잡고 먼저 한 명이 강을 건너서 물살의 속도와 강의 깊이를 측정한다. 지난 사흘 동안 고전했다는 사실을 믿기 어려울 정도로 작업은 순조롭게 진행되어, 십오 분 만에 가능할 것 같다는 판단이 떨어졌다.

소방단은 하류에서 대기하는 역할을 맡았다. 구조대는 도나미 부부를 업고 강을 건널 계획이었는데, 만에 하나 대원이나 부부가 물살에 휩쓸려 생명줄마저 끊어질 경우 우리가 발포 스티로폼 튜브를 던질 예정이었다. 정말 그런 사태가 벌어지면 튜브가 도움이 될지 불안을 떨칠 수 없었다. 우리는 말하자면 마지막 방어선이었다.

더운 날이었다. 태풍이 지나가면 날이 맑게 갠다고들 하지만, 태풍이 지나간 18일 이후로 나가노에서 과거에 이렇게 더운 날이 있었나 싶을 정도로 무더위가 이어졌다. 네 명의 단원은 입을 꾹 다물고 그저 묵묵히 작업 개시를 기다렸다. 상류에서는 오렌지색 구조복을 입은 구조대와 구급차가 대기하고 있었는데 정작 중요한 도나미 부부가 좀처럼 나타나지 않았다. 방수 손목시계를 힐끔힐끔 보았다. 바늘의 움직임은 들러붙은 것처럼 느렸다. 불안과 초조가 뒤섞여 마침내 누군가가 "무슨 일이라도 있나?"라고 말했을 때, 부부와 구조대원 네 명이 민가에서 나왔다. 구조 작업을 방해하지 않도록 충분히 떨어진 자리에 있는 취재진이 나직하게 술렁였고 셔터를 누르는 소리도 들렸다. 생중계도 시작되었는지 헬멧을 쓴 리포터가 강을 등지고 선 모습이 보였다. 동료들이 긴장하는 기색이 느껴졌다. 나는 말했다.

"시작이다."

나는 전부터 도나미 부부를 알고 있었다.

우리집은 잡화점으로, 나도 가게를 돕는다. 이 마을도 노인은 늘어나는데 상점은 차례로 문을 닫고 있다. 특히 시가지에서 떨어진 이곳 오사와 지구에서는 많은 사람들이 일상적인 장보기도 여의치 않았다. 그래서 아버지는 미니밴을 사서 잡화뿐만 아니라 식료품이나 의류도 다루는 이동 장사를 시작했다. 큰돈을 벌지는 못하지만 이 주변에서는 나름대로 사람들이 믿고 의지하는 축에 든다. 보통 나는 가게를 맡지만 이따금 이동 장사에 대타로 나설 때도 있다. 도나미 부부도 미니밴에서 이런저런 물건을 사곤 했다. 괴팍한 노인도 적지 않은데 그 부부는 늘 친절해서 살 물건이 없을 때도 만나면 "고맙습니다. 얼마나 도움이 되는지 모릅니다. 오바 씨는 우리 생명줄입니다"라고 말을 걸어왔다.

제발 그 두 사람은 무사했으면 좋겠다. 그것을 위해 기도만 하는 게 아니라 작더라도 실제로 할 수 있는 일이 있다는 게 감사했다.

시야에 들어온 두 사람은 자그마했다. 사흘간의 고립으로 잔뜩 지쳤는지 어깨를 축 늘어뜨린 채였지만 제 발로 걷고 있었다. 대지에서 천천히 내려온 그들은 강 앞에서 멈췄다. 영감님이 먼저 건넜다.

영감님을 등에 업은 구조대원이 신중하게 강에 발을 내디뎠다. 처음보다 물이 불어나는 속도가 줄었다고 해도 강물은 평소보다 훨씬 깊어, 대원은 배 부근까지 물에 잠겼다. 그는 두 손으로 와이어를 붙잡고 천천히 건너오기 시작했다.

숨을 삼키고 위험한 도하를 지켜보았다. 튜브를 쥔 손에도 힘이 들어갔다. 구조대원은 한 걸음 또 한 걸음 강물 속을 전진했다.

긴장을 견디다 못했는지 동료 하나가 입을 열었다.

"느리네."

나는 그렇게 생각하지 않았다. 구조대원이 전진하는 속도는 분명 빠르다고 할 수는 없지만 느리다는 생각보다 오히려 든든함을 느꼈기 때문이다. 와이어를 쥐는 대원의 손모양도, 조금씩 앞으로 나가는 몸의 움직임도, 위험한 구석이 없었다. 도나미 씨도 패닉에 빠지지 않고 얌전히 업혀 있었다. 분명 괜찮을 것 같았다.

기대를 저버리지 않고, 지금까지 사흘 동안 구조 작업을 덮친 문제 상황이 재발하는 일도 없이, 구조대원은 무사히 강을 건넜다. 소방단 동료가 나란히 한숨을 쉬었다. 강기슭에서 기다리고 있던 구조대원은 동료보다도 먼저 도나미 씨를 끌어올려 어깨에 담요를 덮어주었다. 디지털카메라의 셔터를 누르는 전자음이 잔물결처럼 일었다. 구조대원은 그대로 도나미 씨를 구급차로 인도했다.

강 이쪽에서 다른 대원이 맞은편으로 건너가기 시작했다. 빠릿빠릿한 움직임에서 피로한 기색은 찾아볼 수 없었다. 할머님도 별문제 없을 것이다.

"성공입니다! 구조에 성공했습니다!"

높은 목소리가 들려온 쪽을 보니 어느 방송국 리포터가 깡충깡충 뛰어오를 기세로 손발을 움직이며 도나미 씨 구출 소식을 전하고 있었다. 그녀가, 그리고 방송 카메라를 통해 구조를 지켜보고 있던 수백만 명의 사람들이 도나미 씨의 생환을 기뻐해준다고 생각하니 왠지 나까지 덩달아 기뻤다.

2

날이 밝았다.

우리 가게는 다행히 피해를 면했지만 이동 장사용 미니밴은 물에 잠겨 수리해야 했다. 이렇게 힘든 때일수록 필요한 사람들에게 물자를 전하고 싶지만 차가 망가졌으니 어찌할 방도가 없다. 아버지도 가게는 혼자서도 볼 수 있다고 해서

진실의 10미터 앞

나는 아침부터 소방단 일을 돕기로 했다.

오사와 지구 산사태 현장에서도 일손이 필요할 줄 알았는데, 행방불명자 수색에는 경찰과 소방 인력을 투입했으니 민간 소방단은 필요 없다고 했다. 생각해보면 좁은 지역에 수십명이 몰려가봤자 마음껏 움직일 수도 없고, 2차 재해의 우려도 있으니 우리 같은 아마추어가 간들 거치적거리기만 할 것이다. 수해의 상처는 니시아카이시 시 곳곳에 남아 있었고 그만큼 소방단이 할 일은 그 외에도 무수히 많았다.

우리 소방단은 지방 도로에 흩어져 있는 쓰레기를 한곳에 모아달라는 요청을 받았다. 나중에 도로 청소차가 오겠지만 눈에 띄는 큼직한 쓰레기라도 치워놓지 않으면 지원 물품도 들어오지 못한다. 지방 도로로 나가보니 강에서 몇백 미터나 떨어진 도로반사경에 젖은 잡초가 엉켜 있고 갓길에는 엔진이 고장났는지 버려진 경차도 있었다. 태풍 이후에 질리지도 않고 연일 내리쬐는 햇볕에 시달리면서 물살에 떠내려온 나무토막과 가구를 경트럭에 실었다.

낮에는 동료들과 함께 단골 중국집에 갔다. 가게는 문을 닫았지만 어렸을 때부터 알고 지내는 사장님이 변변한 요리는 못 만든다면서 웃으며 돈도 받지 않고 식사를 내주었다. 건더기가 부족한 볶음밥과 고기가 적은 야채볶음을 허겁지겁 먹고 있는데 천장 가까이 붙은 텔레비전에서 수해 뉴스가 흘러나왔다.

"오, 저것 좀 봐."

동료 하나가 숟가락을 든 채로 턱짓으로 텔레비전을 가리켰다. 고개를 드니 어제의 도나미 부부 구조 장면이 나오고 있었다.

"지금 천천히 강으로 들어갑니다. 다소 긴장한 표정으로 들어갔습니다. 도나미 씨 표정은 보이지 않습니다⋯⋯."

이유는 모르겠지만 리포터는 목소리를 잔뜩 낮추어 말하고 있었다. 어제 생방송으로 보도했으니 이건 녹화 방송이라는 뜻이다. 잠시 후 우리가 직접 본 대로 구조대원은 무사히 도나미 부부를 구해냈다.

영상이 바뀌어 구급차에 올라타기 전 도나미 영감님의 모습이 비쳤다. 연방 고개를 숙이며 작은 목소리로 되풀이해 말하는 모습이 자막과 함께 흘러나왔다.

"정말 여러분께 폐를 끼쳐서⋯⋯ 정말로 폐를 끼쳐서, 드릴 말씀이⋯⋯."

차마 볼 수가 없었다. 분명 도나미 부부를 구출하려고 우리를 포함해 수십 명의 사람들이 참여했다. 하지만 누가 그걸 폐라고 생각한단 말인가. 구조가 본업이 아닌 우리 소방단원조차 머릿속으로 도나미 부부가 무사하기만을 바랐다. 가령 도나미 씨가 완고하게 피난을 거부하다가 고립되었다면, 조금쯤은 그러게 왜 말을 듣지 않았느냐고 생각했을지도 모른다. 하지만 그런 게 아니었다. 믿을 수 없을 만큼 단시간에 폭우가 쏟아져 세 채의 민가 뒷산이 순식간에 무너졌다. 누구 탓도 아니다. '구해주셔서 감사합니다'라면 이해가 가지만 "폐를 끼쳐서 죄송하다"는 말은 듣고 싶지 않았다.

화면 오른쪽 위에 "결사의 줄타기! 기적의 구출극"이라는 자막이 있었다. 동료 하나가 시시하다는 듯이 말했다.

"저게 왜 줄타기야."

확실히 구조대원은 와이어를 붙잡고 강을 건넜으니 줄타기라고 하면 조금 의미가 다른 것 같지만, 나는 그 점은 별로 신경쓰이지 않았다. 오히려 구출극이라는 표현의 '극'이라는 글자에 마음이 불편해졌다.

도나미 영감님이 화면에서 사라지고 영상은 스튜디오로 바뀌었다. 해설자 옆에 사태의 추이를 그림으로 풀이한 커다란 보드가 준비되어 있었다. 번듯한 양복을 차려입은 젊은 남자가 지시봉을 손에 들고 보드 여기저기를 가리키며 설명했다.

"수해로 지역 일대에서 물이 끊겨 이번에 고립된 도나미 씨 집에서도 수도를 쓸 수 없었습니다. 전기와 전화는 쓸 수 있는 상태였지만……."

카메라가 한 장의 사진을 확대했다. 도나미 씨 주택 벽에 뜯겨나간 나뭇가지가 걸려 있었는데, 자세히 보니 거기에 검은 선이 휘감겨 있었다. 저런 상황인 줄은 몰랐다.

"여깁니다! 산사태 때문일까요, 인입선이 커다란 가지에 엉켜 끊기고 말았습니다. 인입선이 대체 무엇인지 여기서 다나카 씨에게 설명을 부탁드리겠습니다."

요컨대 민가로 전기를 공급하는 선이 끊겨서 도나미 부부는 전기를 쓸 수 없었던 모양이다. 그러고 보니 지난 사흘 동안 밤에 상황을 살피러 간 적이 있는데, 도나미 씨 집에 불이 켜진 적은 없었다. 전화선도 같은 곳에 있었던 탓에 함께 끊겨서 통화가 불가능했다고 한다. 텔레비전에서는 인입선이 끊긴 경우 대처법을 설명하고 있었다. 그래봤자 젊은 남자가 "절대 직접 만지지 말고 전문가의 도착을 기다리십시오"라고 같은 말을 반복할 뿐이었지만.

광고로 넘어간 텔레비전에서 눈을 떼자 가게의 붉은 카운터에 널브러져 있는 신문이 보였다. 신문은 태풍이 직격한 이튿날부터, 평소와 같은 시간은 아니라도 제대로 배달되고 있었다. 닷새째가 되니 수해 기사는 일면 톱에서 밀려났지만, 왼쪽 상단에 컬러 사진과 함께 도나미 부부의 구출 소식이 있었다. 나가노 현 남부 수해 관련 기사는 사회면을 보라고 해서 젓가락을 내려놓고 페이지를 넘겼다.

신문에는 도나미 부부의 이웃집에 대한 기사도 있었다. 나는 거기 사는 사람이 하라구치 노부부라는 사실을 알고 있지만 신문에서는 A씨 주택이라고 되어 있었다. 기사에 따르면 토사는 하라구치가를 스치듯 무너져 내렸다고 한다. 토사에 묻힌 건 이 층짜리 민가에서 1층 한쪽 모퉁이뿐이었다고 한다. 하지만 하필 그 모퉁이가 침실이었다. A씨 부부…… 즉 하라구치 부부는 생사를 알 수 없는 상태로, 수색을 지속한다고 적혀 있었다.

이동 장사로 오사와 지구에 갔을 때 하라구치 부부가 우리 물건을 산 적은 없었다. 그 집 영감님은 분명 아흔을 바라보는 나이일 텐데도 직접 경차를 몰아 장을 보러 다녔다. 한번 우리 가게에서 물건을 사지 않겠느냐고 권해보기도 했지만 어디 사는 누군지도 모를 놈에게 어떻게 물건을 사겠느냐며 일언지하에 거절당했다. 그래서 나는 하라구치 부부에게는 좋은 감정이 없다. 그렇다고 죽었으면 좋겠다고 생각하지도 않는다. 산사태가 발생한 지 나흘이나 지나 생존 가능성이 대단히 낮은 건 알지만, 어떻게든 살아서 발견되길 바랐다.

조금 남은 볶음밥을 숟가락으로 그러모아 접시를 들고 입에 털어 넣었다. 광고가 끝나자 텔레비전은 다시 '기적의 구출극' 화제로 돌아갔다.

"사실 도나미 씨 부부의 생환 이면에는 아버지와 아들의 숨은 드라마가 있었습니다……."

"드라마?"

동료가 어이없다는 듯이 외쳤다.

"아버지와 아들이 어쨌기에 그 상황에서 살아났다는 말이야?"

도나미 부부를 구출한 건 다른 누구도 아닌 마쓰모토 시 구조대였다. 나는 어제 구조에 조금이라도 관여한 사실을 내심 자랑스럽게 여겼기 때문에 아버지와 아들의 사연이 그 '공적'을 앗아가는 건 조금 불쾌할 수밖에 없었다. 무슨 일인가 싶어 다시 텔레비전에 집중했다. 재현 영상이 시작되었다.

"올 정월, 몇 년 만에 삼남 헤이조 씨 일가가 새해 인사를 하러 찾아왔습니다."

어째선지 어둑하게 찍은 영상에 어린아이가 포함된 세 식구가 나왔다.

영상은 한동안 셋째 아들과 도나미 부부 사이의 갈등을 설명했다. 그리 심각한 갈등은 아니고, 도시의 대학에 가고 싶은 셋째 아들과 대학은 어디든 상관없지만 사립대학에는 돈

진실의 10미터 앞

을 댈 수 없다는 도나미 부부 사이에 과거 큰 말다툼이 있었다는 정도였다. 도나미 부부의 세 자녀는 저마다 도시로 나가 가정을 꾸렸는데 오본◆에는 돌아오지만 정월에는 오랫동안 돌아오지 않았다고 한다. 셋째 아들도 후쿠오카의 대학에 진학하고 그곳에서 결혼했다고 한다.

"손주 얼굴을 보여주려고 새해 인사를 간 헤이조 씨는 돌아올 때 한 가지 물건을 두고 갔습니다. 그것이 이번에 도나미 씨의 목숨을 구했습니다."

깜깜한 화면에 스포트라이트가 들어오더니 과자 상자 같은 물체를 비추었다.

"감자칩?"

동료가 그렇게 말한 것도 이해는 갔다. 하지만 나는 한눈에 그게 무엇인지 알아보았다. 텔레비전에 비친 건 우리 가게에서도 파는 상품이었기 때문이다.

"콘플레이크. 헤이조 씨는 평소 장을 보러 가기 어려운 도나미 씨 부부에게 언제든 먹을 수 있도록 보존 기간이 긴 음식을 사주었던 겁니다."

사실이 아니다.

그게 도나미 영감님의 셋째 아들 헤이조인 줄은 몰랐지만, 듣고 보니 지난겨울 도나미가 근처에서 낯선 남자에게 콘플

◆　**오본** _ 음력 7월 15일을 중심으로 죽은 조상의 영혼을 추모하는 일본의 명절. 최근에는 양력 8월 15일을 중심으로 치른다.

레이크를 팔았다. 분명 "아이가 아침에는 콘플레이크가 아니면 먹질 않아서"라는 말을 했던 것 같다. 부모를 위한 보존식이 아니었다. 몇 상자를 한꺼번에 사 갔으니 단순히 머무는 동안 다 먹지 못하고 남은 것을 도나미가에 두고 갔을 뿐이리라.

"이 콘플레이크를 먹으며 도나미 씨 부부는 고립된 사흘 동안 연명했습니다. 두 사람은 이렇게 말합니다."

재현 영상에 도나미 부부의 목소리가 실렸다. 목소리가 미묘하게 지직거리고 본인 영상이 없는 것으로 보아 전화로 인터뷰한 건지도 모르겠다.

먼저 할머님 목소리가 나왔다.

"글쎄요, 어떻게 먹는지도 몰라서 상자에 적힌 설명을 보면서 만들었습니다. 아들한테는 정말 고마운 마음뿐입니다."

영감님 목소리가 이어졌다.

"이가 약해서 어쩌나 싶었는데, 기다리는 사이 물컹해져서요, 하아, 고맙게도 세끼를 챙겨 먹었습니다."

재현 영상이 끝나자 텔레비전에는 평범하기 그지없는 회사원으로 보이는 삼십 대 중반쯤 되는 남자가 비쳤다. 확실히 낯이 익다. 남자는 긴장한 모습이었지만 기쁨을 억누르지 못하겠다는 듯 눈이 웃고 있었다.

"헤이조 씨는 이렇게 말합니다."

나레이션에 이어 헤이조의 목소리가 들렸다.

"제가 산 비상식이 부모님을 구했다고 생각하니 정말 기쁩니다. 여차할 때 있으면 든든하다고 억지로 두고 온 보람이 있었습니다."

텔레비전은 스튜디오 영상으로 돌아왔고 해설자가 비상식 비축이 얼마나 중요한지 논하기 시작했다. 잠자코 있기도 이상한 것 같아 말했다.

"저 콘플레이크 내가 팔았는데."

하지만 그 발언은 동료들에게 별 감흥을 주지 못했다.

"뭐, 그렇겠지."

"방송국에 말해. 선전 좀 될걸."

그런 심드렁한 대답밖에 돌아오지 않았다. 뭐, 달리 할말도 없겠지. 보아하니 동료들은 이미 점심 식사를 마쳤다. 누가 말을 꺼낼 필요도 없이 우리는 자리에서 일어나 중국집 사장님께 인사를 하고 오후 작업을 재개했다.

해가 지기 전에 도로를 막고 있던 커다란 쓰레기는 대강 치웠다. 노을 속에서 가게와 거주 공간을 겸하는 집으로 돌아오자 뜻밖의 손님이 나를 기다리고 있었다.

긴 머리 여성이 집 앞에 우뚝 서서 2층을 올려다보고 있었다. 무슨 볼일인지 물으려다가 옆얼굴이 눈에 익다는 것을 깨달았다. 그렇다, 몇 년 만일까. 거기 있는 것은 대학교 선배가 틀림없었다.

"무슨 일이세요, 이런 곳에서…… 다치아라이 선배!"

다치아라이 선배가 내 쪽을 돌아보았다. 오랜만의 재회라 그런지 무표정을 고수하던 그녀의 입가에도 희미한 미소가 감돌았다.

"오바. 졸업하고 처음이지."

"깜짝 놀랐어요. 십 년쯤 됐나요?"

"그래. 많이 변했네."

나는 머리를 문질렀다. 학창 시절에는 아버지처럼 되지 않을 줄 알았는데 피는 속일 수 없다고, 최근 몇 년 사이 갑자기 이마가 넓어졌다.

"그럴지도 모르겠네요."

그렇게 말하면서 다치아라이 선배의 모습을 보았다. 선배는 바닥이 넓은 큼직한 숄더백을 메고 무더위를 견딜 만한 얇은 옷을 걸치고 있었다. 윤기 흐르는 머리카락, 길쭉한 눈, 작고 얇은 입술, 무엇 하나 기억과 다른 구석이 없었다. 십 년의 세월도 선배는 비껴간 걸까? 무심코 한숨처럼 중얼거렸다.

"……다치아라이 선배는 그대로네요."

그러자 그녀는 기억에 없는 부드러운 목소리로 말했다.

"난처하게도 말이야."

나는 용모를 말한 건데 다치아라이 선배는 다른 의미로 받아들인 것 같았다. 어쩌면 일부러 곡해했는지도 모른다.

다치아라이 선배는 대학교 한 학년 선배로 말수가 적고 모임에도 자주 나오지 않았지만 만나면 강한 인상을 남기는 사람이었다. 연구 모임에서는 한껏 쥐어짜였지만 아무리 독한 소리를 해도 악의로 하는 말이 아니라고 순순히 받아들일 수 있었다. 고등학교 때까지 몸에 익은 '수동적 학습' 자세를 떨치지 못했던 나는 다치아라이 선배의 행동에서 대학에서는 '자발적 학습'이 기본이라는 걸 통감했다. 지금 하는 일에서 대학 때 배운 지식을 직접적으로 살릴 기회는 없다. 하지만 스스로 배우는 자세랄까, 세상을 마주하는 자세 같은 것을 학창 시절에 확립할 수 있었던 것은 정말 다행이라고 생각한다. 그 모든 것을 다치아라이 선배에게 배운 것은 아니지만 부분적으로는 분명히 그렇다고 말할 수 있다.

설마 선배를 다시 만날 기회가 있을 줄은 몰랐다. 아침부터 이어진 육체노동의 피로도 잊고 들뜬 목소리가 튀어나왔다.

"잘 지내는 것 같아 다행입니다. 그리고 보니 다치아라이 선배는《도요 신문》에 들어갔죠?"

다치아라이 선배가 고개를 저었다.

"사정이 있어서 그만뒀어."

"……그러셨어요?"

"지금은 프리랜서로 일해."

그렇게 말하더니 선배는 명함을 한 장 내밀었다. 직함이 '기자'로 되어 있었다. 명함을 두 손으로 받아들고 뚫어져라 쳐다보며 물었다.

"그럼 여기에는 취재 때문에?"

물어볼 필요도 없었다. 관측사상 유례없는 호우가 덮친 니시아카이시 시에 관광하러 왔을 리 없다.

"응. 조금 물어보고 싶은 게 있어서."

"물어보고 싶은 거요? 누구한테요?"

"몇 사람 있는데……. 일단은 너."

"하아, 저요?"

얼빠진 목소리가 나왔다.

이마에서 땀이 뚝뚝 떨어져 정신을 차렸다. 해가 저물고 있는데 영 시원해질 기미가 없다. 서서 이야기하기에 적합하지 않은 기온이다.

"뭐, 들어오시겠어요? 시원한 보리차 정도는 대접할게요."

그러자 다치아라이 선배는 시원스러운 얼굴로 말했다.

"고마워. 마침 목이 말랐어."

집 1층은 전부 잡화점으로 쓰고 있어 나와 부모님은 2층에서 생활한다. 가게를 지키고 있던 어머니는 우리 이야기를 들었는지 미녀의 방문을 오해하는 일 없이 "아들이 신세를 많이 졌습니다" 하고 고개를 숙였다.

거실로 쓰는 세 평짜리 공간에서 밥상을 사이에 두고 앉았다. 손님용 찻잔에 보리차를 내놓았는데 목이 마르다고 했던 다치아라이 선배는 반밖에 마시지 않았다. 쟁반에 찻잔을 내려놓더니 이렇게 말했다.

"어제는 고생 많았어."

여러 가지 일이 있었지만 어제 내가 남들 눈에 띌 기회가 있었다면 역시 도나미 부부 구조일 것이다. 하지만 우리 소방단이 그곳에 있었다는 소식은 텔레비전이나 신문에 나오지 않았고, 낮에 본 뉴스 영상에도 나오지 않았다. 생각할 수 있는 가능성은 하나뿐이다.

"거기 계셨어요?"

선배가 고개를 끄덕였다.

"보도진이 장사진을 치고 있었지? 그 속에 있었어."

"몰랐어요. 다치아라이 선배는 저를 알아보셨어요?"

"먼발치서 봐서 처음에는 확신이 없었어. 고향이 나가노라는 말은 들었지만 설마 대학교 후배를 그런 상황에서 발견할 줄이야. 쌍안경으로 보고서야 겨우 확신했지."

"쌍안경?"

"생각보다 자주 쓰는 도구야."

다치아라이 선배는 그렇게 말하더니 다다미 위에 내려놓은 숄더백에 손을 얹었다. 학창 시절의 다치아라이 선배밖에 모르는 나는 선배에게 업무에 애용하는 도구가 있다는 사실에서 지나간 시간을 느끼고 괜히 서운했다. 그런 마음을 떨쳐버리듯 나는 웃으며 말했다.

"불러보지 그랬어요."

"그럴 수야 없지. 만일의 경우 튜브를 던지는 역할이었잖아?"

"뭘요, 어차피 저흰 나설 자리도 없었는데요."

그러자 다치아라이 선배가 시원스러운 눈으로 나를 똑바로 쳐다보았다.

"아니. 훌륭한 활약이었어."

예상치 못한 말에 나는 어중간하게 웃으며 얼버무리듯 보리차를 마셨다. 모두 강을 건너는 도나미 부부를 주목하고 있을 때, 누가 나를 보고 있을 줄 몰랐다.

헛기침을 하고 찻잔을 내려놓았다.

"……그래서 제게 묻고 싶은 게 뭔데요?"

"그래."

어디라고 잘라 말할 수는 없지만 다치아라이 선배의 분위기가 바뀌었다.

"그전에, 메모 좀 해도 될까?"

"그러세요."

숄더백 옆 주머니에서 가죽 수첩과 볼펜이 나왔다.

"먼저 확인 좀 할게. 도나미 씨 집에 생활용품을 팔았던 건 오바 너희 가게가 맞지?"

저도 모르게 말문이 막혔다.

"저, 어디서 그런 얘기를?"

일부러 숨긴 건 아니지만 떠벌리지도 않았다.

다치아라이 선배는 어리둥절한 기색으로 고개를 갸웃거렸다.

"뭘 그리 놀라. 도나미 씨 집 주변에는 가게도 없고, 보아하니 도나미 씨는 차도 없었어. 버스도 안 다닌다면서? 장은 어떻게 보았을까 싶어 이웃에 물어봤는데 오바 상점에서 장사를 나오면 장을 봤다고 알려준 것뿐이야."

"아아, 그래서……."

이유를 듣고 보니 이상한 일은 아니었다.

"맞아요. 저희 이동 장사를 이용하셨어요."

"그 주변에 달리 이동 장사를 하는 가게는 있어?"

"없습니다."

선배가 한 박자를 두고 조금 느릿한 목소리로 거듭 물었다.

"정말로?"

어떻더라? 진지하게 생각해보지는 않았다. 천장을 쳐다보며 생각했다. 생활 잡화를 파는 건 우리 가게뿐이지만 이동 장사 전체로 보면 다른 가게도 떠올랐다.

"……가스하고 등유는 소매점이 집집마다 돌면서 채워줘요. 가스는 통을 교환하는 거지만요. 제가 어렸을 때는 두부나 건조대를 파는 차도 봤는데, 요즘은 없을 겁니다."

"그렇군."

"폐품 수거 차량은 갈 것 같은데…… 잘은 모르겠어요."

다치아라이 선배의 표정이 누그러졌다.

"고마워. 그렇다면 식료품은 대개 너희 가게에서 입수했다고 봐도 될까?"

"아니, 그렇진 않겠죠."

나도 모르게 그렇게 반박하자 다치아라이 선배는 바로 수긍했다.

"아, 그건 그렇겠네. 경솔했어. 그 주변은 농지가 많았지.

도나미 씨가 자기 논밭을 가지고 있어도 이상할 건 없겠구나."

"예. 게다가 남은 농작물을 서로 교환하기도 했을 거예요."

"그런 경우도 있구나. 주변에 목축업을 하는 사람도 있어?"

"닭 정도는 키우는 집도 있겠지만 목축을 전문으로 하는 집은 없을 거예요."

다치아라이 선배는 고개를 끄덕이면서 엄청난 속도로 펜을 놀렸다. 나는 문득 뒤늦게 선배가 뭘 알고 싶은 건지 궁금해졌다. 오사와 지구에 상점이 적고, 이동 수단이 부족한 고령자가 일상생활에 불편을 겪는 현재 상황에는 분명 문제가 있다. 하지만 유례없는 폭우가 덮친 직후에 이 주변에서 쇼핑하기가 얼마나 어려운지 조사하러 왔을 리는 없다.

우리 장사와 이번 수해 사이에서 짐작 가는 연관성은 하나뿐이었다. 수해와 오바 상점의 교집합은 아까 중국집에서 소방단 동료들에게 했던 말, 즉 도나미 부부가 고립되어 있는 동안 먹었던 콘플레이크의 출처가 우리 이동 장사라는 사실뿐이다. 거기까지는 눈치를 챘지만 그다음을 모르겠다. 그렇다면 단도직입적으로 물어보는 수밖에 없다.

"저, 그래서…… 다치아라이 선배는 뭘 알고 싶은 거예요?"

"아직 모르겠어."

짧은 침묵 끝에 그런 대답이 돌아왔다.

"직감적으로 이상한 부분이 있어. 하지만 그게 정말 설명할 수 없는 상황인지 조금 더 조사해봐야 알 것 같아. 어쩌면 굉장히 단순한 문제일지도 모르고."

"도나미 씨가 산 콘플레이크에 대해 알고 싶은 거죠?"

그러자 다치아라이 선배는 당연한 소리를 들은 것처럼 표정을 바꾸지 않고 끄덕였다.

"그래."

"그럼 왜 그걸 판 건 너냐고 묻지 않는 거예요? 빙빙 둘러서 답답하게."

다치아라이 선배는 펜을 내려놓더니 손을 뻗어 천천히 입으로 찻잔을 가져갔다. 소리 없이 찻잔을 쟁반에 도로 내려놓고 고개를 살짝 기울였다.

"그걸 어떻게 묻겠어?"

"왜요?"

"생각해봐."

그 말을 들으니 순간 학창 시절의 추억이 되살아나는 기분이었다. 선배는 안일한 질문에는 대답해주지 않았다.

"단골손님한테 뭘 팔았는지 알려달라고 하면 넌 대답했을까?"

……아아, 그런가. 확실히.

"지당한 말씀이네요. 손님이 뭘 샀는지 무턱대고 털어놓을 수는 없죠. 본인이 허락하면 몰라도."

"경찰이라면 물을 수도 있겠지만 나는 경찰이 아니니까. 대답하는 쪽에 찜찜함이 남는 질문은 하고 싶지 않아."

남에게 들려주는 게 아닌, 작은 혼잣말이 이어졌다.

"가급적."

섣불리 판단하기 어려운 문제지만 나는 조금 섭섭했다. 다치아라이 선배의 자세는 옳긴 해도 나는 일면식도 없는 상대가 아니니 조금 더 기대도 되는데.

"그럼 달리 제가 대답할 수 있을 만한 질문은 없나요?"

그만 속마음이 말로 튀어나왔다. 다치아라이 선배는 내 얼굴을 지긋이 보더니 알아보기 힘든 미소를 지었다.

"꼭 알려줬으면 하는 게 있어."

"뭔데요?"

"너희 가게가 마지막으로 오사와 지구에서 이동 장사를 한 건 언제지?"

너무 간단한 질문이라 기운이 빠졌다.

"오사와 지구에는 일주일에 두 번, 월요일하고 목요일에 가요. 지난주 목요일은 태풍 때문에 못 갔으니 월요일…… 어."

허둥지둥 수정했다.

"지난주 월요일은 14일인가. 저희도 오본 연휴에는 쉬었으니 그전 목요일이 되겠네요."

"그렇다면 10일이지?"

"네."

나는 무심결에, 도나미 헤이조가 콘플레이크를 산 건 올 일월이라고 말할 뻔했지만 다치아라이 선배의 배려를 무시할 수 없어 말을 삼켰다. 새해 인사를 왔을 때 샀다는 건 텔레비전에서도 말했으니 이미 널리 퍼진 정보라고 해도 될 테고, 다치아라이 선배도 확인했을 텐데……. 원숭이도 나무에서 떨어진다고, 혹시 착각할 걸까? 선배는 펜을 들고 지금 막 메모한 수첩을 뚫어져라 노려보고 있었다.

"8월 10일."

역시 알려주는 게 나을까? 그렇게 생각했을 때 다치아라이 선배가 수첩을 살며시 덮었다.

"고마워, 오바. 이걸로 수수께끼가 꽤 풀렸어."

뭐가 문제인지, 무슨 수수께끼가 풀렸는지, 전혀 알 수가 없었다. 역시 다치아라이 선배는 뭔가 오해하는 게 아닐까? 그렇게 생각하는 내 앞에서 다치아라이 선배는 고개를 숙이고 자리에서 일어났다.

"피곤할 텐데 고마워. 만나서 기뻤어."

나도 덩달아 엉거주춤 일어섰다.

"아뇨…… 별 이야기도 못 해드려서. 저, 다치아라이 선배, 이제부터 어쩌실 거예요?"

다치아라이 선배는 숄더백을 어깨에 메고 대답했다.

"도나미 씨 이야기를 들어볼까 해."

"도나미 씨요?"

앵무새처럼 되물었다.

"그래. 어렵겠지만 그분들을 만나야 취재가 끝나거든. 지금 가면 아직 불편할 시간은 아니겠지만 지치셨을 테니 오늘은 어려울지도 몰라. 내일까지는 버텨보려고."

"거기, 저도 따라가도 될까요?"

스스로도 예상하지 못한 말이 튀어나왔다. 기운을 차린 도나미 씨를 보고 싶기도 했고, 다치아라이 선배가 무슨 생각을 하는지 궁금하기도 했다. 하지만 동행을 바란 가장 큰 이유는 십 년 만에 우연히 만난 선배와 조금 더 이야기를 나누고 싶었기 때문인지도 모른다. 뜻밖이었는지 다치아라이 선배의 길쭉한 눈이 살짝 벌어졌다.

다치아라이 선배는 이유를 묻지 않았다. 잠깐 고민하더니 "좋아. 단……"이라고 조건을 붙였다.

"허탕으로 끝나게 된다면 미안해. 그리고 만약 도나미 씨가 취재를 거절해도 거들지 마. 너하고 단골손님 사이를 망치기 싫으니까."

"알겠습니다."

"한 가지 더. 너 때문에 이야기하기 거북하다고 하면 자리를 피해달라고 할지도 몰라."

마지막 조건은 잘 이해가 가지 않았다. 낯익은 내게는 말할 수 있어도 처음 만나는 다치아라이 선배에게 말하기 거북한 상황이라면 쉽게 상상이 가는데. 다치아라이 선배는 반대의 가능성을 생각하고 있다. 무슨 경우일까 의아해하면서도 나는 고개를 끄덕였다.

3

오사와 지구는 물이 거의 빠졌지만 추가 산사태 우려가 있는 도나미가 주변은 출입이 제한되었다. 도나미 부부는 피난소로 지정된 오사와 문화센터에 있다고 했다.

내 프리우스로 이동하기로 했다. 이동 장사용 미니밴은 고장났지만 자택에서 떨어진 주차장에 세워두었던 프리우스는 무사했다. 설마 이 차에 다치아라이 선배를 태우게 될 줄은 생각도 못 했다. 깔끔하게 쓰길 잘했다고 진심으로 생각했다.

차 안에서는 거의 이야기를 나누지 않았다. 다치아라이 선배는 소방단 활동에 대해 몇 가지 질문을 했고, 나는 거기에 답했다. 오사와 지구에 접어들었을 즈음 휴대전화가 울려 다치아라이 선배가 "미안"이라고 말하고 전화를 받았다.

"여보세요. ……응, 괜찮아. 그래, 알았어. 고마워."

몹시 사무적인 단어로만 대답하고 전화를 끊더니 선배는 고개를 돌리지 않고 말했다.

"하라구치 씨 시신을 발견했어. 도나미 씨 이웃집. 두 사람 다 구하지 못했대."

"그랬군요……."

나는 숨을 삼키고 그렇게 말하는 게 고작이었다. 엉뚱하게 화풀이를 하던 영감님이 죽었다는 말에 슬픈 마음은 들지 않았다. 다만 사람은 쉽게 죽는다는 생각을, 이제야 깨달은 것처럼 곱씹을 뿐이었다.

"다른 한 채도 계속 수색하고 있지만 그쪽은 난항을 겪고 있나 봐."

"완전히 파묻혔으니 그렇겠죠."

후우, 한숨을 쉬었다.

"뭐, 도나미 씨 부부만이라도 살아서 다행이라고 생각하는 수밖에요."

오사와 문화센터가 보였다. 지붕도 벽도 양철로 덮인 무뚝뚝한 건물이지만 현관만큼은 천연재로 훌륭하게 만들어놓았다. 주차장이 넓어 일반 차량 스무 대는 세울 수 있다. 여기서 장례식을 치르는 경우도 많아 공간 낭비는 아니다.

그 주차장 한쪽에 프리우스를 세웠다. 문을 열자 낮보다 더 축축한 열기가 온몸을 때려 순식간에 땀이 솟아나왔다.

주차장에 다른 차는 없었다. 낮에 텔레비전에서 도나미 부부를 크게 다룬 것을 봤기 때문에 중계차 한두 대는 있을 줄 알았는데.

"다른 기자는 없네요."

"방송국은 어제 인터뷰를 마쳐서 그렇겠지만…… 잡지는 와 있을지도 모른다고 생각했는데. 운이 좋네."

다치아라이 선배가 운을 논하다니 위화감이 들었다. 좋고 나쁜 운과 상관없이 최선을 다해 바라는 결과를 얻는 착실함이 내가 선배에게 품고 있던 이미지에 더 어울렸다. 그렇지만 다른 기자가 취재하러 오는 상황을 마음대로 제어할 수는 없으니 운이 좋았다고 하는 것도 이해는 갔다.

문화센터의 문은 잠겨 있지 않았다. 다치아라이 선배가 밀자 미닫이문이 덜컹덜컹 소리를 내며 열렸다. 현관 입구에는 외부용 비닐 샌들이 몇 켤레 있었는데 구두는 진흙이 잔뜩 묻은 두 켤레뿐이었다. 지금 안에는 도나미 부부밖에 없을 것이다. 공공시설이라고는 해도 사람이 있다는 걸 알면서 말없이 들어가기는 망설여졌다. 어쩌나 고민하는데 다치아라이 선배가 인사를 했다.

"실례합니다."

"……예."

오사와 문화센터는 작은 건물이 아니다. 오사와 지구의 인구수에 비해 어울리지 않을 정도로 크고 방도 여러 개 있는데 대답은 바로 가까이서 들렸다.

잠시 후 도나미 영감님이 나왔다. 애처로운 모습에 나는 눈을 돌리고 싶었다. 마지막으로 가까이서 본 게 언제였더라. 한 달까지는 되지 않을 것이다. 그런데 영감님의 얼굴은 뺨이 홀쭉하고 눈은 탁한 게 단숨에 십 년은 더 늙은 것처럼 보였다. 영감님은 다치아라이 선배가 아니라 나를 보고 억지로 웃으려 했다.

"아아, 오바 씨. 잘 오셨습니다."

나는 한 걸음 앞으로 나서서 가게에서 가져온 양갱을 내밀었다.

"무사하셔서서 다행입니다. 이건 위문품입니다."

영감님은 눈을 휘둥그레 떴다.

"세상에, 그렇지 않아도 폐를 끼쳤는데 이런 것까지 받을 수는⋯⋯."

"그런 말씀 마세요. 무사하셔서 천만다행입니다. 약소한 마음이에요."

"하지만⋯⋯."

"빨리 상하는 것도 아니니 다른 분하고 같이 드세요."

이러니저러니 하다가 겨우 받아주었다. 영감님은 금괴라도 되는 것처럼 양갱을 공손히 들고 다치아라이 선배에게 시선을 돌렸다.

"이쪽 분은?"

다치아라이 선배가 고개를 숙였다.

"불쑥 찾아와서 죄송합니다. 저는 다치아라이라는 기자입니다. 피곤하시겠지만 이번 수해에 대해 잠시 말씀을 여쭤봐도 되겠습니까?"

기자라는 말을 듣고 영감님이 순간 동작을 멈추었다. 괴로운 듯 얼굴을 일그러뜨리더니 눈짓으로 어째서 당신이 기자를 데려왔느냐고 묻고 싶은 것처럼 나를 쳐다보았다. 그 시선을 받고 무심결에 변명했다.

"대학교 선배입니다. 취재하러 간다기에 따라왔습니다."

도나미 영감님은 잠깐 당황했지만 바로 정신을 차렸다. 딱딱한 표정은 지우지 못했지만 다치아라이 선배에게 깊숙이 고개를 숙였다.

"일부러 오시느라 고생하셨습니다. 서서 이야기하는 것도 실례니 안에서 말씀하시겠습니까?"

"아닙니다, 시간을 빼앗으면 죄송하니."

"그러십니까? 그래도 모처럼 오셨는데, 제 집도 아닌데 이런 말을 하기는 이상하지만 부디 사양 마시고."

"……그럼 감사히."

다치아라이 선배는 구두를 벗고 건물 안으로 들어갔다. 나도 그 뒤를 따랐다.

도나미 영감님이 안내해준 곳은 현관 옆의 작은 방이었다. 다다미가 깔린 두 평 남짓한 공간에 둥글고 작은 밥상이 있고, 연갈색 방석에 도나미 할머님이 몸을 웅크리고 앉아 있었다. 오사와 문화센터에는 더 넓은 방이 얼마든지 있고 이 시기에는 쓰는 사람도 없다. 그래도 이 좁은 방을 고른 도나미 부부의 심경은 헤아리고도 남았다.

방에 들어온 다치아라이 선배를 보고 할머님이 일어섰다. 어째선지 몹시 겁에 질린 눈빛이었다. 영감님이 짧게 설명했다.

"이쪽은 기자님이야. 이야기를 듣고 싶다는구려."

할머님은 천천히 고개를 끄덕이더니 다치아라이 선배를 향해 미소를 지었다.

"고생이 많으십니다. 차라도 내드리고 싶은데 보다시피……."

"여기 찻잎도 시의 비품이라, 뭐 하나 대접 못 하고 정말 죄송합니다."

영감님이 뒷말을 받아 고개를 숙였다. 다치아라이 선배는 왠지 굳은 표정으로 말했다.

"그렇게 마음 쓰지 마세요. 금방 돌아갈 테니까요."

할머님은 그래도 두어 마디 변변한 대접도 못 한다고 중얼거리다가 겨우 내 존재를 알아보고 깜짝 놀란 얼굴로 시선을 떨어뜨렸다.

좁은 방에 있는 방석은 두 개뿐이라 두 사람은 다다미 위에 앉아야 했다. 도나미 부부는 다치아라이 선배와 내게 방석을 양보하려 했지만 우리는 고집스레 사양했다. 도나미 부부가 어쩔 수 없이 받아들여 네 사람이 밥상을 둘러싸고 앉았을 때, 나는 벌써 돌아가고 싶을 정도로 숨이 막혔다.

"이번에는 정말 큰일을 겪으셨습니다."

다치아라이 선배가 말문을 열었다.

"많은 분들께 폐를 끼치고 말았습니다. 어떻게 사죄해야

진실의 10미터 앞

할지, 드릴 말씀이 없습니다."

영감님은 그렇게 말하면서 고개를 숙였다. 다치아라이 선배는 메모도 하지 않고 담담하게 말했다.

"그런 폭우가 내릴 줄은 기상청도 예측 못 한 모양입니다. 이번에 구조 관계자에게도 이것저것 여쭈었는데, 모두 하나같이 두 분이 무사해서 다행이라고 말씀하셨습니다."

그리고 마지막에 이렇게 덧붙였다.

"저도 그 마음은 같습니다."

다치아라이 선배는 산사태는 누구도 예측할 수 없었고, 그누구도 구조 활동을 민폐라고 생각하지 않는다고 전함으로써 두 사람을 격려한 셈이다. 단지 말투가 너무 냉정해서 선배의 마음은 도나미 부부에게 전달되지 않았을 것이다. 실제로 도나미 부부는 무슨 말을 들었는지 제대로 이해하지 못하고 모호한 대답만 했다.

"하아, 정말, 죄송해서……."

다치아라이 선배는 방을 슬쩍 훑어보았다.

"어제부터 이 방에서 지내고 계십니까?"

영감님이 고개를 끄덕이더니 띄엄띄엄 대답했다.

"예. 소방서 분들이 어찌나 친절하시던지, 어제는 병원에 데려가주셨는데, 덕분에 의사 선생님께서 지희 둘 다 몸은 건

강하다고 말씀해주셔서, 이거 금방 돌아갈 수 있겠다 싶었는데, 집이 뭐라고 해야 하나, 아직 위험하고 전기도 안 들어오고, 돌아가면 안 된다고 시청 분들이 그러시더니, 여기로 안내해주셨습니다. 이불이며 음식도 주시고, 정말 면목이 없습니다."

한 마디, 한 마디, 말실수를 하지 않으려고 조심스럽게 말하는 것처럼 들렸다. 사흘 동안 전국의 주목을 받고 구출 장면까지 생방송으로 나갔다는 이유로 부담을 느끼고 이렇게까지 움츠러들어야 하는 걸까? 나는 소방단원으로 도나미 부부를 구조하는 작업을 도왔다고 생각했는데, 이제는 내가 뭘 했는지 잘 모르겠다.

다치아라이 선배는 도나미 영감님의 비통한 말에도 표정 하나 바꾸지 않고 이렇게 물을 뿐이었다.

"편히 쉬셨습니까?"

어느 정도 할말을 하자 긴장이 조금 풀렸는지 영감님의 표정이 조금 누그러진 것 같았다.

"하아, 덕분에…… 푹 쉬었습니다."

다치아라이 선배가 할머님 쪽을 쳐다보자 할머님도 입가를 누그러뜨렸다.

"잠자리가 바뀌면 못 잘 줄 알았는데, 뭘요, 덕분에."

진실의 10미터 앞

"그거 다행이네요."

다치아라이 선배의 목소리가 조금 부드러워졌다.

구사일생으로 살아난 도나미 부부가 근심 때문에 밤에도 잠을 설친다면 내 마음도 불편하다. 푹 쉬었다는 한마디만으로도 마음이 편해졌다.

두 평짜리 방이 순간 고요해졌다.

나는 그리 예민한 편은 아니지만 그 순간 똑똑히 알 수 있었다. 이야기의 서두는 끝났고, 지금부터 본론이라는 것을.

여기까지 왔는데도 나는 다치아라이 선배가 문제로 삼는 게 무엇인지 짐작도 하지 못했다. 콘플레이크의 어떤 점을 주목하고 있다는 것은 선배도 인정했다. 의심스러운 점이 있었을까? 아니면 콘플레이크 자체가 아니라 그걸 산 도나미 헤이조에게 문제가 있는 걸까? 도나미 헤이조가 콘플레이크를 산 것은 올해 일월이었다. 가령…… 그가 지금 뭔가 다른 사건으로 의심을 받고 있어 일월에 어디에 있었는지 증명해야 한다거나.

"기자님."

도나미 영감님이 쭈뼛쭈뼛 말을 꺼냈다.

"묻고 싶으시다는 게 그것뿐인가요?"

"아니요."

다치아라이 선배의 목소리는 변함없이 또렷했다.

"꼭 말씀해주셨으면 하는 게 있습니다."

"무엇을 말씀하시는지."

"그전에 말씀드리겠는데, 만일 여기 오바 씨가 자리를 피하는 게 편하시면 말씀해주십시오."

도나미 부부가 불안한 시선을 주고받았다. 어느 쪽이랄 것 없이 두 사람이 괜찮다는 듯이 고개를 끄덕이자 다치아라이 선배가 말했다.

"그럼 여쭙겠습니다. ……콘플레이크에는 무엇을 부어 드셨습니까?"

무슨 질문이 저렇지?

수해의 공포에 휩싸인 니시아카이시 시에 달려와 나를 비롯한 여러 사람들을 취재하고, 핵심이라 할 수 있는 도나미 부부까지 찾아온 이유가 저런 질문 때문이었다니. 나는 귀를 의심했다. 그야 아무렴 어떤가? 다치아라이 선배는 대체 어떻게 된 건가. 설마 대학을 졸업하고 십 년 넘은 세월을 거치면서, 선배는 가장 중요한 취재 테마로 타인의 식사 방법을 선택한 걸까?

……하지만 그 질문을 받은 도나미 부부의 반응은 예상도

진실의 10미터 앞

하지 못한 것이었다.

　도나미 영감님은 꼼짝도 하지 않고 지친 얼굴을 돌처럼 굳히고 다치아라이 선배를 뚫어져라 쳐다보고 있었다.

　할머님 쪽은 대조적으로 시선을 어찌할 줄 모르고 영감님과 다치아라이 선배를 번갈아 보았다. 다치아라이 선배가 아까와 다르지 않은 목소리로 질문을 거듭했다.

　"두 분은 아드님인 헤이조 씨가 구입해 두 분 자택에 두고 간 콘플레이크를 이번 수해 기간에 드셨다고 들었습니다. 그때 콘플레이크에는 무엇을 부어 드셨습니까?"

　두 번째 질문에 영감님의 표정이 바뀌었다.

　움푹 들어간 눈이 글썽거리더니 순식간에 굵은 눈물이 흘러넘쳤다.

　"그건……."

　"여보!"

　할머님이 제지했지만 영감님은 고개를 저었다.

　"괜찮아, 할멈, 괜찮아."

　"여보……."

　"할멈은 잘못 없어. 전부 내 잘못이야."

　찬찬히 타이르는 듯한 그 말에 할머님은 고개를 숙이고 오열하기 시작했다.

도나미 영감님은 눈물을 훔치더니 허리를 곧게 펴고 아까보다 더 탁한 목소리로 말했다.

"다치아라이 씨라고 하셨지요? 참으로…… 참으로 잘 물어 봐주셨습니다. 언젠가 누가 물어본다면 이른 게 나으니까요. 고맙습니다."

그리고 영감님은 사정을 파악하지 못한 나를 힐끔 쳐다보았다.

"오바 씨를 데려오셨으니 대강은 짐작하시리라 생각합니다."

"어쩌면 그럴지도 모르겠다 싶은 생각은 있습니다."

"그랬습니까. ……그렇습니다, 저희는 콘플레이크에 우유를 부어 먹었습니다."

일반적으로 그렇게 먹는다.

두유나 요구르트를 붓는 사람도 있다는 이야기는 가끔 듣는다. 하지만 주류는 우유를 부어 먹는 방법이다. 분명 낮에 본 뉴스에서 할머님은 먹는 방법을 몰라서 상자의 설명서를 읽어가며 만들었다고 했다. 다시 말해 도나미 부부는 콘플레이크를 유별난 방법으로 먹은 게 아니다.

"그렇다면……."

"예."

영감님이 고개를 끄덕였다.

"냉장고가 필요했습니다."

머리를 얻어맞은 기분이었다. 냉장고!

그런가, 그랬나.

냉장고는 반드시 필요했을 터였다. 태풍 12호가 나가노 현 남부를 직격한 이번 달 17일 이후, 태풍이 지나가고 맑은 날 이 이어져 더위가 기승을 부렸다.

게다가 도나미 부부가 우유를 입수한 것은 이번 달 10일일 가능성이 컸다. 부부는 버스가 다니지 않는 오사와 지구에 살 았고, 평소에는 이동 장사를 하는 우리에게 식료품을 샀다. 지난주 순회일인 14일은 우리 가게가 오본 연휴로 쉬었고, 다음 순회일은 태풍 때문에 가지 못했기 때문이다. 오늘은 21 일, 저온 살균 우유라면 유효기간이 이미 지났을 테고, 일반 적인 살균법으로 만든 우유를 서늘하고 어두운 곳에 보관했 다 해도 슬슬 먹어치우는 게 나을 시기다. 무더위 속에서 오 래된 우유는 냉장고에 넣어두지 않으면 하룻밤도 지나지 않 아 상해버릴 것이다.

하지만 도나미가는 전기를 쓸 수 없었다. 집은 무사했지만 인입선이 가지에 엉켜 전화선과 전기선이 함께 끊겨버렸기 때문이다.

냉장고 외에 우유를 차갑게 보존할 방법이 있었을까? 흐르는 물에 담가두는 건 어떨까? 아니, 불가능하다. 이번 수해로 많은 세대에서 수도가 끊겼다.

가스는? 집집마다 가스통이 있으니 가스는 사용할 수 있었을 터. 우유를 끓여서 살균하면…… 아니, 사흘이나 가열 살균을 반복했을 리는 없다. 전부 증발해버릴 것이다.

그렇다면 어떻게 우유를 보존했나?

다치아라이 선배가 물었다.

"오바 씨는 나가 있으라고 할까요?"

도나미 영감님은 잠깐 주저하더니 천천히 고개를 저었다.

"아니, 들어주십시오. 숨기는 데 지쳤습니다."

나는 숨을 삼켰다.

"도나미 씨…… 냉장고를 어떻게 한 겁니까?"

새빨갛게 충혈된 눈이 나를 똑바로 쳐다보았다.

영감님은 떨리는 목소리로 말했다.

"하라구치 씨 댁 냉장고를……."

하라구치 씨.

도나미가의 이웃집. 이번 산사태로 불행하게도 침실을 직격당해, 방금 전 두 사람 다 사망한 것으로 확인되었다.

그렇다. 산사태 피해를 입은 건 침실뿐이었다.

내 안색이 변하는 것을 보았는지 영감님이 살짝 끄덕거렸다.

"하라구치 씨 댁 부엌에 들어가 냉장고에 우유를 넣어 차갑게 보관했습니다."

"……."

"날이 밝으면 음식이 썩을 건 눈에 보였고, 구조대는 올 기미도 없었습니다. 상하지 않을 만한 음식은 매실장아찌 몇 개하고, 아들이 두고 간 그 말린 과자 같은 것뿐이었어요. 상자 설명서를 읽어보니 우유에 말아 먹으라고 적혀 있어서 그렇게 먹는 음식이라는 건 알았지만, 냉장고가 먹통이니 우유도 금세 상할 테지요. 일단은 먹지도 마시지도 않을 각오를 했습니다."

다치아라이 선배가 끼어들었다.

"그리고 하라구치 씨 댁으로 가셨군요."

줄곧 오열하던 할머님이 번쩍 고개를 들었다.

"우리 양반은 구하러 갔던 겁니다. 하라구치 씨는 아직 구할 수 있을지도 모른다고, 삽을 들고……."

"소용없는 짓이었습니다."

영감님이 작은 목소리로 말했다.

"하라구치 씨가 묻혀 있는 건 알았지만 한아름은 되는 돌덩어리가 잔뜩 있어서 노인네 혼자서는 도저히……. 다만 저는 그때 하라구치 씨 집에는 전기가 들어온다는 걸 알게 됐습니다. 냉장고에 우유를 넣어두자는 말을 꺼낸 건 접니다."

"아니야!"

할머님이 비명 같은 소리를 질렀다.

"그게 아니잖아요. 내가, 우유만 어떻게 되면 헤이조가 두고 간 선물로 한동안은 버틸 수 있다고 말해서 그런 거잖아요."

"그 말을 듣고 내가 하라구치 씨 집으로 가져갔어. 내가 말을 꺼낸 거나 다름없어."

뇌리에 그 상황이 떠올랐다.

예보를 훨씬 뛰어넘는 폭우와 이어진 산사태로 세 채 가운데 멀리 떨어져 있는 집은 흙더미에 파묻혔고, 바로 옆집에는 인기척이 없다. 산기슭의 강은 범람해 다리도 떠내려가고 말았다. 언제 다음 산사태가 일어날지 모르고, 물도 식량도 구할 길이 없는 가운데 도나미 씨는 우유팩을 들고 집을 나선다. 흙더미 속에 파묻혀 있을 이웃의, 냉장고를 빌리기 위해. 그렇게 신선하게 보관한 우유로, 어떻게 만들어 먹는지도 잘 모르는 음식을 먹기 위해.

머릿속에 떠오르는 것은 역시나 단 하나, 도나미 부부가 무사해서 다행이라는 생각뿐이었다.

하지만 노부부가 죄책감에 시달리는 것도 이해할 수 있었다. 나라도 같은 상황에 처하면 아무에게도 말하지 못할 것이고, 아무에게도 말하지 못한다는 사실에 괴로워할 것이다.

다치아라이 선배가 물었다.

"하라구치 씨 댁 냉장고에 들어 있던 건 어쩌셨습니까?"

"어쩌긴요, 뭘 어쩌겠습니까."

영감님이 당연하다는 것처럼 대답했다.

그렇다. 하라구치가에는 음식이 있었다. 하라구치 씨는 평소 자기 경차로 장을 보러 다녔고, 우리 가게 이동 장사가 오본 연휴로 쉬어도 아무 영향 없이 장을 볼 수 있었다.

하지만 도나미 씨는 그 음식에는 손을 대지 않았다고 한다. 그 사실을 떳떳하게 여기지도, 음식에 손을 대지 않은 것으로 냉장고를 빌린 죄책감을 상쇄하려 하지도 않았다.

"……알겠습니다."

다치아라이 선배가 작게 끄덕이며 말했다. 나는 뒤늦게 다치아라이 선배가 메모를 하지 않았다는 것을 깨달았다.

"오늘 여쭤본 사실에 대해 어떻게 다루어주길 바라십니까?"

도나미 부부가 싫다고 하면 발표하지 않겠다는 의미이리라. 하지만 노부부는 한 치의 망설임도 없이 대답했다.

"마음껏 쓰십시오. 잠자코 있는 건 정말 괴로웠습니다. 물어봐주셔서 고맙다는 생각은 진심입니다. 세상에는 알리지 말아달라는 뻔뻔한 소리를 어떻게 하겠습니까."

"저도 남편과 같은 생각입니다. 그래서 만약 세상이 저희를 악랄하다고 말한다면 당연한 벌이라고 생각합니다."

"두 분이 그런 마음이라면……."

다치아라이 선배는 다다미에 손을 짚고 무릎을 꿇은 채로 살짝 뒤로 물러나 깊숙이 고개를 숙였다.

"말씀 감사했습니다."

아마도 무의식일 테지만, 도나미 영감님이 깊고 깊은 한숨을 토했다.

4

기나긴 여름해가 겨우 저물어가고 있었다.

저멀리 산사태가 집어삼킨 대지가 보였다. 하루아침에 새 다리가 놓일 리는 없으니 중장비는 아직 들어오지 못했을 테고, 해가 있을 때 가능한 한 인력으로 수색을 계속하고 있으리라. 수색이 길어지면 소방단도 나서야 할지 모른다.

주차장에 세워둔 프리우스의 문을 여는데 다치아라이 선배가 이렇게 말했다.

"여기까지 태워줘서 고마워. 이 주변을 조금 더 보고 싶으니 돌아갈 때는 택시를 탈게."

나도 남겠다고 말하고 싶었지만 너무 들러붙으면 업무에 방해만 된다.

"알겠습니다. 조심하세요."

"또 어디서 보자."

"예."

그래도 아쉬움이 가시지 않아 나는 프리우스에 올라타지 않고 멍하니 서 있었다. 다치아라이 선배와 내가 하는 일은 거의 접점이 없다. 여기서 헤어지면 어쩌면 앞으로 평생 못 만날지도 모른다.

달리 해야 할 말이 있었을지도 모르지만, 내 입에서 튀어나온 건 이런 말이었다.

"쓰실 건가요? 도나미 씨 이야기, 기사로 쓰실 겁니까?"

노부부는 써도 된다고 했다. 그들이 죄의식을 고백하고 마음의 짐을 덜었다는 것도 거짓말은 아니리라. 하지만 그것을 기사로 써서 전국에 공개하는 건 조금 다른 이야기가 아닐까 싶었다. 세상에는 매정한 사람도 있다. 그들은 행방불명된 사람의 집에 들어가 자기 목숨을 연명한 도나미 부부를 비난할 것이다.

다치아라이 선배는 막연히 오사와 지구의 전원 풍경을 바라보며 끄덕였다.

"쓰겠지."

"하지만……."

"무슨 말을 하고 싶은지 알아. 하지만 두 사람이 콘플레이크를 먹고 사흘을 버틴 사실은 텔레비전에 나가고 말았어. 실수로 그런 건지, 아니면 죄의식 때문에 우회적인 고백을 한 건지는 모르겠어. 내가 할 수 있는 말은 텔레비전을 본 사람들 가운데 몇 퍼센트는 나하고 똑같은 의문을 품었을 거라는 사실이야."

"의문에 답하기 위해 기사를 쓰는 건가요?"

길쭉한 눈이 나를 돌아보았다.

"그런 직업이니까."

"……."

"어디에도 정보가 없으면 소문은 한없이 무책임하게 불어나. 내가 기사를 써봤자 영향력은 뻔하지만 어딘가에는 정보가 있다는 상황을 만들 수 있어. 조금은 다를 거야."

콘플레이크를 어떻게 먹었는지 아무도 기사로 쓰지 않으면, 도나미 부부가 콘플레이크를 먹었다는 말은 거짓말이고 하라구치가에서 음식을 훔쳤다는 소문이 나도 아무도 반론할 수 없다. 하지만 다치아라이 선배가 도나미 부부에게 들은 이야기를 기사로 쓰면 논점은 기사의 신뢰 여부로 옮겨간다. 생산적인 논쟁이라고 할 수는 없지만 일방적인 비방보다는 훨씬 낫다. ……다치아라이 선배가 하려는 말은 그런 게 아닐까?

마지막으로 나는 한 가지 더, 끝까지 알 수 없었던 질문을 했다.

"도나미 부부가 사실을 고백하고 싶어 한다는 걸 어떻게 알았어요?"

노부부가 냉장고에 대해 들킬까 봐 진심으로 두려워한 나머지 일이 발각되었을 때 패닉에 빠질 가능성도 충분히 짐작할 수 있었다. 그렇지 않아도 끔찍한 경험을 한 도나미 부부가 충격을 받으면 어떤 심각한 결과가 나와도 이상하지 않다.

하지만 실제로는 노부부는 물어봐줘서 고맙다고 했다. 기분 탓인지 표정도 무거운 짐을 내려놓은 것처럼 후련해 보였다. 다치아라이 선배는 그 결과를 어떻게 예측했을까?

예상조차 할 수 없는 답이 나오기를 기대했다. 다치아라이 선배는 어떠한 방법으로 도나미 부부의 심경을 읽어내고 취재에 임했다고 생각했다. 그래야지 학창 시절에 내가 존경했던 다치아라이 마치다, 그렇게 생각하고 싶었다.

하지만 그녀는 이렇게 말했다.

"이번엔 운이 좋았어."

"운?"

"그래."

할말을 잃은 내 귀에 독백 같은 목소리가 들려왔다.

"내 질문으로 누군가가 고통받지 않을까, 최선을 다해 고민했다고 생각해도 마지막에는 역시 운이라고밖에 할 수 없어. 나는 언제나 줄타기를 하고 있어. ……특별한 요소는 아무것도 없어. 이번 일은 그저 운 좋은 성공 사례일 뿐이야. 언젠가는 떨어지겠지."

기자로서 질문하는 게 줄타기라면, 선배는 지금까지 한 번도 줄에서 떨어지지 않았던 걸까?

아마도 그렇지 않을 것이다. 대학을 졸업하고 십 년이나 기자로 살았는데, 모든 게 잘 풀렸을 리 없다. 선배는 지금까지 몇 명이나 슬프게 했고, 몇 명이나 화나게 했을 테고, 앞으로도 몇 번이고 몇 번이고 비명과 욕설을 듣게 될 것이다.

다치아라이 선배는 고개를 들고 천천히 걸음을 뗐다.

"가보고 싶은 곳이 있어. 조금 더 얘기하고 싶지만 그만 가봐야 해. 오늘은 만나서 기뻤어. 안녕."

신록이 울창한 산맥으로 둘러싸인 신슈에서는 저물어가는 해가 산에 걸리면 밤이 되는 건 순식간이다. 떠나가는 다치아

진실의 10미터 앞

라이 선배의 뒷모습을 어스름이 서서히 집어삼켰다. 나는 아무 말도 하지 못하고 그 모습을 떠나보낼 수밖에 없었다. 선배의 위태로운 줄타기를 생각하며, 그저 마음속으로 바랄 뿐이다.

　‘가시는 길, 부디 조심하세요.’

작가 후기

　이 단편집은 조금 특이한 경위를 거쳐 완성되었다.

　2007년, 《유레카》에 내 특집이 실리게 되면서 급히 신작 소설이 필요했다. 시간도 준비한 것도 없는 가운데 문득 떠오른 것이 『안녕, 요정』의 등장인물 다치아라이 마치가 어른이 되어 어렸을 때보다 큰 책임을 가지고 진실을 마주하는 이야기였다. 이 책에 실으면서 「정의로운 사나이」로 제목을 바꾼 소품이 그것이다. 하지만 그때는 다치아라이를 주인공으로 단편 시리즈를 연달아 쓰게 될 줄은 생각도 못 했다.

　계기는 「나이프를 잃은 추억 속에」였다. 이것은 어느 도시를 무대로 여러 작가들이 단편을 쓰는 앤솔러지 기획 『가마쿠라 시 사건』을 위해 쓴 작품으로, 사건 자체는 암호 미스터리이고 소설로는 다치아라이 마치의 각오를 묻는 이야기가 되었다. 사람들이 저마다 갖는 역할이 무엇인지에 대한 물음과 미스터리를 중첩시키는 구조는 아이작 아시모프의 『흑거미 클럽』에서 원류를 찾을 수 있다. 자체적인 해석과 재구성이 성공을 거두었는지, 그 판단은 독자 여러분에게 맡길 수밖에 없지만 어쨌거나 이 단편은 시리즈 전체의 분위기를 결정했다.

세상에 나오기까지 가장 많은 우여곡절을 겪은 단편은 「진실의 10미터 앞」이었다. 표제작인 이 단편은 다른 다섯 작품과 달리 다치아라이 마치가 신문기자였던 시기가 무대. 그녀가 프리랜서임을 전제로 수수께끼를 풀어나가는 시리즈에는 약간 맞지 않는 설정이지만 사실 처음에는 이것을 단편소설로 쓸 생각이 아니었다. 『왕과 서커스』 전일담으로 장편의 서두에 넣을 생각으로 썼던 작품이다. 하지만 완성된 소설은 장편의 제1장이라기보다는 하나의 단편이었고, 담당 편집자와 의논한 끝에 따로 떼어내기로 했다. 그만큼 장편을 완성하는 데 시간이 걸렸지만 「진실의 10미터 앞」이 단편으로 독립하면서 이 책을 보다 빨리 엮을 수 있었다. 새옹지마라고 해야 할까.

다치아라이 마치를 화자로 세운 소설을 써야 할지는 검토가 필요했다. 그녀를 독자에게 속마음을 드러내지 않는 수수께끼의 인물로 만드는 것도 매력적인 선택이기는 했다. 하지만 나는 결국 그 길을 선택하지 않기로 결정했다.

일인칭 소설을 쓰면 다치아라이가 쓴 신비한 베일은 벗겨지고, 역량도 속마음도 드러나게 된다. 그것이 바로 그녀가 살아가는 세상이라고 생각했다.

이 선택은 『왕과 서커스』로 이어졌다.

2015년 11월
요네자와 호노부

김선영

한국 외국어 대학교 일본어과를 졸업했다. 다양한 매체에서 전문 번역가로 활동했으며 특히 일본 미스터리 문학에서 왕성한 활동을 하고 있다. 옮긴 책으로는 '소시민' 시리즈, 『야경』, 『엠브리오 기담』, 『쌍두의 악마』, 『인형은 왜 살해되는가』, 『살아 있는 시체의 죽음』, 『손가락 없는 환상곡』, 『고백』, 『클라인의 항아리』, 『열쇠 없는 꿈을 꾸다』, 『완전연애』, 『경관의 피』, 『흑사관 살인 사건』 등이 있다.

진실의 10미터 앞

1판 1쇄 2018년 8월 29일
1판 3쇄 2018년 9월 21일

지은이 요네자와 호노부
옮긴이 김선영
펴낸이 염현숙

책임편집 지혜림 | **편집** 임지호 이송
아트디렉팅 이혜경 | **본문조판** 이원경
저작권 한문숙 김지영 | **마케팅** 정민호 정진아 함유지 김혜연 박지영 김수현
홍보 김희숙 김상만 이천희
제작 강신은 김동욱 임현식 | **제작처** 인쇄 한영문화사 제본 경일제책사

펴낸곳 (주)문학동네
출판등록 1993년 10월 22일 제406-2003-000045호
임프린트 엘릭시르

주소 10881 경기도 파주시 회동길 210
문의 031-955-1901(편집) 031-955-8896(마케팅) 031-955-8855(팩스)
전자우편 editor@elmys.co.kr | **홈페이지** www.elmys.co.kr

ISBN 978-89-546-5275-9 03830

엘릭시르는 출판그룹 문학동네의 임프린트입니다.